Martin Schöne · Wolf hetzt die Meute

Tom Wolf, Ex-Zielfahnder beim BKA, hat mit Deutschland abgeschlossen. In seinem selbstgewählten Exil auf Malta holt ihn die Vergangenheit jedoch wieder ein. Anke Komarek braucht seine Hilfe. Ihr Sohn Philip ist verschwunden. Der 30-Jährige arbeitet beim Wachdienst „Heimat", der für die Sicherheit bei einem großen Fernsehsender in Berlin sorgen soll. Als er nicht zum Dienst erscheint, wird für Anke ein Albtraum wieder lebendig: Vor 24 Jahren war schon ihr Mann Peter, Wolfs bester Freund, in den Wirren des Mauerfalls spurlos verschwunden.
Undercover tritt Wolf Philips Job beim Wachdienst an. In seinen Nachtschichten erkundet er das riesige Gelände des Fernsehsenders. Das Hauptgebäude ist ein alter Stasi-Bau – ein unübersichtliches Gewirr aus Räumen, Gängen und drei unterirdischen Stockwerken, die seit Jahrzehnten scheinbar kein Mensch mehr betreten hat …

Martin Schöne, geboren 1968 im Westerwald. Nach dem Studium der Geografie, u. a. freischaffender Produzent im Bereich Kriminalliteratur. Zur Zeit tätig als Redakteur bei 3sat Kulturzeit, mit eigener Krimi-Kolumne. Mitglied in der Jury Deutscher Kurzkrimi-Preis. Für die Dokumentation „Marek Krajewski – Tod in Breslau" erhielt er 2009 den Deutsch-Polnischen Journalistenpreis.

Martin Schöne

Wolf hetzt die Meute

PENDRAGON

Die Handlung ist frei erfunden. Jede Ähnlichkeit mit lebenden oder verstorbenen Personen ist rein zufällig.

Pendragon Verlag
gegründet 1981
www.pendragon.de

Gedruckt auf holz- und säurefreiem Naturpapier

1. Auflage

Originalausgabe
Veröffentlicht im Pendragon Verlag
Günther Butkus, Bielefeld 2014

Lektorat: Eike Birck
Herstellung und Umschlag: Uta Zeißler, Bielefeld
Foto: ullstein bild – Westend61 / Anja Weber-Decker
Satz: Pendragon Verlag auf Macintosh
Gesetzt aus der Adobe Garamond
ISBN 978-3-86532-387-3
Gedruckt in Deutschland

1

Blut.
Überall.

2

Ab wann ist man zu jung zum Sterben?

Oder ist das eine dumme Frage, weil jeder Sterbende, jeder Angehörige darauf mit *Immer*! antwortet? Ist es mehr die Angst vor dem Tod oder eher die Angst, das Leben loslassen zu müssen? Bestimmt jedoch schwingt die Angst mit, versagt zu haben und abgestraft zu werden – nicht mehr des Lebens wert zu sein. Eine letzte, endgültige Niederlage im verfluchten Spiel des Seins.

Und Blut ist der Träger allen Lebens. Nur gehört es in den Körper, muss gepumpt werden vom Herzen, muss fließen – aber in den Adern. Außerhalb des Körpers ist es verloren und nimmt alles Leben mit.

Blut ist ein Indikator.

Bäuchlings lag der Mann in der Lache. Ein Zittern lief über den See aus Blut, als bäumte sich das ausgeströmte Leben darin ein letztes Mal auf.

Doch dann zuckte der ganze Körper des Mannes. Ein Stöhnen. Er hob den Kopf, versuchte sich aufzurichten. Rote Bläschen sprudelten aus seinem Mund, als er das Gemisch aus Blut und Luft ausspuckte. Er würgte. Seine Atmung versagte eine gefühlte Ewigkeit. Schwerfällig rollte er sich auf den Rücken.

Hell. Dunkel. Hell. Dunkel.

Stroboskopartig flackerte über ihm eine Neonröhre und mit ihr die Gestalt. Maskiert. Ein Riese. Wie bei einem Daumenkino bewegte sich der Unbekannte auf ihn zu. Er glaubte, ein Messer aufblitzen zu sehen. Panisch rutschte er nach hinten. Blut lief ihm in die Augen, verschleierte die Sicht.

Dieses scheiß Blut!

„Wer sind Sie?“, brachte er krächzend hervor.

Endlich setzte sein Verstand wieder ein.

Weg hier!

Unbeholfen wich er zurück. Seine Füße rutschten immer wieder weg. Die Hände machten schmatzende Geräusche, als er sich herumwarf und auf allen Vieren davonkrabbelte. Er wimmerte.

Trockenes Gelände. Endlich … Er blickte sich um – nichts! Nur flackernde Leere. Er war allein. Kein Riese … Kein Messer …

Sein Wimmern ging in ein Schluchzen über. Er zitterte unkontrolliert, Gedanken rasten. Blut floss warm aus seiner Nase.

Das Blut!

Er sah an sich herunter.

Das ist nicht von dir, dachte er, tastete sich ab – nichts. Nur die Nase! Hysterisch lachte er auf. Nur die verdammte Nase … Dann kamen die Bilder wieder, Erinnerungsfetzen. Die Blutlache. Er hatte sie entdeckt – zufällig. Eigentlich hätte er gar nicht hier unten sein dürfen. Dieser Bereich war tabu. Er arbeitete ein paar Stockwerke höher. Aber die Neugier. Alle hatten sie von diesem Stockwerk geredet.

Das Blut! Nicht von dir!

Ich muss hier weg, dachte er. Raus hier! Nach oben!

Das Blut! Dieses verdammte Blut! Nicht von dir!

Wie ein Mantra murmelte er die Worte vor sich hin. Immer und immer wieder. Er stemmte sich an der Wand hoch. Ihm wurde augenblicklich schlecht. Er erbrach sich, den Blick immer in den verdammten Gang gerichtet.

Unbeholfen stolperte er los. Wer oder was war hier gestorben?, hämmerte es in seinem Kopf. *Wer oder was?!* Nach ein paar Metern wurden seine Bewegungen sicherer.

Zum Aufzug! Nach oben!

Mit einem *Pling* öffnete sich die Tür. Sie starrte ihn an, die Fratze. Rot und schmierig. Er schrie, erkannte dann sich selbst im Spiegel.

Luft holen! Rein! Weg hier!

Er drückte den Knopf zum Erdgeschoss, quetschte sich in die rechte hintere Ecke. Die Tür schloss sich unendlich langsam. Er seufzte erleichtert, als sich der Aufzug endlich in Bewegung setzte. Wie hypnotisiert starrte er auf die Tropfen, die von seinen Fingern auf den Boden fielen und dort ein bizarres Muster bildeten.

Nicht mein Blut! Das Mantra.

Da musste ein Mensch ausgeblutet sein. Oder ein großes Tier. *Wer oder was?* Vollständig. Rot und schmierig.

Scheiße, was läuft hier?!

Die Zahlen der Stockwerkanzeige flossen beruhigend ineinander – es ging nach oben. Nur raus hier! Sein Seufzer zersprang in der Unendlichkeit, als ihn die Dunkelheit ansprang wie ein wildes Tier. Die Zahlen tot. Der Aufzug ruckelte kurz, wippte nach, stand still. Ein kalter Lufthauch streifte seinen Kopf. Sanft wie ein Atemzug. Dann legte sich etwas um seinen Hals. Er merkte es erst, als sich die Schlinge zuzog.

Mit einem gewaltigen Ruck wurde er nach oben gezogen. Dass seine Füße dumpf und hilflos gegen die Fahrstuhltür polterten, hörte er nicht mehr.

Ab wann ist man zu jung zum Sterben?

3

Ich wurde schon beim ersten Klingeln des Telefons wach.

Das passierte meist an jenen Tagen, an denen etwas nicht Greifbares in mir Unruhe verbreitete. Bis heute hatte es nichts Gutes zu bedeuten. Ich kann Ihnen nicht erklären, wieso der Geist spürt, dass etwas passieren wird. Oder ist es umgekehrt und es passiert etwas, weil der Geist unruhig ist? Egal, ich weiß es nicht.

Es klingelte ein zweites Mal. Mit geschlossenen Augen tastete ich nach dem Hörer.

„Ja?!" Ich meldete mich grundsätzlich nicht mit Namen.

Es blieb still. Ich dachte, ich hätte mich vertan und es hätte stattdessen an der Tür geläutet. Ich wälzte mich herum. Einen Versuch noch: „Hallo?! Ist da jemand?"

„Wolf …" Leise, dann lauter, bestimmter: „Wolf, ich bin's. Anke. Ich brauche deine Hilfe!"

Anke! Ich richtete mich auf. Sonnenlicht tropfte durch einen Spalt im Vorhang und versickerte im Teppich. Kurz: Draußen war helllichter Tag. So war es oft. Nachts war ich unterwegs, tagsüber schlief ich. Ihren Namen hätte sie nicht sagen müssen, ihre Stimme lebte nach wie vor in mir. Wie lange hatte ich nichts von ihr gehört? Drei Jahre? Nein, eher vier. Aber an sie gedacht hatte ich täglich. Augenblicklich überfiel mich die Scham, einfach abgehauen zu sein.

Damals. Dabei hatte ich sie geliebt. Ich sollte besser sagen: Liebte ich sie noch. Bis heute. Aber das war das Problem. Immerhin war sie die Frau meines besten Freundes. Auch wenn dieser seit 24 Jahren spurlos verschwunden war – sie war tabu. Eine einfache Regel. Das war so. Immer schon.

Ich konzentrierte mich.

„Anke! Was ist passiert?"

Ich verzichtete auf Floskeln und unnützes Blabla, das war einfach meine Art. Direkt. Ehrlich. Gefühllos? Alles hatte ich gehört. Doch ich konnte sie am anderen Ende beinahe lächeln hören. Da war kein Groll. Vielleicht war sie froh, dass ich mich in den Jahren nicht geändert hatte. Ich würde es herausfinden.

„Philip ist verschwunden!" Sie begann zu schluchzen, riss sich dann zusammen. „Er wird seit fünf Tagen vermisst. Ist nie bei seiner Arbeitsstelle angekommen. Sein Chef hat auch schon angerufen und seine Freundin weiß auch nicht, wo er ist. Das passt nicht zu ihm! Ganz und gar nicht. Er würde nicht einfach abhauen."

Ich dachte keine Sekunde nach, manche Entscheidungen stehen von vornherein fest. „Ich nehme den nächsten Flug. Morgen Mittag bin ich in Berlin."

Ich legte auf, schwang mich aus dem Bett und zog die Vorhänge auf. Kein Laut drang durch die schallisolierten Fenster in den achten Stock hinauf. Schräg über mir surrte leise die Klima. Die Sonne brannte mir ins Gesicht. Unwillkürlich strich ich über meine

Narbe zwischen Bauchnabel und rechter Leiste. Wie ein dicker, weißer Wurm zeichnete sie sich auf der Haut ab.

Malta sehen und sterben war der erste Gedanke, wenn ich über den Hafen auf die Silhouette von Valletta blickte. Das Meer schickte glitzernde Strahlen zu mir herauf. Das Wasser-Taxi brachte Einheimische und Touristen auf die andere Seite – wie jeden Tag in der Woche. Seit Jahren. Seit Jahrzehnten. Eine Konstante. Ein friedliches Bild. Ich lächelte. Dieses Leben hatte ich mir ausgesucht – es war kein schlechtes. Ich wurde augenblicklich ernst.

Philip!

Ich konnte Anke sehen, in Berlin, in der Küche, das Telefon noch in der Hand. Rot verheulte Augen. Allein. Vor 24 Jahren war ihr Ehemann verschwunden – jetzt ihr Sohn. Es wiederholte sich.

Ich spürte ihren Schmerz. Und ich spürte meinen. Was hatte ich nicht alles auf mich genommen, Peter zu finden. Selbst Jahre später, als ich als Zielfahnder für das BKA arbeitete und sämtliche Ressourcen der staatlichen Macht nutzen konnte (und das waren verdammt viele), war es mir nicht gelungen eine Spur zu finden – nicht einmal den kleinsten Ansatz einer beschissenen Spur. Nichts. Nada. Niente.

Schließlich habe ich hingeschmissen. Musste raus aus Berlin, raus aus dem neuen Deutschland, raus aus dem alten Leben, das nur noch aus Suche zu bestehen schien. Die Suche nach Peter, der am Tag des

Mauerfalls zum letzten Mal gesehen wurde. Die Suche nach einer Möglichkeit mit seinem Verschwinden fertig zu werden. Die Suche nach einer erträglichen Zukunft mit Anke und Philip als ... ja, als was eigentlich? Als neuer Mann an ihrer Seite und Vater für den Jungen? Nein, unmöglich.

Letztlich gab es nur eine Option: selbst zu verschwinden. Das war das Beste für alle. Davon war ich damals überzeugt und bin es heute noch.

Malta sehen und sterben – ja, das war jetzt mein Leben. Von mir aus auch den ganzen Tag am Fenster stehen und dem verdammten Wasser-Taxi zusehen. Nur eines wollte ich nie wieder: Nach Berlin zurück – das hatte ich geschworen (Wem eigentlich, wenn ich jetzt so darüber nachdachte ...). Dieser Anruf änderte alles. Wieder stellte ich mein Leben für Anke auf den Kopf.

Für Peter.

Für Philip.

Wieder konnte ich nicht anders. Ich würde weitersuchen. Das war es, was ich am besten konnte. Suchen.

Ich zog die unterste Schublade meiner Kommode auf. Hier lagen sie, die Briefe von Philip. Der letzte zehn Jahre alt. Ich las sie oft. Mehr war mir nicht geblieben. Vielleicht konnte ich das ändern.

Automatisch tippten meine Finger eine Nummer in Berlin. Es wurde abgehoben.

„Mauro, ich bin's. Ich komme morgen zurück."

Viel zu sagen gab es nicht – aber das reichte auch.

4

Kennen Sie das Gefühl, in die eigene Vergangenheit zurückzukehren?

Den Ort aufzusuchen, den Sie einmal (hoffentlich aus gutem Grund) fluchtartig verlassen haben? Den Moment der Hilflosigkeit, wenn alles, was Sie verschüttet und begraben glaubten, wieder über Sie hereinbricht? Die Angst, die Kontrolle über die Realität zu verlieren? Sich zu verlieren, in diesem ganzen Schutt aus verpassten Gelegenheiten, falschen Entscheidungen und irgendwelchen Traumata? Kennen wir das nicht alle?! Ich hoffe nicht.

Schon der Flug war an mir vorbeigezogen, so als sähe ich mich selbst von außen in einem dieser engen Sessel sitzen, die Ellenbogen dicht am Körper, sodass es unmöglich war eine Zeitung zu lesen. Aber darauf hätte ich mich eh nicht konzentrieren können. Ich war völlig durch den Wind. Auf das Rendezvous mit meiner Vergangenheit war ich nicht im Entferntesten vorbereitet. Wenn ich ehrlich bin, wäre ich es wohl niemals gewesen. Manche Dinge lässt man lieber hinter sich.

Die Passkontrolle.

Der Zoll.

Ich war da.

Berlin. Meine Stadt. Ex-Stadt.

Ich trat hinaus in die Ankunftshalle, suchte automatisch die Gesichter der Wartenden ab. Aber Anke war nicht da. Wie sollte sie auch? Ich hatte ihr meine Ankunftszeit nicht mitgeteilt. Wahrscheinlich hatte ich Angst vor der Begegnung. Ja, bestimmt sogar.

Auf Flughäfen falle ich in alte Muster. 20 Jahre Kripo und Zielfahndung schüttelt man nicht ab. Ich hatte so oft hier zu tun gehabt und ankommende Zielpersonen ins Visier genommen, dass ich mich urplötzlich auf der anderen Seite sah. Sofort hielt ich nach ehemaligen Kollegen Ausschau. Ich würde sie erkennen, glauben Sie mir.

Ich nahm ein Taxi in die Stadt. Am Rande eines kleinen Industriegebietes stieg ich aus, gab ein ordentliches Trinkgeld und stand mit meiner Tasche vor einer Werkstatt. Großes Tor, das gesamte Areal von einer hohen Mauer umgeben. Rechts das Bürogebäude, geradeaus über den Hof die offenen Tore zum Werkstattbereich. Links ein älterer Anbau mit Garage, darüber diverse Räume. *Sportwagenschmiede M+M* stand auf dem Schild über dem Tor. Es sah teuer aus. Ich hatte Mauro nie gefragt, wofür das zweite M stand. Vielleicht für Maria, der Name seiner Frau – könnte sein. Er war ein Familienmensch, es würde zu ihm passen.

Nichts schien sich verändert zu haben. Beruhigend. Der Mensch braucht Fixpunkte, wenn er schon in die Vergangenheit eintauchen muss.

Ich trat durch das große Tor in den Hof und ging hinüber zu dem kleinen Bürogebäude auf der rechten Seite. *Open* stand an der Tür. Es war nicht gelogen. Als ich eintrat, fühlte ich mich wieder zuhause. Der gleiche Geruch wie damals, das gleiche Licht, das ewig surrende Geräusch des Ventilators unter der Decke – nichts schien sich verändert zu haben. Gut so.

„Da bin ich", sagte ich zu dem kleinen Italiener in seinem blütenweißen Overall. Er saß hinter einem Schreibtisch und wühlte in Papieren. Erste graue Fäden zogen sich durch sein einst pechschwarzes Haar. Als ich eingetreten war, hatte er nicht einmal hochgesehen.

„Da bist du", antwortete er. Unser Ritual. Erst jetzt sah er mich an. Ich lächelte, ging zu ihm hinüber, nahm ihn in den Arm und klopfte ihm auf den Rücken.

Ich hasse Umarmungen – schon immer! Aber Mauro gehörte zu den wenigen Menschen, die meinen Panzer durchbrochen hatten. Fragen Sie mich nicht, wie er das geschafft hatte. Wie es überhaupt Menschen gab, die mich anscheinend wirklich sehen konnten. Anke gehörte dazu. Und Philip. Und Peter. Damals.

„Hast mir gefehlt", sagte Mauro und ließ mich los. Seine Augen blitzten, ein Netz aus Lachfältchen rahmte sie ein. „Hab mich schon gefragt, wann du wieder auftauchst."

Ich sagte: „Das war nicht geplant. Aber es tut gut, Freunde zu sehen. Konntest du dich um die Sachen kümmern?" Ich wollte keine Zeit verlieren.

Er nickte, als habe er nicht mehr als diese eine Frage von mir erwartet. „Klar, komm mit. Übrigens: hübsche Frisur! Siehst aus wie Bruce Willis für Arme."

Ich strich mir über den kahlen Schädel, spürte kurze, harte Stoppeln. „Ehrlicher Haarschnitt! Die sind langsam gestorben", murmelte ich grinsend und folgte ihm nach draußen.

Die Werkstatt gehörte mir. Ich hatte sie von meinem Vater geerbt. Genauer gesagt, gehörten Grundstück und Gebäude mir. Die Werkstatt an sich gehörte Mauro. Er war mein Mieter. So lange er wollte.

Seit dem Tod meines Vaters ging es mir finanziell richtig gut – und richtig gut heißt richtig gut. Ich würde nie wieder arbeiten müssen. Meine kleine Bar auf Malta führten Freunde. Ich kam nur vorbei, wenn mir langweilig war. Ehrlich gesagt, war mir oft langweilig.

Wir querten den Hof, passierten zwei – natürlich rote – Ferraris und einen Sportwagentyp, den ich nicht kannte.

„Ein Koenigsegg", sagte Mauro, der meinem Blick gefolgt war. „Schwedischer Hersteller. Sauteuer. Für einen von denen kannst du dir fast acht von den Ferraris kaufen. Willst du ihn mal fahren?"

„Geht es meinem Baby gut?", fragte ich stattdessen.

Mauro grinste, wusste er doch wie *old school* ich drauf war. Autos brauchen eine Seele, sage ich immer. Neue Modelle besitzen keine. Massenproduktion. Fließbandklone. Plastikbomber. Alle sahen sie gleich aus. Ich jedenfalls konnte sie nicht mehr auseinanderhalten. Und zu viel technischer und elektronischer Schnickschnack verbaut, da fuhr man nicht mehr selbst.

Mauro öffnete eine Garage und schaltete das Licht ein. Da stand es, mein Baby. Schneeweiß. Sechs Zylinder. Turboaufgeladen. Handgeschaltet! Von atemberaubender Schönheit und Eleganz. Ein 1986er BMW 745i, werksintern e23 genannt. Ein Traum. Mein Traum. Der einzige Luxus, den ich mir gegönnt hatte (Außer besagter Bar – das gebe ich zu). Vier Jahre hatte das Baby hier geschlummert.

Ich sog Luft durch die Zähne. Mit den Fingerspitzen fuhr ich über den kalten, glatten Lack. Es kribbelte. Erotik. Pur.

„Frisch gewartet, zugelassen, aufgetankt." Mauro warf mir die Schlüssel zu. „Und ein wenig modifiziert. Ich weiß, du stehst auf original." Er hob abwehrend die Hände. „Aber das macht die Karre sicherer und ein *klein* wenig schneller. Immerhin leben wir in einem neuen Jahrtausend. Auch du, mein Freund", fügte er zwinkernd hinzu.

Ich war sprachlos.

„Also Wolf, an dem Bund sind auch die Schlüssel zu deiner Bude. Kühlschrank ist voll, WLAN kannst du über mein Büro empfangen. Funktioniert, habe ich ausprobiert. Passwort: *Da bist du.*" Er grinste. „Sag, wenn ich noch was für dich tun kann."

Damit wandte er sich ab und verschwand im Hof. Ich sah ihm einen Augenblick nach. Auf Mauro war Verlass. Und er spürte einfach, dass jetzt nicht die Zeit für Fragen war. Mauro war ein kluger Mann.

Ich sog noch ein paar Minuten den Anblick meines Babys in mich auf. Mit einem guten Gefühl und der Tasche über der Schulter stieg ich die Stufen in der Ecke hinauf. Mein Appartement lag direkt über meinem wachgeküssten Baby und war noch genauso, wie ich es damals verlassen hatte. Ein Wohnraum, 70 Quadratmeter groß, am anderen Ende nur noch ein Badezimmer. Zwei riesige, einfach verglaste Fenster zeigten zum Hof. Ein Schrank, ein Bett, ein Kühlschrank, ein Regal mit Büchern, diese aufgereiht wie eine Kompanie Soldaten – mehr hatte ich nie gebraucht. Alles stand etwas verloren herum. Kein Fernseher, kein Tisch, kein Stuhl. Und bloß keine Gardinen – nichts hasste ich mehr – außer Bordüren. Ja, die gingen gar nicht.

Ich schmiss meine Tasche aufs frisch bezogene Bett (fehlte nur noch Schokolade auf dem Kopfkissen) und zog mein Handy aus der Jeans.

„Anke? Ich bin da und in etwa 20 Minuten bei dir."

5

Ich genoss die 252 Turbo-PS, beziehungsweise die wasweißichwievielen Mauro-modifizierten-PS.

Mann, das mussten einige mehr sein. Das Fahrwerk war hart, aber nicht unkomfortabel. Die Lenkung direkter. Ein Tritt aufs Gas, zwei Herzschläge lang passierte nichts – die Ruhe vor dem Sturm – dann setzte pfeifend der Turbo ein und katapultierte den Wagen wie ein 9mm-Geschoss nach vorne. Ich grinste wie ein Neunjähriger, der einen Blick unter den Rock seiner Lehrerin erhaschen konnte.

Sie müssen sich das so vorstellen: Sie sitzen gemütlich und entspannt zuhause in Ihrem Lieblingssessel (Die Sitze in meinem Baby sind Kunstwerke feinsten Leders!) und trotzdem rast die Welt auf Sie zu. Es existieren nur Sie, sonst niemand. Keiner kann an Sie heran. Sie fühlen sich sicher – wie in Mutters Schoß. Es tat echt gut. Von solchen Straßen hatte ich auf Malta geträumt.

Den Weg zu Anke fand ich noch, ohne mich nur einmal zu verfahren. Ich stellte den Motor ab und blickte auf das Einfamilienhaus. Kniehoher Jägerzaun, zwei Stufen bis zur Haustür, gepflegte Büsche und Pflanzen. Ganz wichtig: keine Gardinen in den Fenstern.

Wie oft war ich über die Jahre hier ein und aus gegangen? Im Garten hatte ich mit Philip Fußball gespielt, bis ich ihm wohl nicht mehr gut genug war und er lieber in der Jugend der Hertha kickte. Spielte er noch? Er hätte es drauf gehabt. Er war ne tolle *Neun* gewesen. Kopfballstark. Torgefährlich. Selbst Reste unseres Baumhauses konnte ich erkennen. Nur die Leiter hinauf fehlte ganz. Einen ganzen Sommer lang hatten wir an der Hütte herumgebastelt. Sie eingerichtet – ganz nach seinem Geschmack. Er war so stolz gewesen. Wie lang war das jetzt her? 15, 20 Jahre? Oh, Mann!

Mir fiel auf, wie sehr ich ihn vermisste. Ich war froh hier zu sein, auch wenn ich furchtbar nervös war und mir zum wiederholten Male die Hände an der Hose rieb. Ich sah noch einmal in den Innenspiegel, so als wolle ich mich überzeugen, dass mein Make-up auch saß. Fehlte nur, dass ich mir mit Spucke die Augenbrauen nachzog.

„Reiß dich zusammen, Wolf." Ich grinste über mich selbst, atmete noch einmal tief durch und stieß die Autotür auf. Gerade als ich klingeln wollte und innerlich fluchte, weil ich nicht an Blumen gedacht hatte (Meine Mutter hätte jetzt enttäuscht den Kopf geschüttelt – das konnte sie zeitlebens gut), öffnete sich die Tür. Auch mit Ende 40 sah sie noch wahnsinnig gut aus. Eher wie Ende 30. Sie hatte braunes, halblanges Haar und die Figur einer jungen Frau. Anke!

Ich schluckte und das Einzige, was ich herausbrachte, war: „Ich hab keine Blumen dabei."

„Ich freue mich auch dich zu sehen, Wolf." Sie

machte einen Schritt auf mich zu, umarmte mich, gab mir einen Kuss auf die Wange.

„Du kratzt", murmelte sie.

Augenblicklich wurde ich ruhiger, ärgerte mich nicht mehr über meine dämliche Keine-Blumen-Begrüßung, sondern genoss ihren Duft. Eine Zeit lang hielten wir uns nur fest, dann merkte ich, wie ihre schmalen Schultern zu beben begannen.

„Anke, ich …"

Sie ließ mich los, schniefte. „Entschuldige, Wolf. Komm erstmal rein."

Das Wohnzimmer hatte sie abgedunkelt – als wolle sie die Welt aussperren. Ich sah eine neue Couch. Groß. Geschmackvoll. Sonst schien nicht viel verändert. Sie führte mich zu einem Sessel.

„Ich mach uns Kaffee. Bleib bitte hier, ich brauche ein paar Augenblicke für mich."

Ich sah ihr nach. Auch hier roch es vertraut. Wie oft hatten wir drei hier gesessen, ferngesehen, Karten gespielt oder einfach nur geredet?! Auf dem Kamin standen Fotos. Ich ging hinüber. Das erste Bild zeigte Peter und mich, mit 18. Aufgenommen im Sommer 1982. Sandalen, Shorts, T-Shirt. Die Haare verwegen lang. Wir grinsten über das ganze Gesicht, hatten uns den Arm um die Schultern gelegt. Wahre Freunde. Glauben Sie mir, wenn ich Ihnen sage, dass man auch in der DDR traumhafte Ferien verbringen konnte. Schwimmen, Lagerfeuer, Zelten. Wir waren frei. Richtig frei. Damals trafen wir Anke, verliebten uns beide in sie. Ich hatte nie ein fröhlicheres Mädchen getroffen. Und kein hübscheres. Wir lernten uns am See kennen. Sie war mit einer Freundin da gewesen, deren Namen ich längst vergessen habe. Obwohl Peter und ich beide um Anke warben, gab es niemals Streit – was auch an Anke lag, die relativ schnell klar machte, dass sie mehr auf Peter stand. Ein Jahr später kam schon Philip zur Welt.

„Hätte es Peter nicht gegeben, wäre was aus uns geworden."

Ich hatte sie nicht kommen gehört. Sie stand mit einem Tablett und Kaffee lächelnd neben mir. Ich nickte, wusste nicht, was ich sagen sollte und ob ich das überhaupt hören wollte. Schnell griff ich nach dem nächsten Foto.

Philip.

Im Trikot der Hertha. Er lächelte selbstbewusst und glücklich in die Kamera. Anke atmete schneller.

„Wolf, ich steh das nicht noch mal durch. Ich will nicht auch noch meinen Sohn verlieren." Die Tassen klirrten auf den Untertellern. Ihr Zittern wurde heftiger. Ich griff nach dem Tablett und führte sie zur Couch.

Ich sagte: „Setzen wir uns. Erzähl mir, was passiert ist."

Sie nahm umständlich Platz, zog die Beine schließlich unter ihren Körper. Ich schenkte ihr ein. Sie trank den Kaffee wie ich: heiß, schwarz und ohne Zucker. Ich setzte mich ihr gegenüber in den Sessel, nippte und verbrannte mir die Zunge. Anke rührte ihren Kaffee nicht an. Sie schlang ihre zarten Hände ineinander und sah mich an. Ein matter Schimmer verschleierte ihren Blick. Ich wusste nicht, ob sie mich in diesem Moment überhaupt wahrnahm.

Dann begann sie: „Seit du vor vier Jahren gegangen bist, ist einiges geschehen. Der Junge hat dich sehr vermisst." Ihre Stimme wurde dünner. „Ich glaube, ich kann deine Flucht verstehen. Aber darüber sollten wir später reden. Das betrifft uns." Sie stockte, wedelte mit den Händen, als wüsste sie nicht wohin damit. „Entschuldige, ich bin etwas durcheinander." Sie strich sich die Haare aus dem Gesicht. Ich liebte diese kleine Geste. Für einen kurzen Augenblick sah ich uns an diesem See sitzen. Mit 18. Frei. Glücklich. Sie holte mich zurück. „Also, beruflich hat sich bei mir nichts geändert. Ich arbeite immer noch in der Personalverwaltung beim *DDR*. Genau wie damals."

DDR! Ich hatte mich schon immer gefragt, welcher bekloppte Wessi-Politiker (es musste einfach ein Wessi gewesen sein) einem ostdeutschen Fernsehsender den Namen *DDR* geben konnte. Dritter Deutscher Rundfunk. Gegründet einen Monat nach dem Ende der wahren DDR, unserer Deutschen Demokratischen Republik. Und das Ganze hatten sie auch noch in einen alten Stasi-Bunker gesteckt. Was sollte das sein: ein schlechter Scherz?!

„Nun, Philip war zu dieser Zeit etwas schwierig. Er kam mit deinem Verschwinden nicht zurecht. Es erinnerte ihn wohl zu sehr an …" Sie sprach es nicht aus. Ich blickte zu Boden. „Philip brach sein Studium ab und hing nur noch in Kneipen rum. Eine Zeit lang drang ich gar nicht mehr zu ihm durch. Er zog aus, nahm sich eine eigene Wohnung. Jobbte hier und da. Ich hab ihm oft mit Geld aushelfen müssen. Immerhin war er nie in was Kriminelles verstrickt – glaube ich jedenfalls."

Sie machte eine kurze Pause, beugte sich vor und trank einen Schluck von ihrem Kaffee. „Erst in den letzten Monaten kamen wir uns wieder näher. Er dachte sogar daran, sein Studium wieder aufzunehmen. BWL. Zum Wintersemester. Und bis dahin konnte ich ihm sogar einen Job besorgen. Der Wachdienst Heimat beim *DDR* konnte ihn gebrauchen, zumal er durch seine Ausbildung bei der Bundeswehr Erfahrung im Umgang mit Waffen hatte."

Wachdienst Heimat beim *DDR*! Das hörte sich so absurd an, dass ich mich fragte, was noch kam.

„In der Nacht von Samstag auf Sonntag letzter Woche verschwand Philip spurlos. Im Dienst, wie ich meine – aber sein Chef sagt, er habe ihn den ganzen Tag nicht gesehen. Mir hat Philip gesagt, er gehe arbeiten. Spätschicht. Lisa, seiner Freundin, hat er das auch erzählt. Wir können uns beide sein Verschwinden nicht erklären. Er wäre nie einfach so abgehauen. Schon gar nicht jetzt! Lisa erwartet ein Kind von ihm. Sie ist im dritten Monat. Alles lief so gut wie lange nicht."

Ich ließ das auf mich wirken. Musste mich daran gewöhnen, dass Philip ein Leben hatte – ohne mich.

„Was sagt die Polizei, Anke? Ihr habt sie doch eingeschaltet?!"

„Ja, nach 24 Stunden konnte ich endlich die Vermisstenanzeige aufgeben. Die Beamten waren auch sehr nett, aber irgendwie habe ich das Gefühl, sie sind überlastet, oder es interessiert sie nicht wirklich. Wolf, vielleicht bin ich ungerecht. Du warst lange genug bei dem Verein und weißt, was jetzt zu tun ist. Du bist meine letzte Hoffnung."

Du bist meine letzte Hoffnung – na, das hatte beim letzten Mal ja auch super geklappt. *Die letzte Hoffnung* hatte jedenfalls versagt. Peter blieb bis heute verschwunden. Ich rieb mir die Lider, spürte einen Schmerz, kirschkerngroß, hinter dem linken Auge. Heiß strahlte er bis in den Nacken. Meine Muskulatur verkrampfte sich. Doch vielleicht war die Suche nach Philip die Möglichkeit, wenigstens einen Teil wiedergutmachen zu können.

„Okay, Anke. Wir werden ihn finden. Wie heißt der Beamte, der den Fall bearbeitet?"

Sie stand wortlos auf und ging hinüber in die Küche. Mit einer Visitenkarte kam sie zurück. „Johannes Altmann", sagte sie und reichte mir mit zitternden Fingern das Stück Papier.

Altmann! Mein alter Freund Altmann. Was für ein glücklicher Zufall. Johannes und ich kannten uns von der Polizeischule. Er würde mir weiterhelfen, davon war ich überzeugt. Anke sagte ich nichts. Erst brauchte ich Ergebnisse.

„Danke, ich kümmere mich darum und rufe ihn an." Die Karte steckte ich ein. „Dann muss ich noch mit Philips Chef sprechen. Am besten sofort."

Anke war nach vorne gerutscht, hockte auf der Kante der Couch als wolle sie mich anspringen. Kein Muskel rührte sich in ihrem Gesicht.

Wie schön sie immer noch ist, dachte ich. Auch in ihrem Kummer.

„Ich habe eine bessere Idee, Wolf. Ich traue diesem Kerl nicht. Er ist ein ... Arschloch. Hat gelacht, als ich mit ihm über Philip geredet habe. Nannte ihn Muttersöhnchen. Er schien gar nicht besorgt zu sein, dass ein Mitarbeiter verschwunden ist. Mein Gefühl sagt mir, da stimmt was nicht." Wieder strich sie sich eine Strähne aus ihrem Gesicht – ich könnte wirklich sterben bei dem Anblick ... Sie senkte den Blick und fuhr mit dünner Stimme fort: „Du könntest schon morgen bei der Heimat anfangen, im *DDR.* Ich hab alles geregelt."

Ich sah sie lange an, hatte vergessen wie zielstrebig Anke sein konnte – nicht nur bei der Wahl ihres Lebenspartners.

Du könntest schon morgen bei der Heimat anfangen – Ich nickte, vielleicht war das ein erster Ansatz.

„Gute Idee!", hörte ich mich sagen. „Sollte er wirklich die Heimat verlassen haben und auf dem Gelände der DDR, äh des *DDR*, verschwunden sein, werde ich es herausfinden. Gib mir die Unterlagen. *DDR*, Heimat – das sehe ich mir mal genauer an.“

Was zum Henker redete ich da …

6

Auf dem Weg zum Auto rief ich meinen alten Freund Altmann an.

„Johannes?! Wolf hier, können wir uns sehen? Jetzt!“ Kein Blabla.

„Tom Wolf! Ich glaub es nicht. Charmant wie eh und je. Ja, ich könnte eine Pause gebrauchen. Bei Gaby? Wie in alten Zeiten. In einer halben Stunde.“

Bei Gaby hieß tatsächlich so und war eine Mischung aus Pommesbude und Kneipe, mit den besten Buletten der Stadt und dem beschissensten Schaschlik überhaupt. Wenn ich mich richtig erinnerte, hatte es hier nie eine Gaby gegeben. Wie damals stand immer noch Inge hinter dem Tresen. Das war doch die Inge, oder? Wenn sie es war, musste ihre Schönheit ganz schön gelitten haben – um es mal sehr freundlich auszudrücken. Aber was wollte ich nach 20 Jahren Tresenkultur erwarten? Zwei Jahrzehnte als Bulle hatten auch bei mir Spuren hinterlassen. Ich grüßte sie höflich und legte etwas Fragendes in meinen Blick. Erkannte sie mich? Aber sie nickte nur knapp. „Watt willste? Bierchen? Bulettchen? Dat Schaschlik is jut, weeste?!“

Nein! Nur das nicht!

Ich sah mich um, konnte Altmann nirgends entdecken. „Bierchen reicht, danke“, sagte ich zu ihr und verzog mich an einen der hinteren Ecktische. Ich musste auf nichts lange warten, das Bierchen und

Altmann kamen gleichzeitig. „Mir auch eins, Rosi." Also doch nicht die Inge.

„Darf man neuerdings im Dienst trinken?!" Ich war aufgestanden. Wir klatschten uns ab – Polizeischulen-Ding.

„Hallo, Wolf!" Er grinste. „Mein Revier, meine Regeln. Und warum hätte sich in all den Jahren was ändern sollen?! Es ist nicht alles schlechter geworden, seitdem du die Biege gemacht hast."

„Aber dicker ist es geworden." Ich klatschte lachend auf seinen Bauch.

„Muss Kojak gerade sagen", konterte er.

Wir setzten uns einander gegenüber und warteten Rosi ab, die mit dem zweiten Bierchen heranschlurfte. Als sie außer Hörweite war, eröffnete ich: „Ich brauche deine Hilfe, Johannes."

Er sah mich an. „Noch ganz der alte Wolf, nicht lang drum rumreden, sondern gleich zur Sache kommen. Hab dich auch vermisst, Alter."

Ich grinste. Wir verstanden uns immer noch gut. „Du bearbeitest den Fall des vermissten Philip Komarek. Was habt ihr bis jetzt?"

Er trank von seinem Bier, lehnte sich stirnrunzelnd zurück. „Du weißt, dass ich mit Zivilisten nicht über Ermittlungen reden darf. Bist du jetzt Privatdetektiv oder was soll das?"

„Johannes, wir kennen uns schon lange. Ich will deine Frage ehrlich beantworten: Nein, ich bin kein Privatschnüffler. Und nein, ich bin kein Zivilist.

Eher ein frühpensionierter Bulle und alter Kumpel. Und als ebensolcher Kumpel frage ich dich. Die Sache ist privat. Philip Komarek ist sozusagen mein Ziehsohn und Anke, die Mutter, der größte Teil meines Lebens."

„Anke? Mensch Wolf, ich wusste nicht, dass es *die* Anke ist. Hübsches Ding."

Johannes und ich hatten früher vieles geteilt, sogar unsere erste Bude während der Ausbildungszeit. Ich kannte alle seine Frauengeschichten – und er meine. Mit Anke, mit der ich ja nie was hatte, habe ich ihm gefühlt täglich in den Ohren gelegen. Kurz: Johannes war mehr als im Bilde.

„Das ist was anderes, Wolf. Frag nur, du würdest das Gleiche für mich tun."

„Also, wie weit seid ihr mit den Ermittlungen?"

Er drehte sein Glas zwischen den Fingern hin und her. „Ich habe mit der Mutter gesprochen, also deiner Anke. Und mit seiner Freundin, dieser Lisa May. Und natürlich mit seinen Arbeitskollegen. Anke Komarek und Lisa May sagen beide das Gleiche. Philip Komarek sei Samstag gegen 17:30 Uhr zum *DDR* gefahren, um 18:00 Uhr beginnt dort die Spätschicht beim Wachdienst Heimat. Sein Chef, ein gewisser Heiko Stahl, sagt aus, Philip habe seinen Dienst an diesem Tag aber nicht angetreten. Die Kollegen bestätigen das. Philip Komareks Spur verliert sich demnach Samstag zwischen 17:30 Uhr und 18:00 Uhr auf dem Weg zum *DDR*. Sonst haben wir nichts."

Nachdenklich klopfte ich mir mit dem Daumennagel gegen die Zähne. „Sein Auto. Was ist mit dem Auto? Er hatte doch eins, oder?"

„Hatte er. Warte …" Er holte ein Smartphone aus der Tasche, wischte darauf herum. „Ja, hier ist es: Auf ihn ist ein schwarzer Ford Focus mit dem amtlichen Kennzeichen B-PK 356 zugelassen. Auch das Auto ist verschwunden. Wir haben das Gelände vom *DDR* und auch die Gegend um den Sender abgesucht. Nichts. Die Fahndung nach beiden ist raus. Aber wir haben rein gar nichts. Tut mir leid, Wolf."

„Was ist mit dem Wachdienst? Sind die vielleicht in irgendwas verwickelt? Sind die mal auffällig geworden?"

Altmann sah mich mit gehobenen Augenbrauen an. „Hat dir deine Anke den Floh ins Ohr gesetzt?! Aber auch das habe ich überprüft. Das Unternehmen ist sauber, soweit wir das beurteilen können. Es ist seit 2001 am Markt und beschäftigt momentan bundesweit etwa 900 Mitarbeiter, Zahlen schwankend. Alle Angestellten brauchen ein polizeiliches Führungszeugnis. Wir durften ohne Probleme Einblick in Philips Akte nehmen."

Ich rieb mir die Stirn. Altmann hatte seine Hausaufgaben gemacht, das musste man ihm lassen – trotzdem stellte ich die nächste Frage. „Und? Wie geht's jetzt weiter?"

Johannes trank einen Schluck und leckte sich den Schaum von der Oberlippe. „Wolf, du weißt selbst wie das läuft. Er ist ein erwachsener Mann. Wir haben alle befragt, haben die letzten Stunden vor seinem Verschwinden rekonstruiert, seinen Arbeitgeber überprüft und so weiter und so weiter. Aber wir brauchen eine neue Spur. Irgendetwas. Das Auto würde uns helfen. Vielleicht ist er auch einfach nur abgehauen, hat die Schnauze voll von Berlin, oder eine neue Freundin – was weiß ich."

„Seine Lebensgefährtin ist schwanger, Johannes. Ich kenne Philip, er würde nie einfach so verschwinden und seine Familie im Stich lassen. Nicht, nachdem schon sein Vater nicht mehr aufgetaucht ist. Das würde er seiner Mutter nicht antun."

„Wie gesagt, die Fahndung läuft." Er hob die Hände. „Das ist alles, was wir momentan tun können."

Ich seufzte. „Ich weiß, Johannes. Ich weiß … Danke für die Informationen – und bitte halt mich auf dem Laufenden." Ich schob meine Karte über den Tisch, sah Altmann an und sagte: „Du weißt, was jetzt kommt?"

Johannes hob ergeben die Hände. „Ja klar, die unvermeidbare Wolf-Tour. Ich kann dich nicht daran hindern … Aber du weißt ja, was du tust. Pass auf dich auf, Alter!"

Wir klatschten uns ab.

7

„Ein Ex-Bulle?! So einer hat uns gerade noch gefehlt."

Heiko Stahl, Wachdienstleiter Heimat beim *DDR*, ließ die Papiere sinken und sah mich spöttisch an. Ich antwortete nicht. Nicht auf so nen Scheiß.

Er senkte seinen bulligen Schädel und las weiter: „Tom Wolf, geboren 1964 in Berlin. Ost-Berlin wohlgemerkt. Abitur." Das letzte Wort betonte er Silbe für Silbe. „Und was verschafft uns die Ehre, Herr Dr. Wolf?"

Anke hatte Recht: Ein Arschloch. Ich kannte diese Art Typ gut. Vollkommen neutral sagte ich: „Ich hatte etwas Pech in letzter Zeit und brauch nen Job."

„Also rausgeflogen bei den Bullen?!" Als ich auch darauf nicht einging, fuhr er fort: „Immerhin ist Ihnen der Umgang mit Waffen vertraut und Sie erschießen nicht aus Versehen einen Kollegen. Trinken Sie?"

„Wasser, Herr Stahl. Und Kaffee. Schwarz, ohne Zucker."

Blasse Tattoos schlängelten sich aus seinen hochgerollten Hemdsärmeln. Er hatte gut 20 Kilo zu viel auf den Rippen und schwitzte gelinde gesagt wie ein Schwein in den Tropen. Sein schütteres Haar war nass, klebte wie ein Helm an seinem Kopf. Die Luft roch – und ich übertreibe nicht – würzig bis pikant.

„Clown gefrühstückt?!", grunzte er, verschränkte die Arme und starrte mich an – lange, als erwartete er eine Antwort. „Was soll's, die Zentrale hat Sie eingestellt, Herr Wolf. Und ehrlich gesagt, sind wir hier unterbesetzt. Herr Kramer wird Sie heute an die Hand nehmen. Einkleiden, rumführen – all das ganze Zeugs. Nicht, dass Sie uns am ersten Tag schon verlorengehen. Das wollen wir doch nicht."

Nein, das wollen wir bestimmt nicht, dachte ich.

Stahl kritzelte was in meine Akte. Ohne noch einmal aufzusehen, wedelte er mit der Hand, als verscheuche er eine lästige Fliege. Ich war entlassen und erlöst – was Schöneres konnte ich mir nicht vorstellen. Frische Luft war angesagt.

Können Sie sich an Ihren ersten Arbeitstag erinnern? Mein erster Arbeitstag als Polizeianwärter bei den Jungs von der Bereitschaft war die Hölle. Dutzende Hände schütteln, mit Namen konfrontiert werden, die man sich eh nicht alle merken kann. Dutzende Abteilungen, Unterabteilungen, Unterunterabteilungen. Die Sonderabteilungen ganz zu schweigen. Dieses hässliche Gefühl, ausgeliefert und überfordert zu sein, obwohl noch keiner Wunderdinge von einem verlangte. Nur ich erwartete diese Wunder von mir. Es war Stress pur.

Jetzt erging es mir ähnlich. Schon beim Reinfahren auf das Gelände des *DDR* hatte mich dieser riesige Stasi-Klotz erschlagen. Ein hässlicher Koloss aus Stahl, Glas und schmutzigen Betonelementen, um den sich mehr oder weniger kleinere Gebäude drängten wie Lämmchen an die Mutter. Die Heimat war in einer dieser kleineren Einheiten am Haupttor untergebracht. Eine doppelspurige Einfahrt mit eingelassenen Schwellen führte darauf zu. Schwarz-gelbe Schranken verhinderten die Zufahrt zum Gelände.

Stahls Büro lag ganz am Ende eines langen Gangs im Erdgeschoss. Bei meiner Ankunft war ich an einem großen Raum mit Tischen und Stühlen vorbeigekommen. Den steuerte ich jetzt an. Es gab zwei Kühlschränke, eine kleine Küchenzeile mit Mikrowelle und sogar einen Kicker. An die Wand war das Heimat-Logo gepinselt, zwei sich kreuzende Schwerter.

„Tom Wolf?" Ein drahtiger Kerl trat auf mich zu, kaum dass ich durch die Tür war. Er starrte mich aus verwaschenen Augen fragend an. Wie Stahl trug auch er die blaue Heimat-Uniform. Er mochte Mitte 50 sein und hatte kurzes, pechschwarzes Haar. Viel zu schwarz, um nicht gefärbt zu sein – wenn Sie mich fragen.

Ich nickte. „Sind Sie Herr Kramer?"

„Ralle. Das genügt, wir sind hier alle per Du. Nur mit dem Alten nicht."

Wir gaben uns die Hand.

„Ich bin der Wolf. Freut mich."

Er musterte mich. „Der Wolf also. Komm mit, wir kleiden dich erst mal ein. Der Alte sagt, du seist ein Ex-Bulle?! Einmal Bulle immer Bulle, oder?"

Lag da was Lauerndes in der Frage? Ich war mir

nicht sicher, Ralle war mir im ersten Moment nicht unsympathisch.

„Lange her, Ralle. Vergangenheit. Ich gucke jetzt nach vorne, brauche das Geld aus dem Job hier."

„Ja, wer nicht?! Gar nicht so einfach überhaupt noch was zu finden. Aber hier ist's ganz okay. Bin jetzt drei Jahre dabei. Hast du Familie? Ich muss drei Mäuler stopfen."

„Nein, aber ich gebe die Hoffnung nicht auf."

„Sollte man nie", sagte er. Wir hatten einen weiteren Raum erreicht. Er war vollgestellt mit Schränken. „Hier, in denen findest du von links nach rechts Stiefel, Hosen, Hemden, Jacken und den restlichen Kleinkram. Bedien dich. Dreifach. Du wirst Wechselsachen brauchen. Such dir deine Größe raus. Alles neu. Ich bin in zehn Minuten wieder da."

Wieder fühlte ich mich an meinen ersten Arbeitstag bei der Bereitschaftspolizei erinnert: Wie damals stand ich schon bald in einer fremden Uniform in einem nüchternen Gebäude und wartete auf mein Kindermädchen.

Lächelnd kam Ralle zurück, unter dem Arm einen Berg Papiere.

„Gut siehste aus, Wolf. Manch einer kann wirklich alles tragen. Deine Waffe bekommst du erst morgen früh auf dem Schießstand, nach der Sicherheitseinweisung. Heute beginnen wir mit dem Wichtigsten." Er hielt die Papiere hoch. „*DDR*-Karten. Nicht erschrecken, da ist viel drauf. Aber ohne diese Dinger verläufst du dich. Lass uns rüber in den Aufenthaltsraum gehen, da ist einfach mehr Platz."

Dort breitete er das erste Blatt auf den Tischen aus, strich es glatt und fragte: „Kannst du Karten lesen?"

Ich nickte und sah mir die Überblickskarte des Geländes des Dritten Deutschen Rundfunks genauer an. Ich brauchte ein paar Sekunden, dann konnte ich mich orientieren. Neben dem riesigen Stasi-Bunker zählte ich elf weitere kleinere Gebäude. Ich las Kfz-Komplex, Lager 1-5, Requisite, Studio-Gebäude, Gärtnerei, Versorgung 1 und 2. Dazwischen waren überall Straßen, Wege, Parkplätze, Zebrastreifen und die obligatorischen Raucherhäuschen – selbst die hatte man akkurat beschriftet. Sogar einen Hubschrauberlandeplatz und einen Sportplatz mit Laufbahn und kleiner Tribüne gab es. Eine eigene kleine Stadt. Ich war beeindruckt.

„Dein neues Revier, Wolf. Wir werden die einzelnen Gebäude nachher abgehen, und ich zeige dir die Kontrollpunkte mit den Uhren. Außerdem bekommst du später noch einen Generalschlüssel, aber für den musst du persönlich in der Verwaltung unterschreiben. Solltest du den dummerweise mal verlieren, kannste den nächsten Monatslohn gleich abschreiben, denn den behalten sie dann ein. Und damit kommste noch günstig weg, es müssten schließlich hunderte Schlösser ausgewechselt werden. Also, aufgepasst! Aber den holen wir nach dem Mittag. Hier, die Karten sind für dich. Ich geb dir nen Tipp: Guck sie dir heute Abend gut an, das macht das Chaos erträglicher.“ Er sah auf die Uhr. „Und jetzt gehen wir essen. Seit Juni ist jeder erste Montag im Monat ein besonderer Tag, dann gibt es in der Kantine regionale Fleischgerichte. Frisch zubereitet. Vom Küchenchef persönlich. Das solltest du dir nicht entgehen lassen.“

„Wenn du das sagst, Ralle.“

Aber auch bei mir meldete sich der Hunger.

Die Kantine im Stasi-Block war riesig und in den seltsamen Grüntönen etwas in die Jahre gekommen. Jemand hatte vergeblich versucht so etwas wie Atmosphäre zu schaffen. Die kitschige Tisch-Deko wirkte wie aus dem 1-Euro-Laden. Es ging zu wie am Bahnhof, hunderte Menschen redeten durcheinander, kämpften sich in den einzelnen Schlangen der Essensausgabe vorwärts, immer schön brav ein Plastiktablett (natürlich grün) mit Besteck vor sich hertragend.

Ralle berührte mich am Arm.

„Wolf, hier lang! Das da ist nur die Speisung der Armen.“ Er grinste. „Ich habe dir doch gesagt, dass heute der erste Montag im Monat ist und es etwas Spezielles gibt.“

Er führte mich durch eine Tür in eine Art Restaurant. Etwas schicker und wesentlich ruhiger, aber viel gemütlicher war auch das nicht. Bevor jetzt die Frage kommt: Ja, auch hier herrschte Grün. Grün, grün, grün – wohin man auch sah. Böse Zungen behaupteten, nach dem Essen seien selbst die Gesichter der Gäste grün. Wenigstens hatte man hier in einem 2-Euro-Laden eingekauft. Nur sechs der 60 Plätze waren besetzt.

„Willkommen in der geschlossenen Gesellschaft. Für dieses spezielle Mahl musst du vom Koch persönlich eingeladen werden. Du musst ihn mehr als nur gut kennen.“ Er zeigte mit beiden Daumen auf seine Brust. „Die Plätze sind äußerst begehrt. Mehr als acht Leute kommen nie in den Genuss. Die Portionen sind begrenzt. Klein, aber fein.“ In der Tür zur Küche erschien ein kräftiger riesiger Kerl in roter Kochjacke. Ralle hob lässig grüßend die Hand, der Koch grinsend beide Daumen. Dann galt die Aufmerksamkeit meines neuen Kollegen wieder mir. „Hier, das ist unser Tisch. Setz dich.“

Wir nahmen Platz und Ralle zupfte die Serviette auseinander. Kurz darauf fiel ein gewaltiger Schatten auf uns, der Küchenchef höchstpersönlich war an unseren Tisch getreten. Seine rote Jacke war absolut fleckenfrei.

„Ralle. Schön, dass du da bist! Neuer Kollege?“ Er sah mich an und ich musste mich zusammenreißen, um nicht laut loszulachen. Dieses Bild von einem Mann hatte die Stimme von Donald Duck. Also wirklich! Sie hätten ihn hören müssen. Zum Schreien! Ich biss mir auf die Zunge.

„Wolf, hallo“, murmelte ich, als hätte ich heiße Kartoffeln im Mund. Die Zunge tat echt weh.

„Nenn mich Pit", schnatterte er. Wir gaben uns die Hand.

„Ich hoffe, ich durfte ihn mitbringen?", fragte Ralle.

„Passt schon! Für euch habe ich auch ganz etwas Feines: Leber nach einem geheimen Rezept meiner lieben Mama – Gott hab sie selig. So etwas habt ihr noch nie gegessen. Lasst euch überraschen, es wird euch schmecken. Garantiert!"

Als er weg war, konnte ich meine Zunge nicht mehr spüren – alles taub und gefühlt doppelt so dick. Ich lachte leise. Ralle grinste und sagte: „Seine Stimme ist scheiße, aber sein Essen ein Gedicht. Der arme Kerl wollte übrigens Fernsehkoch werden. Alle bei dem Casting waren begeistert. Er hat Menüs gezaubert – wie von einer anderen Welt. Dann hat er den Mund aufgemacht."

Jetzt lachten wir beide. Ich sah die entsetzten Gesichter der Produzenten regelrecht vor mir – dann ihr hinrichtendes Kopfschütteln. Und den geschockten Pit, dessen Traum wie eine Seifenblase platzte.

Ralle sagte: „Und was blieb dem unglücklichen Pit übrig?! Er musste in der schnöden Kantine anfangen und streng nach Vorschrift und Kalku kochen. Nur einmal im Monat gestatten sie ihm etwas Besonderes zu veranstalten, weil sie gesehen haben, was er wirklich kann. Natürlich sitzen hier dann nur die hohen Damen und Herren. Er hofft so, ihre Aufmerksamkeit zu erregen. Um vor die Kamera zu kommen, würde er alles tun. Zu Stummfilmzeiten hätte er die da bestimmt überzeugt." Er zeigte verstohlen auf eine Frau drei Tische weiter. „Die Intendantin. Ihr gegenüber, der Programmchef. Am Tisch daneben, die Personalchefin im Gespräch mit dem Personalratsvorsitzenden. Und mittendrin wir. Wie ich schon sagte, man muss den Küchenchef persönlich kennen – oder mich."

Ralle gefiel mir, er war ein offener, lustiger Typ.

Das Essen kam. Pit hatte wirklich nicht zu viel versprochen. Es schmeckte hervorragend. Noch nie in meinem Leben hatte ich eine so gute Leber gegessen. Zart und dennoch bissfest. Der Geschmack nach Erde legte sich weich um die Zunge, ohne aufdringlich zu sein. Wahnsinn! Plötzlich verspürte ich so etwas wie Mitleid mit dem Koch.

Ich plauderte mit Ralle relaxt über dies und das und wir ließen uns dabei den Nachtisch schmecken. Zu guter Letzt lud Ralle mich auch noch ein. Ich revanchierte mich mit einem Kaffee aus dem kleinen Lädchen neben der Kantine, das bis hin zu Lottoscheinen und Schuhcreme alles verkaufte. Wir lachten viel. Im Gegensatz zu meinem ersten Tag bei der Polizei, fühlte ich mich hier viel wohler.

Auf dem Rundgang war unsere erste Station der Kfz-Komplex. Er bestand aus drei Hallen. Einer für Dienstfahrzeuge, meist Pkw oder Transporter, alle weiß mit dem blauen *DDR*-Logo. Die zweite beherbergte die Übertragungswagen – riesige Lkw mit einer kompletten Regie im Auflieger. Außerdem noch Technikwagen für Licht, Satellitenübertragung, Ton und so weiter. In der dritten Halle war eine eigene Werkstatt untergebracht, schräg davor eine Tankstelle. Super, Diesel, Autogas. In den Hallen selbst hätten mehrere Flugzeuge Platz gehabt – ich konnte nur staunen. Ralle war sichtlich stolz hier zu arbeiten, kerzengerade stakste er neben mir her.

„Wie viele Mitarbeiter hat der *DDR*?", fragte ich.

Ralle kratzte sich am Kopf. „Ich glaube etwa 6200, die In- und Auslandsstudios mit eingeschlossen. Darin enthalten sind Festangestellte und freie Mitarbeiter, nicht aber die Subunternehmer, wie der Kantinenbetreiber oder unsere Heimat – die kommen extra. Also richtig groß der Laden!"

Wir gingen sämtliche Gebäude auf dem Gelände ab. Das imposanteste sparte sich Ralle für den Schluss auf. Schlicht *Studio-Gebäude* stand auf der weißen Tafel, aber das war in meinen Augen Understatement der schönsten Sorte. Es hatte den Grundriss eines riesigen, vierblättrigen Kleeblatts und war in Teilen acht Stockwerke hoch. Auch an den Stiel hatten die Architekten gedacht. Durch Arkaden gingen wir auf den modernen Eingang zu. In jedem herzförmigen Blatt war ein Studio unterschiedlicher Größe und Ausstattung untergebracht. Von einer Art Atrium aus waren sie zentral zu erreichen.

Ralle war nicht zu bremsen, er überschüttete mich mit Infos. „Studio 1 ist allein den Nachrichten vorbehalten und etwas kleiner als die anderen, aber technisch auf dem neusten Stand. Studio 2 und 3 werden für Sendungen ohne Publikum genutzt. Verschiedene Redaktionen aus den Bereichen Sport, Gesellschaft, Kultur und Wissenschaft teilen sich die Fläche, müssen ihre eigene Deko jeweils ein- und ausbauen. Riesige Kulissen werden dann über einen speziellen Aufzug unter das Studio gefahren und dort gelagert. Studio 4 ist mit Abstand das größte und kann für Publikum bestuhlt werden. Darüber kommt eine Etage für die Technik. Zu jedem Studio gehören Bild- und Ton-Regie, MAZ-Raum und diverse Sonderräume. Dann weitere Etagen für Redaktionen und Verwaltung. Nicht schlecht, was Wolf?!"

Die Kontrolluhren lagen jeweils im hinteren Bereich der Studios. Zwischen ihnen gab es eine unterirdische Verbindung, einen mannsbreiten Gang, so dass wir nicht immer den Umweg über das Atrium nehmen mussten, auch wenn das echt imposant war. Mir gefiel das Kleeblatt, es war für mich das Herz des Senders. Kein hässlicher Büroklotz wie der Bunker, sondern gelungene Architektur.

Ich war schwer beeindruckt von dieser für mich fremden Welt. Ralle verstand erstaunlich viel von den Abläufen rund um eine Sendung. Seine Augen leuchteten wie bei einem Kind. Bis zu diesem Job, hatte ich mir über Fernsehen gar keine Gedanken gemacht. Man schaltete die Kiste ein und da war es – das war immer so gewesen. Selbst in der guten alten

DDR. Aber der technische und personelle Aufwand war enorm. Ralle formulierte das so: „Nimm eine einstündige Live-Sendung, sie bedarf einer wochenlangen Planung und Realisation von vielen Mitarbeitern. Und dann *Peng*, ist sie nach 60 Minuten versendet und im Äther. So geht das 24 Stunden am Tag, von Montag bis Sonntag, von Januar bis Dezember. Jahr für Jahr. Und das waren nur schlappe 60 Minuten!"

Ralle ließ mich einen Blick auf die Karten werfen. Wenn ich sie recht verstand, dann gab es ein gigantisches Untergeschoss mit Versorgungsleitungen, Notgeneratoren und Klimaanlagen von der Größe eines Einfamilienhauses. Und, ganz besonders spannend, eine direkte unterirdische Verbindung zum Bunker. Laut Karte müsste sie in Höhe des sogenannten Filmarchivs dort ankommen und beachtliche Ausmaße haben.

Ralle deutete mit dem Finger darauf. „Schneller und einfacher bekommst du kein Material vom Bunker zum Kleeblatt. Dir kann das Wetter wurscht sein, du hast kein Querverkehr und die Versorgungspunkte liegen auf einer Ebene. Clever gelöst. Komm mit."

Wir nahmen die Treppe in den Keller und fanden uns in einer großen Halle wieder, in der Kulissenteile herumstanden und Elektroautos an Steckdosen hingen, die meisten mit Ladefläche. Hubwagen parkten an jeder Ecke. Diverse Bereiche waren abgeteilt, dienten als Pausenzone oder Zwischenlager. Hier und da standen künstliche Pflanzen in riesigen Kübeln herum und bildeten unwirkliche Oasen. Besonders imposant war der hell erleuchtete Tunnel, der zweispurig ausgebaut war und eine extra Röhre für Fußgänger auswies. In regelmäßigen Abständen sah ich die grünen Schilder der Notausgänge.

„He, wollt ihr mit?"

Ich fuhr erschrocken herum. Lautlos hatte sich eins dieser Elektromobile genähert.

„Ihr habt eine Freifahrt gewonnen, wenn ihr wollt. Ich hab euch hier noch nie gesehen", sagte ein kleiner, dicker Mann mit grauen Kisten auf der Ladefläche.

Ich sah Ralle an, der nickte. *Klar, warum nicht*, hieß das übersetzt. Wir schwangen uns zu dem Fahrer auf die durchgehende Bank. Platz für drei war vorhanden.

„Das ist der Wolf, ich bin Ralle."

„Michael. Ihr seid vom Wachdienst?" Sein Blick wanderte über unsere Uniformen und blieb an Ralles Dienstwaffe hängen. „Cool." Er leckte sich über die fleischigen Lippen.

„Und du?", sagte ich und deutete nach hinten auf die Ladefläche. „Was machst du? Was ist da drin?"

Michael musste sich vom Anblick der mattschwarzen Pistole losreißen. „Also, ich arbeite drüben im Archiv. In den Kisten sind Videobänder, die müssen zurück. Ich pendle zwischen den beiden Gebäuden. Im Kleeblatt sind die Schnitträume und die müssen mit Archivmaterial versorgt werden. Ein ewiges Hin und Her."

Lautlos setzte sich das Gefährt in Bewegung, ich musste mich festhalten. Michael gackerte. Als wir in den hellen Tunnel schossen (Diese Elektrodinger waren wirklich sauschnell), fühlte ich mich an alte James-Bond-Filme erinnert, sah Sean Connery auf dem Weg zu einer unterirdischen Raketenstation (Natürlich war seine Begleitung wesentlich attraktiver – nichts gegen den guten Ralle). Michael lenkte lässig mit einer Hand und plauderte drauflos. „Diese Elmos sind echt super. Benzinfahrzeuge sind hier nicht erlaubt. Wegen der Abgase. Bis vor fünf Jahren haben wir die Wagen noch per Hand gezogen. Jetzt sparen wir eine Menge Zeit."

„Elmos?", fragte ich.

„Ist die Abkürzung für Elektromobile", antwortete Michael, zeigte auf den Elmo-Schriftzug am Lenkrad.

„Beeindruckend hier unten!" Ich sah nach oben an die Decke. Neonröhren verschmolzen zu einem Strich aus Licht.

„Das ist längst nicht alles", sagte Michael. „Auch vier andere Gebäude sind über Tunnel miteinander verbunden, aber die werden viel seltener genutzt. Das hier ist sozusagen die Halsschlagader. Ich habe mal einen Plan gesehen. Diese Tunnel sehen aus wie ein riesiges Pentagramm. Irre!"

„Michael hat Recht", meldete sich Ralle zu Wort. „Man kann sich komplett unterirdisch zwischen Bunker, Kleeblatt, Lager, Requisite und Kfz-Komplex bewegen."

Uns begegneten weitere Elmos und auch der Fußgängertunnel war belebt. Mit diesen unterirdischen Bauten vergrößerte sich die Fläche des *DDR* noch einmal beträchtlich. So etwas hatte ich noch nie gesehen.

Die Fahrt dauerte etwa fünf Minuten, dann dockten wir an das Archiv an. Wir bedankten uns bei Michael, der sich einen Hubwagen schnappte und die Ladefläche leer räumte. „Hat mich gefreut. Aber sorry, muss mich beeilen", murmelte er noch. Dann waren wir vergessen.

Ralle zeigte in einen weiteren, kleineren Tunnel. „Da geht's zu den Lagern und der Post."

Ich schien dumm zu gucken, denn mein Kollege lachte. „Nein, Wolf, kein Postamt für deine Weihnachtspäckchen, sondern die Poststelle dieses Betriebes hier. Du würdest staunen, welche Mengen an Paketen und Briefen da täglich durchgehen. Außerdem wird alles geröntgt, was reinkommt – was mittlerweile jeder große Betrieb macht. Wär nicht das erste Mal, dass ein Verrückter ein nettes Bömbchen verschickt. Bestimmt kannst du dich an den Fall bei ProSieben erinnern?!"

Konnte ich. Eine Mitarbeiterin wurde durch eine Briefbombe leicht verletzt. Dabei hatte sie noch Glück gehabt, wie auf der anschließenden Pressekonferenz der Polizei deutlich wurde. Eine rechtsradikale österreichische Organisation bekannte sich zu dem Anschlag. Es würde sich nie ändern, Verrückte gab es da draußen genug – aber man konnte Vorkehrungen treffen.

Der Tag verging wie im Flug. Wir gingen alle Kontrollstellen der Gebäude ab. Immer einen Blick auf die Karte gerichtet, versuchte ich mir diese unter- und oberirdische Welt einzuprägen. Bei der Gebäudeverwaltung bekam ich meinen kostbaren Generalschlüssel. Um 18:00 Uhr führte mich Ralle zurück zur Heimat.

Schichtende.

„So, Wolf! Das reicht für heute. Was hältste von dem Verein hier?"

„Riesig. Das erschlägt mich", sagte ich. „Kennt sich überhaupt irgendjemand hier aus? Kann ich mir gar nicht vorstellen."

„Glaub ich, ehrlich gesagt, kaum. Die Stasi hat das Ding hier in den Siebzigern gebaut – die Baupläne waren streng geheim und sind allesamt verschwunden. Unsere Pläne wurden erst vor ein paar Jahren erstellt, einiges wurde extra gebaut. Hier fließen also alt und neu zusammen. Schau dir heute Abend die Karten an. Einen Teil des Hauptgebäudes kannst du nicht mal sehen. Der sogenannte Bunker ist unterkellert. Fünf Stockwerke tief, über die ganze Fläche. Nur die ersten beiden Ebenen nutzt der Sender als Materiallager und Filmarchiv, da waren wir vorhin. Die drei unteren sind verlassen. Ich war schon mal da drin. Etwas gruselig – und ich bin kein Weichei! Unzählige Gänge und Räume, alles sieht gleich aus. Das reinste Labyrinth. Will nicht wissen, was die Stasi da getrieben hat.“

Ich blickte zum Bunker. Na, Mahlzeit! Da kam was auf mich zu. Möglichkeiten, hier zu verschwinden oder jemanden verschwinden zu lassen, gab es jedenfalls genug.

Philip, mein Junge, wo bist du?

8

Ich parkte mein Baby rückwärts in der Garage – schließlich wusste man ja nie, ob man nicht mal eilig wegmusste.

Unterwegs hatte ich meterweise Packpapier, Reißzwecken und dicke Filzstifte besorgt. Ich musste mir einen Überblick verschaffen. Strukturen helfen mir beim Denken, also wollte ich früh welche schaffen.

Da ich keine Bilder an den Wänden hatte, war genug Platz für mein Vorhaben. Ich tapezierte eine Wand also mit dem Packpapier. Ganz oben schrieb ich in Schwarz: Philip Komarek, 30, verschwunden am Sa. 28.09.2013, zwischen 17:30 Uhr und 18:00 Uhr, auf dem Weg zur Arbeit (?). Ich wechselte die Farbe, schrieb schräg links darunter in Rot: Heimat. Ich zog eine grüne Linie zwischen Philip und Heimat und beschriftete sie mit: Arbeitgeber, seit Juni 2013. Unter die rote Heimat schrieb ich: Heiko Stahl, Wachdienstleiter, ca. 50, tätowiert, Arschloch. Darunter: Ralle, Kollege, ca. 55, umgänglich. Rechts unter Philips Namen: Anke Komarek, Mutter, 48. Wiederum darunter: Lisa May, Freundin, Alter?, schwanger von Philip. Mutter, Sohn und Freundin verband ich mit einem grünen Strich und schrieb Familie daran.

Ich trat wieder einen Schritt zurück. Was wusste ich noch?

Gedanken wälzend holte ich mir aus dem Kühlschrank ein kaltes Bier, öffnete es und nahm einen langen Schluck. Dann trat ich wieder vor das Packpapier. Mein Blick schweifte bedächtig von Wort zu Wort. Information für Information wog ich ab, betrachtete sie von allen Seiten. Nach einer Weile schürzte ich die Lippen und schüttelte den Kopf.

Das ist nicht allzu viel, dachte ich.

Dann stockte ich, runzelte die Stirn, griff nach Blau. Ich zog einen großen Kreis um alle Namen und ließ nur Lisa May aus. Daneben schrieb ich: *DDR.*

Ich betrachtete die drei Buchstaben.

DDR.

Hatte der Arbeitgeber mit Philips Verschwinden zu tun, und sei es nur, dass es auf dem Gelände passiert ist?

Mir wurde klar, dass ich viel zu wenig wusste. In Lila schrieb ich außerhalb des Kreises: Freunde und Bekannte. Über die wusste ich gar nichts. Ich musste Lisa kennen lernen. Und mit Anke reden.

Ich ließ es lange klingeln, probierte es auch auf dem Handy, aber sie ging nicht an den Apparat.

Nachdenklich trat ich ans Fenster. In Mauros Büro brannte Licht.

Gute Gelegenheit, dachte ich und schnappte mir vier weitere Bier.

„Da bin ich", sagte ich, als ich mit klirrenden Flaschen das Büro betrat.

„Da bist du." Mauro grinste.

Ich reichte ihm ein Bier. Er kramte einen Öffner

aus einer der Schubladen und gab mir im Tausch die offene Flasche zurück. Wir stießen an.

„Auf dich, Wolf. Schön, dass du wieder da bist."

„Prost, alter Freund."

Wir setzten uns. Mauro sah mich an.

„Anke", sagte er nur.

„Wie kommst du darauf?"

„Wüsste nicht, wer dich sonst so schnell herlocken könnte."

Keiner kannte mich besser. Ich grinste schief. „Philip ist verschwunden. Fast eine Woche schon. Ist angeblich nie bei der Arbeit angekommen."

„Und nun hetzt der Wolf die Meute ... Verstehe. Aber mach dich nicht kaputt. Nicht schon wieder. Es ist heute nicht deine Schuld, genauso wenig wie es damals bei Peter deine Schuld war."

Ich starrte auf mein Bier. „Ich habe Philip im Stich gelassen. Er hat zum zweiten Mal einen Vater verloren."

„Du bist nicht sein Vater, du bist sein Freund. Er ist erwachsen, er sollte das verstehen. Von dir ganz zu schweigen."

Ich wusste, Mauro hatte Recht, aber ich fühlte es nicht. Bei Peters Verschwinden war es auch so gewesen. Was konnte ich dafür, dass er weg war?! Trotzdem, vielleicht hätte ich es irgendwie verhindern können. An jenem Tag im November '89 dachten Anke und ich, Peter wäre irgendwo da draußen an der Mauer. Wir alle spürten die bevorstehende Veränderung. Die Leute waren auf der Straße. Peter war öfter schon mal ein paar Tage weg gewesen, ja sogar Wochen. Uns hatte er gesagt, er wolle uns nichts erzählen, weil er uns nicht gefährden wolle. Je weniger wir wüssten, desto sicherer wären wir. Wir stellten keine Fragen, denn wir waren Freunde. Wenn nicht wir, wer dann?! Die Mauer fiel und das Chaos brach über uns herein. Alle waren aus dem Häuschen, im wahrsten Sinne des Wortes. Nur Anke wollte ihre Wohnung nicht verlassen. Ohne den Vater ihres Kindes, sagte sie, würde sie nirgendwo hingehen. Sollte die Grenze wieder geschlossen werden, wolle sie nicht im Westen stehen und Peter vielleicht zurückgelassen haben. Sie war sich sicher, dass er noch im Osten sein musste, denn er würde sie und seinen Sohn mitnehmen, wenn es so weit wäre – hatte sie immer gesagt. Die Tage vergingen. Die Grenze blieb offen. Peter kehrte nicht zurück. Auch ich hatte mich nicht nach West-Berlin verzogen, sondern auf die Suche nach Peter gemacht.

Wie ich später herausfand, verschwanden in jener Nacht weit über 100 Personen. Ein Großteil von ihnen hatte sicherlich die Möglichkeit genutzt, irgendwo neu anzufangen – ohne irgendwelche Altlasten im Gepäck. Nicht unser Peter, hatte Anke gesagt, nicht unser Peter! Und auch ich glaubte bis heute nicht daran.

„Darf ich dir einen Rat geben, Wolf?"

Ich beugte mich vor. „Nur zu, weiser Mann."

„Wenn man sich in die Hose pisst, hat man es nicht lange warm."

„Was ist das? Eine alte italienische Weisheit? Ein Filmzitat aus dem Paten?"

Mauro lächelte. „So in etwa, ich will dir damit nur sagen, dass es nichts bringt, sich kurzfristig was schönzureden. Ich meine, du solltest das mit Anke klären. Es frisst dich sonst irgendwann auf."

Wow, Dr. Freud hatte gesprochen. Ich wurde sauer auf ihn, weil er so verdammt Recht hatte. Aber dann ebbte das Gefühl ebenso schnell wieder ab, wie es gekommen war.

„Ganz schön mutig, kleiner Mann. Ich bin größer und schwerer!"

Er lachte. „Und ich bin schneller. Ehrlich gesagt, stammt die Analyse von Maria. Sie sorgt sich um dich."

„Wie geht es ihr und den Kindern?" Ich lächelte in mich hinein, war gerührt. Hier hatte ich immer ein Zuhause.

„Pascal wird nächstes Jahr eingeschult, Mia hat ihren ersten Freund und meine Frau wird immer hübscher." Mauro grinste und drehte das Bild auf seinem Schreibtisch zu mir. Lachende Gesichter schauten mich an. Familie. Ich freute mich für ihn. Er machte es richtig.

Mein Handy klingelte.

„Sorry, Alter", sagte ich und nahm das Gespräch an. „Ja?!"

„Wolf, Anke hier." Sie hörte sich angespannt an, presste die Worte nur heraus. „Kannst du reden?"

„Anke! Ja, kann ich. Bin bei Mauro in der Werkstatt."

„Gut, hör zu: Ich bin im Büro und muss dir was zeigen. Es ist wichtig, und ich will es nicht mit rausnehmen. Kannst du kommen? Ich sitz im Bunker, 4. Stock, Zimmer 4043."

„Bin in 20 Minuten da. Sei vorsichtig."

Ohne ein weiteres Wort legte sie auf.

Wieso hatte ich *sei vorsichtig* gesagt? Sie war an ihrem Arbeitsplatz und nicht im tiefsten Wedding – was sollte ihr im Schutze der Heimat geschehen?

Ich hob meinen niegelnagelneuen Ausweis und ein niegelnagelneuer, aber schichtfremder Heimat-Kollege öffnete mir die Schranke. Am Bunker musste ich das Plastikkärtchen vor einen Sensor halten, konnte dann das Gebäude durch eine Glasschleuse betreten (Ralle hatte sie feierlich *Personenvereinzelungsanlage* genannt – Wörter gab es …). Die Eingangshalle war bis zu den acht Aufzügen hin hell erleuchtet. Im 4. Stock stieg ich aus und orientierte mich an den Schildern. Die Büros 4021-4051 befanden sich im Gang rechts. Alle zehn Meter brannte eine gedimmte Birne. Nachtbetrieb.

4041. 4042. 4043 – die Tür geschlossen. Ein Lichtstreifen kroch darunter hervor. Ich drückte die

Klinke, wäre beinahe mit dem Kopf gegen das Holz gelaufen – sogar abgeschlossen.

„Wer ist da? Wolf?!" Ankes Stimme von Innen – angespannt.

„Ja. Warum schließt du ab?!"

Der Schlüssel drehte sich im Schloss, Licht flutete den Gang. Anke war blass. Sie hatte Angst – nicht zu übersehen.

„Alles in Ordnung, Anke?"

Wortlos zog sie mich herein, verriegelte hinter mir die Tür. Dann führte sie mich zum rechten Schreibtisch. Ihr Computer lief. Sie deutete auf den Bildschirm. „Da, lies das!"

Ich beugte mich vor. „Michael Winkelmann, 24 Jahre, Wohnort … Das ist eine Personalakte. Was soll das? Warum zeigst du mir das?"

„Weil auch dieser Michael spurlos verschwunden ist."

Ich sog die Luft ein. „Woher weißt du das?!"

„Hier." Sie öffnete ein anderes Fenster. „Eine E-Mail von meinem Chef … Die Lohnfortzahlung soll zum nächsten Ersten eingestellt werden, weil besagter Michael seit fast sechs Monaten verschwunden ist."

„Kommt es nicht ab und zu vor, dass jemand kündigt, ohne seinem Arbeitgeber Bescheid zu sagen?", fragte ich.

„Das schon, aber dann wird die Gehaltszahlung sofort eingestellt. In diesem Fall haben die Eltern ihren Sohn polizeilich vermisst gemeldet, dann liegt die

Sache etwas anders. Philips Gehalt läuft auch weiter. Das ist wohl immer so, wenn jemand offiziell als vermisst gilt." Sie ließ sich auf den Stuhl plumpsen, ihre Schultern sackten nach vorne.

Ich kniete mich neben sie und nahm ihre Hände. Sie waren eiskalt. „Anke, das hat zunächst einmal nichts mit Philip zu tun. Ich werde morgen die Winkelmanns besuchen und sie nach ihrem Sohn befragen."

„Ich hab Angst, Wolf."

„Ich weiß. Aber der Wolf ist jetzt hier."

Ich brachte Anke in meinem Auto nach Hause. In diesem Zustand sollte sie nicht selbst fahren. Ihre Hände zitterten noch, als sie sich von mir verabschiedete.

Auf dem Rückweg kurvte ich ziellos durch die Stadt, öffnete das Fenster, hielt die Nase in den Wind. Wenn ich Glück hatte … Ich machte das Radio an und drückte die Kassette ins Fach. Ja, ich hatte es richtig in Erinnerung. Billy Idol schmetterte mir *White Wedding* entgegen. Ich seufzte, jetzt konnte ich ganz sicher nachdenken.

War das gut oder schlecht, dass noch jemand verschwunden war? Verstehen Sie mich nicht falsch, grundsätzlich ist es schlimm, wenn jemand verschwindet. Niemand weiß das besser als ich, aber ich brauchte Ansatzpunkte, um Philip finden zu können – und das war vielleicht einer.

Michael Winkelmann.

Verschwunden vor sechs Monaten.

Während seiner Arbeitszeit.

Billy war bei *Don't Need A Gun* – ich liebte diesen Song.

Zurück in meiner Wohnung ergänzte ich mein Diagramm um Michael Winkelmann und saß eine Weile davor. Meine Blicke wanderten hin und her, kehrten zu ihm zurück. Ich schnappte mir meinen Laptop und versuchte ihn zu googeln. Über eine Million Ergebnisse. Na super, das hielt sich ja echt in Grenzen … Mein Blick fiel auf eine Todesanzeige: *Im Alter von 72 Jahren verstarb unser Vater, Bruder und Onkel Michael Winkelmann im Kreise seiner Lieben* – nicht meiner … noch nicht … Ich schüttelte den Gedanken ab und versuchte es in Kombination mit *Dritten Deutschen Rundfunk* – schon weniger Treffer, aber nichts Substanzielles … Frustriert klappte ich das Display zu, betrachtete das Packpapier. Michael Winkelmann, wer bist du? Zunächst einmal eine von fünf Personen im blauen *DDR*-Kreis. Fünf innerhalb, eine außerhalb. 5 zu 1. Und ich war erst am Anfang. Je länger ich darauf starrte, umso mehr kam ich zu der Überzeugung, dass irgendwas beim *DDR* faul sein musste.

Billys Song schwirrte mir noch im Kopf herum.

Von wegen *Don't Need A Gun …*

9

„Feuer frei!“

Ich schoss mein Magazin leer. 15 schnelle, flüssige Bewegungen. Trotz des Kapselgehörschutzes erschütterte mich die Wucht der Schüsse. Der Schlitten der Heckler & Koch P30 blieb hinten.

„Sicherheit?“, schrie Stahl, der höchstpersönlich meine Einweisung an der Handfeuerwaffe durchführte.

„Sicherheit!“, sagte ich, nachdem ich das Magazin entfernt und mich überzeugt hatte, dass die Kammer der HK leer war. Ich nahm den Gehörschutz ab.

„Sicherheit!“, bestätigte auch Stahl mit Blick auf die abgelegte Waffe. Zusammen gingen wir die zehn Meter zur Schießscheibe.

„Ganz ordentlich, Wolf.“ Auf das *Herr* verzichtete Stahl. Er rechnete, wobei er stumm seine fleischigen Lippen bewegte. „144 von 150 möglichen Ringen“, sagte er schließlich.

Das war mehr als ganz ordentlich für einen Wachmann, aber ich verkniff mir jeden Kommentar.

„Gut“, sagte mein neuer Chef. „Sie sind jetzt berechtigt im Dienst eine Waffe zu tragen. Bitte beachten Sie die Sicherheitsanweisungen, die ich Ihnen vorhin vorgelesen und ausgehändigt habe. Jetzt kann ich Sie auch in sensibleren Bereichen und in Notsituationen einsetzen.“

„Welche Art von Notsituationen? Ich meine, was

kann einem bei einem Fernsehsender schon groß passieren?"

Er seufzte und sah mich mitleidig an. „Ich geb Ihnen mal ein Beispiel: Vor drei Jahren wurden hier 26 Fotokopierer geklaut. Am helllichten Tage! Mit falschen Papieren kamen die Diebe aufs Gelände, gaben sich als Wartungsfirma aus. In aller Seelenruhe haben sie dann zwei Stockwerke leergeräumt, bis ihr Lkw voll bis unters Dach war. Sonst wären es bestimmt noch mehr gewesen. Wahrscheinlich sind die direkt ab nach Polen oder Russland. Jedenfalls in den Osten. Tschüssikowski. Deshalb tragen wir jetzt Waffen. Zur Abschreckung. Und überlegen Sie mal weiter, wir sind hier bei einem öffentlich-rechtlichen Sender. Potenzielles Ziel für Terroristen. Al-Qaida. Islamisten. Auf deren Liste ganz weit oben! Stellen Sie sich vor, die dringen hier ein und kapern das Nachrichtenstudio während einer Sendung. Ein Terrorakt live im Fernsehen. Sie könnten ihre Parolen verbreiten und halb Deutschland sieht zu."

„Aha! Und Sie meinen die hätten Angst vor uns. Vor Ralle und mir." Ich konnte ihn nicht leiden und ließ ihn das spüren.

Stahl wurde wütend. Sehr gut! Ich war ihm erfolgreich auf seinen Heimat-Schlips getreten. Er polterte: „Nein, aber ich würde schon den einen oder anderen von denen erledigen." Bestimmt würde er gleich mit dem Fuß aufstampfen und sich das schüttere Helm-Haar raufen – wenn er es von seinem Schädel kratzen könnte. Aber dann machte er auf dem Absatz kehrt und verschwand. Ich lächelte, nahm meine Waffe und stieg nach oben zu den Diensträumen. Mission erfolgreich.

„Was haste denn mit dem gemacht?" Ralle stand im Gang, die Arme vor der Brust verschränkt. Mit dem Kopf deutete er zu Stahls Büro.

„Mit dem Terroristenschreck?!"

„Verstehe." Ralle lachte. „Er hat dir die Nachrichten-Terroristen-Story präsentiert und, dass alle Welt Angst vor uns hat, weil wir ausgebildete Elitekämpfer sind. Ja, davon träumt der nachts. Aber mal Spaß beiseite, es gibt wirklich ein Anti-Terror-Szenario für das Nachrichtenstudio – nach amerikanischem Vorbild. Ich glaube CNN waren die Ersten. Direkt unter dem Moderatorenpult ist eine Art Panikschalter. Den drückt man, sollten Terroristen das Studio stürmen, dann ist man sofort vom Schirm und in fünf Minuten rücken hier SEK und Anti-Terror-Einheit an. Sogar mit Hubschraubern. Da verstehen die keinen Spaß."

„Glaub ich gern. Hoffentlich wissen die Kollegen auch, wo sie dann hinmüssen." Ich dachte an das Labyrinth da draußen.

„Wissen die. Keine Sorge. In regelmäßigen Abständen laufen hier Übungen ab, meist an Wochenenden. Aber jetzt lass uns mal Schranke machen."

Ralle sah mein dummes Gesicht.

„Schranke machen heißt, hier in der Zentrale am Haupttor sitzen. Komm, ich zeig's dir."

Ich folgte Ralle zum Eingangsbereich. Besagte Schranke war unten. Ein Kollege stand neben dem Fußgängerzugang. Alles war überdacht und lag an einem so sonnigen Tag wie heute angenehm im Schatten.

„Hi, Schorsch", grüßte Ralle. „Will dir kurz den Wolf vorstellen. Wolf, das ist der Schorsch."

„Hab schon von dir gehört, Wolf. Willkommen im Club. Wenn du Fragen hast, nur zu."

Schorsch war gute zwei Meter groß, wirkte dadurch hagerer als er in Wirklichkeit war. Er hatte ein spitzes Gesicht und ein nervöses Zucken unter seinem rechten Auge.

Ich schüttelte ihm die Hand. „Das ist nett, danke. Ralle macht das schon super. Schön, dich kennenzulernen."

Ralle zog mich weiter in einen großen Raum. Zunächst war da eine Theke für Besucher und Gäste. Hier mussten sie sich ausweisen und bekamen ihren Tagesausweis. Dahinter, mit Blick auf Zufahrt und Schranke, saß ein weiterer Uniformierter. Vor ihm drei Monitore. Der linke zeigte die Ausfahrt, der andere war tot. Als der Kollege uns hörte, klickte er hastig seine Poker-Partie vom PC-Monitor.

Er fuhr herum. „Ach, du bist's nur." Dann sah er mich. „Ah, und der Neue."

„Ich bin der Wolf", sagte ich und gab auch ihm die Hand. Seine Finger fühlten sich unangenehm feucht an. Er war vielleicht 25. Die Nase krumm, wahrscheinlich gebrochen. Die Ohren sahen aus wie Blumenkohlröschen. Ringer, tippte ich.

„Klaus! Grüß dich. Pokerst du?“ Die Karten erschienen wieder auf dem Schirm.

„Nein, aber du kannst es mir bei Gelegenheit zeigen.“

Klaus strahlte. „Sehr gerne. Die anderen haben dafür nicht viel übrig.“

Ralle seufzte. „Aber nicht jetzt, Klaus. Heb dir das für später auf. Komm Wolf, ich zeig dir das Herz.“

Wir traten an die hintere Wand. Ralle tippte auf ein Touchpad an der Wand. Es erwachte hellblau zum Leben und verlangte einen fünfstelligen Code. Ich staunte.

„Der Code wechselt jede Woche, du bekommst ihn per SMS auf dein Handy. Zurzeit lautet er 48892. Merk ihn dir, Wolf.“

Summend öffnete sich die Tür und schwang auf uns zu. Besser gesagt: Die Panzertür, denn sie war 15 Zentimeter dick und bestand aus mehreren Metallplatten.

Ralle erklärte weiter: „Der Raum ist feuerfest und hat eine eigene Luft- und Stromversorgung. Auf 20 Monitoren kannst du alle 144 Kameras auf dem Gelände schalten. Alles computergesteuert. Aber mehr als 30 Kameras schalten wir normalerweise nicht, viele hängen in irgendwelchen dunklen Gängen weiß Gott wo, beziehungsweise der Computer weiß es.“

Wir gingen in den wohnwagengroßen Raum hinein. Vor den Bildschirmen hockte ein dicker Wachmann und stopfte Schokolade in sich rein.

„Unser Strich da in der Landschaft heißt Marcel", sagte Ralle.

„Danke für den Strich! Fehlt nur noch, dass du mich Stricher nennst. Du bist der Wolf, wa?! Sorry, icke kann dir gerad nicht die Hand geben." Er hielt seine dicken Schokofinger in die Luft. Blondes Haar fiel ihm in Locken in die Stirn. Er sah aus wie eine Putte.

„Kein Problem. Guten Appetit." Ich klopfte ihm auf die Engels-Schulter. Schienen ja lauter nette Jungs zu sein.

Ralle deutete auf zwei Telefone. „Mit dem linken Apparat kannst du ganz normal telefonieren. Den rechten rührst du am besten nicht an, es sei denn, du möchtest direkt mit den Bullen reden. Standleitung! Stell dir das mal vor. Als wären wir Fort Knox! Aber wer weiß, wofür das mal gut ist. Der Alte hat ja die dollsten Szenarien parat. Auf allen Stationen, die ich dir gezeigt habe, wechseln wir uns ab. Also, einer hier im Herz, einer macht Schranke, drei laufen Streife. Ist jemand krank oder hat frei, laufen nur zwei Mann Streife. Im ungünstigsten Fall läuft nur einer Streife – oder es gibt auch mal Ersatz. Wir von der Heimat sind nur für die operative Sicherheit zuständig. Es gibt auch noch einen Leitstand. Von da aus werden alle technischen Maßnahmen überwacht und gesteuert, also Fahrstühle, Klima, etc. – das machen aber

Kollegen vom *DDR.* Du hast jetzt das Team A kennengelernt: Schorsch, Klaus, Marcel und mich. Stahl zählt nicht. Der ist nur Boss und gehört zu keiner Schicht."

„Team A? Wie viele Teams gibt es denn?"

Ralle zog einen Ordner zu sich heran und schlug ihn auf. Mit dem Finger zeigte er gleich auf das Deckblatt. „Hier stehen alle Namen. Insgesamt sind wir vier Teams. A, B, C und D. Jedes so organisiert wie unseres. Drei Teams decken die Schichten ab, das vierte ist das sogenannte Springerteam. Anders kannst du das alles nicht organisieren, schließlich müssen wir ja auch mal Urlaub machen. Die Jungs sind okay. Spätestens bei der Weihnachtsfeier in ein paar Wochen lernste alle kennen, Wolf."

Damit war ich also ins A-Team aufgenommen – da konnte ich nur sagen: *Ich liebe es, wenn ein Plan funktioniert.*

Allein um mich in der Zentrale zurechtzufinden, brauchte ich den ganzen Nachmittag. Aber auch Marcel entpuppte sich als guter und geduldiger Lehrer. Am Ende der Schicht dröhnte mir der Schädel, doch mein Tag war noch lange nicht zu Ende. Einen Besuch hatte ich zusätzlich auf meiner Liste.

Um zu den Winkelmanns zu gelangen, musste ich ans andere Ende der Stadt. Ich hielt vor einem frisch restaurierten Altbau. Selbst das Gerüst stand noch.

Ich glich die Adresse mit meinen Eintragungen auf dem Handy ab und war zufrieden. An der Klingel zählte ich sechs Parteien, die Winkelmanns schienen im 1. Stock zu wohnen. Ich hatte mich nicht telefonisch angemeldet, wollte das Ehepaar nicht unnötig aufregen. Außerdem würde es gut sein, ihre Reaktion auf meine Fragen nach Michael zu sehen – ungefiltert.

Ich klingelte.

„Ja?“ Eine dünne Stimme aus der Gegensprechanlage.

„Frau Winkelmann? Mein Name ist Tom Wolf, ich arbeite beim Wachdienst des *DDR*. Kann ich einen Moment mit Ihnen reden?“

Es knackte aus dem Lautsprecher. Lange war es still. Ich wollte erneut klingeln, als der Türöffner doch noch schnarrte. Stuck und eine alte Holztreppe bestimmten die imposante Eingangshalle. Ich hatte eine Schwäche für Jugendstil. Ehrfürchtig stieg ich die Stufen hinauf. Frau Winkelmann wartete an der offenen Wohnungstür. Sie musste an die 60 sein, ich hatte sie mir jünger vorgestellt. Sie war elegant gekleidet und gepflegt, legte großen Wert auf ihr Äußeres. Das Haar grau, relativ kurz und nach hinten gekämmt, die Augen leicht gerötet. In ihren Händen knetete sie ein Taschentuch. Sie hatte offenbar stark abgenommen. Bluse und Hose schlackerten um ihre schmächtige Gestalt und waren gute zwei Nummern zu groß. Ihr Gesicht wirkte abgezehrt. Die Falten um

Mund und Augen traten deutlich hervor. Um ihren faltigen Hals baumelte eine Brille.

„Haben Sie meinen Jungen gefunden?“ In ihrer Frage lag alle Hoffnung dieser Welt.

Ich Idiot, dachte ich. Natürlich musste sie denken, wir hätten Neuigkeiten.

„Vielleicht sollten wir das drinnen besprechen, Frau Winkelmann.“

Sie zuckte bei der Antwort zusammen, als hätte ich ihr Prügel angedroht. Dann nickte sie ergeben und verschwand in der Wohnung. Ich schloss die Tür und folgte ihr ins Wohnzimmer. Mit Tränen in den Augen saß sie auf der Kante eines Sessels. Die Einrichtung konnte man ruhigen Gewissens als spießig bezeichnen. Schrankwand. Kronleuchter. Ölschinken. Teppiche, wie man sie nur bei dem beliebten orientalischen Fachhandel an der Ecke bekam. Sie kennen diese Läden. Das sind die mit dem ständigen Räumungsverkauf.

„Ist er … Haben Sie ihn gefunden?“ Ihre Stimme war auch ohne Gegensprechanlage dünn. Zerbrechlich.

„Nein, Frau Winkelmann. Bitte beruhigen Sie sich.“ Ich nahm einen Stuhl, setzte mich ihr gegenüber. Augenhöhe war wichtig, sie sollte mich nicht als Eindringling betrachten. „Ist Ihr Mann auch da?“

Sie schüttelte den Kopf, konnte nicht sprechen.

„Frau Winkelmann, ich bin hier, um mehr über Ihren Sohn zu erfahren. Ich bin beim Wachdienst, aber nicht offiziell hier. Doch vielleicht kann ich Ihnen helfen."

„Michael ist seit einem halben Jahr verschwunden ..."

„Ich weiß. Das tut mir leid. Wie und wo ist das denn passiert?"

„Sie meinen bestimmt, ob er unglücklich war oder ob er irgendwelchen Ärger hatte?"

„Auch. Erzählen Sie einfach drauflos."

„Michael ist ein guter Junge. So fleißig, so höflich ... Sonntags hat er immer Brötchen geholt. Er hat noch hier gewohnt, müssen Sie wissen. Aber er wollte ausziehen und sich eine kleine Wohnung nehmen. Einen Mietvertrag hatte er schon unterschrieben. Er freute sich so darauf. Er hatte ja jetzt beim *DDR* ein festes Einkommen. Verschwunden ist er am 3. Mai auf der Arbeit."

Auf der Arbeit ... Wie Philip – vielleicht, dachte ich.

Sie sprach weiter: „Beim *DDR* arbeitet Michael im Archiv, hat sogar ein eigenes Büro, mit seinem Namensschild an der Tür. Er hat sich da wohl gefühlt und ist gerne zur Arbeit gegangen." Sie war stolz auf ihren Sohn. Feiner Glanz stahl sich in ihre trüben Augen.

„Wie hat man sein Verschwinden bemerkt?"

„Er sollte Bänder aus dem Archiv holen und kam nie wieder. Der Wachdienst und später auch die Polizei haben alles abgesucht. Erfolglos." Sie schluchzte, betupfte ihre Augen mit dem Taschentuch. Der Glanz war verschwunden, wahrscheinlich mit den letzten Tränen herausgespült. „Bis heute kein Lebenszeichen."

„Was sagt der *DDR*?", fragte ich.

„Ein netter Herr von der Personalverwaltung war hier bei uns. Saß genau da, wo Sie jetzt sitzen. Er konnte sich das auch nicht erklären. Doch weil wir Vermisstenanzeige bei der Polizei gestellt haben, bezahlen sie wenigstens einen Teil des Lohns weiter. Dann hat er wenigstens Geld, wenn er zurückkommt. Bestimmt ist er entführt worden."

Ich blickte auf meine Schuhspitzen. Die Missbrauchsfälle einmal ausgenommen, wäre er bei einer Entführung sehr wahrscheinlich längst tot. Ich kannte keinen Fall, der ohne Lösegeldforderung nach sechs Monaten gut ausgegangen war. Nein, ich strich den Konjunktiv – er war dann mit Sicherheit tot. Aber das alles sagte ich nicht, immerhin konnte er ja auch einfach die Nase voll gehabt haben und war verschwunden. Lebte ein neues Leben. Er war erwachsen, es stand ihm zu. Wer weiß, ob er hier wirklich glücklich war – eingezwängt zwischen Blümchentapete und Häkeltischdecke?

Ich blickte auf die in sich zusammengesunkene Frau, sah ihre Schultern beben, hörte sie schluchzen. Mehr würde ich hier nicht erfahren. Ich stand auf. „Vielen Dank, Frau Winkelmann. Geben Sie die Hoffnung nicht auf. Ich lege Ihnen meine Telefonnummer hier auf den Tisch. Wenn Ihnen noch etwas einfällt, oder Sie einfach nur reden wollen – ich bin gerne für Sie da. Bleiben Sie bitte sitzen, ich finde alleine raus."

Noch in der Tür hörte ich sie weinen.

Zuhause setzte ich Frau und Herrn Winkelmann in Rot unter ihren Sohn Michael, aber außerhalb des blauen *DDR*-Kreises. Unter Michael schrieb ich: Verschwunden am 3. Mai – ich durfte nichts vergessen. Meine Kollegen Schorsch, Klaus und Marcel wiederum wanderten in den Kreis, gleich unter Ralle. Langsam wurde das Diagramm komplexer.

Den Rest des Abends verbrachte ich mit dem Studium der Karten. So gut es ging, versuchte ich mir Grundrisse, Stockwerke, Gänge und Wege einzuprägen. Auf meinen Rundgängen morgen würde ich meine Kenntnisse vertiefen können. In der Mittagspause würde ich mir den leeren Stasi-Keller ansehen.

Ich loggte mich über WLAN ins Internet ein – *Da bist du* – aber viel fand ich über den alten Stasi-Bunker nicht. Seit seiner Funktion als Dritter Deutscher Rundfunk ja, aber nichts aus der guten alten sozialistischen Zeit. Als hätte er nie existiert. Auch bei der Heimat schaute ich vorbei und verschaffte mir einen Überblick über das Unternehmen. Die Seite war professionell, erzeugte Vertrauen und Sicherheit. Ja, die Heimat war nicht irgendeine Feld-Wald-und-

Wiesen-Security. Das hatte Hand und Fuß. Die Referenzen aus Politik und Wirtschaft waren erstklassig.

Als mir die Augen zuzufallen drohten, klappte ich den Laptop zu und ging zu Bett.

Ich träumte von Gängen und – wie immer – von Peter.

10

Auch dieses Mal wurde ich beim ersten Klingeln des Telefons wach.

Wie gesagt, kein gutes Zeichen. Ich sah auf die Uhr. 3:10 Uhr. Wer bitte schön, ruft mitten in der Nacht mit guten Nachrichten an?!

„Ja!"

„Ich bin's, Anke."

Ich richtete mich auf. „Anke! Alles in Ordnung?"

„Ja … Nein. Ich kann nicht schlafen, Wolf. Ich weiß auch nicht, ob ich das überhaupt je wieder kann. Ich nehme Antidepressiva, das solltest du wissen. Schon längere Zeit. Damit habe ich mein Leben einigermaßen im Griff. Man arrangiert sich innerlich. Aber jetzt glaube ich manchmal wieder, alles sei sinnlos."

Ich hörte sie schwer atmen, dachte an das lebenslustige Mädchen von damals.

„Ich komm vorbei, ich kann auch nicht schlafen", sagte ich.

Jetzt musste sie fast lachen. „Lügner! Aber es wäre schön."

„Dann bis gleich."

Ich zog mich an und packte ein paar Sachen zusammen. Zahnbürste. Rasierer. Wäsche zum Wechseln. Ich würde morgen von ihr aus zur Arbeit fahren.

Ich warf noch einen flüchtigen Blick auf das Diagramm, ging zur Tür, löschte das Licht und trat in die Dunkelheit der Garage. Es traf mich im Gesicht. Nicht fest, dennoch stolperte ich erschrocken in das Appartement zurück. Nase und Stirn fühlten sich klebrig an. Etwas Flüssiges lief mir in den Kragen. Es roch nach Erbrochenem. Licht! Ich schlug auf den Schalter. Vor mir baumelte eine tote Ratte, festgemacht am oberen Türrahmen. Eine simple Reißzwecke war durch ihren Schwanz getrieben worden. Ihr Kopf war zerdrückt und jemand hatte sie vom Darm bis zur Kehle aufgeschlitzt. Innereien hingen heraus und tropften mir die Schwelle voll. Na, Mahlzeit!

Ich langte um die Ecke, der Strahler in der Garage flammte auf. Niemand zu sehen. Mein Baby schlummerte friedlich. Ich stieg die Treppe hinunter, untersuchte die Tür zum Hof. Unverschlossen. Ich schloss immer ab. Einbruchsspuren erkannte ich keine. Profis. Draußen alles ruhig.

Ich ging zurück in das Appartement, nahm eine Plastiktüte und ließ die tote Ratte verschwinden. Dann schrubbte ich die Schwelle. Zu guter Letzt duschte ich und zog frische Sachen an. Dann machte ich mich auf den Weg.

Eine tote Ratte würde mich nicht einschüchtern. Nicht im Entferntesten. Aber die Aktion zeigte eins: Irgendjemand versuchte mir zu sagen *Hör auf zu fragen, Arschloch!* Jetzt musste ich nur noch herausfinden, wem ich auf den Schlips getreten war.

So früh hatte ich noch nicht mit einer Reaktion gerechnet. Aber es war gut so.

Ich grinste diabolisch und trat aufs Gas.
Der Wolf war im Spiel.
Showtime, Baby!

11

Den ganzen Morgen über war ich Kontrollpunkte abgelaufen und hatte mich alle 30 Minuten brav über Funk gemeldet. So gut es ging, hatte ich es vermieden in die Karten zu gucken. Ganz ohne lief es dann aber doch nicht.

Ich dachte über heute Nacht nach.

Das eine war die tote Ratte. Ich würde vorsichtiger sein müssen und mein Appartement besser schützen. Dazu hatte ich Mauro angerufen – ihn gebeten, eine Überwachungskamera zu besorgen. Außerdem sollte er die Schlösser gegen hochwertigere austauschen. Zwar wollte ich, dass man wieder bei mir einstieg – da kam die Kamera ins Spiel – aber wenn ich keine besseren Vorkehrungen traf, roch das für einen Profi direkt nach Falle.

Das andere, worüber ich nachdachte, war die Nacht bei Anke. Sie war froh, dass ich da war und ihre Körpersprache sagte *Ich will dich.* Ich wehrte ab – unbeholfen – sie brach in Tränen aus. Doch wir sprachen darüber. Das hätten wir viel früher tun sollen. Wir redeten über unsere Gefühle, unseren Kummer, Peter und meine Flucht nach Malta. Für mich kein einfaches Gespräch, denn ich hatte nie gut über Gefühle reden können. Der einsame Wolf, nannte mich Anke. Wir räumten einiges aus dem Weg und ich merkte, dass ich ruhiger wurde. Es tat mir gut. Ich konnte es tatsächlich genießen. Und wir wollten uns Zeit geben. Wollten uns erst um Philip kümmern, um dann da weiterzumachen, wo wir heute Nacht aufgehört hatten. Es fühlte sich gut an.

Ich war im 2. Untergeschoss des Stasi-Kellers angekommen. Laut Karte Bereich 17. Ab und zu ging eine Tür auf und Mitarbeiter des *DDR* kamen heraus, einen Wagen mit Bändern vor sich herschiebend oder Filmrollen schleppend. Ich grüßte höflich und betrat das Treppenhaus auf der Westseite. Hier war auch der Kontrollpunkt 17. Nur die Notbeleuchtung brannte. Ich öffnete eine Klappe, steckte meinen Schlüssel in die Uhr dahinter. Fertig.

„He, Kamerad!"

Ich fuhr herum.

„Ralle!"

Er stand breitbeinig vor mir und begann mit den Fingern zu knacken. „Sorry Wolf, wollte dich nicht erschrecken. Nur mal sehen, ob du zurechtkommst?!"

Ich hob die Karte und grinste. „Alles klar. Wenn ich mich verlaufe, kann ich ja über Funk *Big Daddy* rufen."

„Okay. Klingt gut. Ich mach jetzt Mittag, kommste mit?" Mit dem Kopf deutete er nach oben.

„Nee, lass mal. Ich bin hier noch nicht durch. Musst ohne mich edel speisen."

Ralle guckte grimmig. „Heute entgeht dir nichts. Auch für mich ist Speisung der Armen angesagt. Man kann ja nicht jeden Tag Pits himmlische Leber genießen. Also dann, bis später."

„Guten Hunger“, sagte ich, hörte ihn die Treppe hinaufsteigen, eine Tür, dann Stille, die zu mir herunterkroch.

Kennen Sie das Gefühl, sich etwas nicht erklären zu können? Das Gefühl, aufmerksam gewesen zu sein und dann ist man doch überrumpelt worden? So erging es mir mit Ralle. Ich hatte ihn nicht kommen hören. Wie konnte das sein?! Ich war darauf trainiert worden, aufmerksam zu sein. Ich bin Zielfahnder gewesen!

Ich griff an meine Schulter, fand die Taste des Funkgerätes. „Zentrale, hier Wolf. Kontrollpunkt 17 abgehakt. Ich mache jetzt Pause. Wolf Ende.“

„Hier Zentrale. Lass es dir schmecken, Wolf. Zentrale Ende.“

Ich schaltete das Ding komplett ab und warf einen Blick auf die Karte. Unter mir lagen drei verlassene Stockwerke. Eine Kette an der Treppe sollte unbefugte Besucher abhalten, ich stieg darüber hinweg. Ganz unten würde ich anfangen. *Untergeschoss 5* stand in weißen Buchstaben auf der grünen Tür. Sie war unverschlossen. Der Gang dahinter dunkel. Ich tastete nach dem Lichtschalter, fand ihn, aber alles blieb tot. Das hatte ich nicht erwartet.

Doch wenn ich es recht überlegte, warum sollte man die Notbeleuchtung laufen lassen? Hier unten hielt sich ja doch niemand auf.

Meine Lampe leistete mir gute Dienste. Der Gang vor mir war breit wie eine Einfahrt. Der Boden aus einem alten graubraunen, fleckigen Linoleum. Kälte ließ mich frösteln, aber Bewegung schafft ja bekanntlich Abhilfe.

Ich ging auf die erste Tür zu. Als ich die Klinke nach unten drückte, schwang sie erstaunlich leicht und lautlos auf. Der Raum dahinter war leer, keine 20 Quadratmeter groß und wirkte mit den rohen Betonwänden kalt wie ein ungemütlicher Wintertag. Nur in der rechten Ecke hing verloren ein altmodisches Waschbecken. Ich ging hinüber, drehte am Hahn. Es gurgelte und Sekunden später bespritzte ein rostbrauner Strahl meine Uniform.

So etwas wie Wasser gibt's jedenfalls noch, dachte ich fluchend.

Ich verließ den Raum, folgte dem Gang. In den Wänden waren Löcher, da, wo Schrauben gewesen waren. Für Regale. Oder Schränke. Unzählige Türen glitten an mir vorbei. Jede zu öffnen war zu lästig. Vielleicht später. Mich interessierte der Gang. Wohin führte er?

Schon beim Betreten des Geschosses war mir ein eigentümlicher Geruch in die Nase gestiegen. Zunächst schwach, aber je weiter ich voranschritt, desto aufdringlicher wurde er. Ich erreichte endlich das Ende des Gangs. Ich sollte besser sagen, das Ende des Gangs in diese eine Richtung, denn jetzt knickte er ab und weiter ging es an unzähligen Türen vorbei in die gefühlte Unendlichkeit.

Kennen Sie den Film *Nachtwache?* Nein? Ein junger Wachmann stolpert mutterseelenallein durch schier endlose Gänge der Gerichtsmedizin. Aus den Kühlfächern verschwinden Leichen und tauchen in anderen Räumen grässlich entstellt wieder auf. Dabei ist er doch allein da unten … Denken Sie sich die Toten weg, dann wissen Sie wie ich mich fühlte.

Der Geruch wurde beißend. Es roch wie … in einem Leichenschauhaus. Erinnerungen an meine Polizeizeit kamen hoch. Bilder von aufgeschnittenen Leichen, das Gehirn in einer Schale, die Leber drei Meter daneben. Zu oft hatte ich in der Pathologie gestanden, den Gestank nach Bleiche und Desinfektionsmittel, vermischt mit Ammoniak und Tod in der Nase.

Sagte ich *Denken Sie sich die Toten weg*? Sie sollten diese doch wieder in Erwägung ziehen.

Vor mir sah ich einen riesigen hellen Fleck. Jemand hatte ordentlich das Linoleum geschrubbt. Auch an den Wänden waren Wischspuren. Ich kniete mich hin, fuhr mit den Fingern über den Boden. Im Kegel der Lampe sah ich weitere helle Flächen im Gang verteilt, als hätten Hänsel und Gretel bizarre weiße Kiesel gestreut. Ich sah hoch. In einiger Entfernung schwebte ein roter Punkt. Der Fahrstuhl.

Mir fiel nur eine Sache ein, die man mit Mengen von Bleiche entfernen konnte: Blut. Stasi-Blut? Also, damit meinte ich Blut von Opfern der Stasi, sozusagen Stasi-induziertes Blut. Nein, das ganze sah frischer aus. Und roch frischer.

Ich ging zu dem Fahrstuhl hinüber, leuchtete ihn ab. Spiegelblank. Wie neu. Ich forderte ihn an und wartete ergeben.

Fahrstühle sind etwas Seltsames. Man verliert die Orientierung. Sie können einen in Sekunden in eine andere Welt katapultieren. Geht die Tür auf, wird man mit dieser konfrontiert. Fahrstühle lösen Stress aus. Auch bei denen, die auf sie warten. Nie weiß man, wer darin steht. Schließen sich Fahrstuhltüren, dann ist das, als schließe sich eine Grabkammer.

Die Angst stecken zu bleiben fährt mit. Sagen Sie mir, benutzen Sie Fahrstühle lieber alleine? Nein?! Dann stellen Sie sich vor, Sie müssten es mit einer fremden Person stundenlang in diesem Kabuff aushalten. Was wenn diese sich als Psychopath entpuppt. Denken Sie an Götz George in *Abwärts.* Bleiben Sie bei Ihrer Meinung, lieber in Begleitung zu fahren?

Immerhin kann ich Ihnen die Angst vor einem Absturz nehmen. Freifallbremsen sorgen nach wenigen Zentimetern dafür, dass Sie im Fall der Fälle nicht im Keller aufschlagen und Ihnen die Wirbelsäule durchs Gehirn schießt. Auch hängt so eine Kabine an sieben Drahtseilen, schon eines würde genügen.

Pling.

Die Kabine war da. In Zeitlupe öffneten sich die Türen. Niemand starrte mich an. Auf mein Spiegelbild fiel ich nicht herein. Spiegel in Aufzügen wirken sich positiv auf die Psyche aus, das hatten Wissenschaftler in Tests nachgewiesen. Fahrgäste mit Klaustrophobie fühlen sich in dieser vorgetäuschten Weite wohler.

Als ich über die Schwelle trat, sah ich etwas Schwarzes in der Schiene. Ich bückte mich und kratzte daran herum.

Blut.

Altes, vertrocknetes Blut hatte sich in den Ritzen verteilt. Nicht sonderlich viel, aber eindeutig Blut (Damals hatte ich täglich welches gesehen – jedenfalls kam es mir so vor). Wieder dachte ich an Stasi-Blut, aber meine Erfahrung schrie das Gegenteil – zumal auch der Aufzug aus neuerer Zeit stammte.

Nachdenklich trat ich in die Kabine, drückte den Knopf fürs 4. Untergeschoss. Würde ich da auch was finden? Ich leuchtete ein letztes Mal in den Gang. Die Tür hatte sich fast geschlossen, als Brillengläser den Schein meiner Lampe reflektierten. Für Bruchteile von Sekunden. Bevor ich reagieren konnte, schlossen sich die Türen und der Fahrstuhl setzte sich in Bewegung.

Was zum Teufel …

Ich hämmerte auf den Knopf zum 5. UG. Der Aufzug hielt leicht ruckelnd im 4. UG. Tür auf. Dunkelheit sprang mich an. Tür zu – quälend langsam. Wieder abwärts. Ich zog die Waffe.

Ein Ruck. Das leise *Pling.* Anschlag. Druckpunkt. HK und Lampe – eine Linie.

Jeder kennt das aus dem Fernsehen.

Tür auf. Deckung nutzen. Rechts gesichert. Kreuzschritt. Links gesichert. Raus.

So weit so gut.

Vielleicht denken Sie, ich habe mir die aufblitzenden Brillengläser eingebildet, aber ich versichere Ihnen, ich wäre der beste Zeuge, den Sie finden könnten. Beobachten war einmal mein Beruf. Das bleibt. Ein Leben lang.

Ich trat an die Tür, an der ich Brille gesehen hatte. Die Klinke. Abgeschlossen! Der Generalschlüssel. Ich fummelte ihn aus der Tasche. Er passte nicht. So viel zum Thema *General*! Ich fragte mich, wie oft mir das noch passieren würde?!

Wenn Sie eine Tür auftreten, dann vergewissern Sie sich, dass sie von Ihnen wegschwenkt. Ansonsten nehmen Sie ein Brecheisen, nichts anderes lässt der Rahmen zu. Ist diese Voraussetzung gegeben, visieren Sie bitte nicht die Mitte des Türblattes an. Ihre sämtliche Kraft muss dem Bereich des Schlosses gelten. Die beste Stelle ist genau darunter.

Die Tür krachte nach innen. Keine gute Qualität. DDR-Standard wie ich ihn kannte. Ich betrat den Raum lehrbuchmäßig – Anschlag, Druckpunkt, weg von der Tür, die Wand im Rücken. Eine einzige, flüssige Bewegung, die Sinne hellwach. Die Kunst ist, den Raum als Ganzes wahrzunehmen. Wie das geht? Training, Training, Training. Diesen Raum zu sichern war ein Kinderspiel. Außer angerosteten Bettgestellen erschwerte nichts meine Sicht. Keine Matratzen, keine Schränke, keine weitere Tür. Nur glatte Wände aus Beton.

Der Unbekannte mit der Brille war weg.

12

Am Abend rief ich Altmann an.

Er war zufällig in der Nähe. Jetzt lehnte er an der Wand und betrachtete mein Diagramm.

„Ich schließe daraus, dass sich der Wolf einem Rudel angeschlossen hat. Hab ich Recht?!"

Ich nickte. „Dem Wachdienst. Eine bessere Tarnung hätte ich nicht finden können. Ich komme überall auf dem Gelände hin. Habe sozusagen Philips Nachfolge angetreten – Ankes Idee. Absolut unverdächtig. Sollte da etwas nicht koscher sein, ich finde es heraus."

„Daran zweifele ich nicht." Altmann verschränkte die Arme vor der Brust. „Dann bist du näher dran, als wir es jemals könnten. Aber warum sollte ich vorbeikommen? Ein Bier kann nicht der Grund gewesen sein."

Ich lachte. „Nein, ein Bier bestimmt nicht. Aber mehrere schon." Ich versorgte uns mit Stoff aus dem Kühlschrank. Wir stießen an.

„Eine Frage hätte ich, Johannes. Warum bist du beim Vermissten-Dezernat? War nicht immer Mord dein Traum gewesen?"

„Wenn du das so sagst, hört sich das ziemlich schräg an … Ich war da jahrelang – zu lange, um genau zu sein. Ich hatte die Schnauze voll vom Tod. Den Angehörigen die Nachricht zu überbringen, hat mich immer angekotzt. Ich konnte nicht mehr. Jetzt sehe ich wenigstens Hoffnung in ihren Augen und manchmal geht die Geschichte auch noch gut aus." Er rutschte mit den Schultern an der Wand herunter. Ich setzte mich zu ihm, den Rücken gegen das Bett gestützt. Ich war nie beim Mord gewesen, aber ich kannte einige Kollegen, denen es wie Altmann ging. Alle sagten sie das Gleiche: An den Tod gewöhnst du dich nie, auch wenn du noch so cool tust. Er gewinnt. Immer.

Ich griff über die rechte Schulter nach hinten aufs Bett und gab ihm eine Klarsichthülle. Eine Weile betrachtete er sie im Licht, dann sagte er: „Blut, würde ich sagen."

Ich nickte nur.

„Wo hast du das her, Wolf?"

Ich erzählte ihm von dem Aufzug im Bunker. Brille verschwieg ich, der ging ihn nichts an – jedenfalls noch nicht.

Ich sagte: „Kannst du das von der KTU prüfen lassen? Ich weiß, so ein paar Krümel sind nicht viel, aber ihr habt in euren Labors die besten Leute."

„Ich kann sogar noch mehr", sagte Altmann. „Ich kann es mit der DNA von deinem Philip vergleichen lassen, das willst du doch?!" Er lächelte. „Guck nicht so, Wolf. Deine Anke hat uns längst Haare von ihm gebracht. Sie muss wohl mal was mit einem richtigen Bullen gehabt haben." Er zwinkerte mir zu.

Ich dankte ihm, und es blieb wie versprochen nicht bei dem einen Bier. Wir redeten eine Weile über alte

Zeiten und noch ältere Kollegen. Es tat gut, mal wieder zu lachen. Erst weit nach Mitternacht brach er auf.

„Danke fürs Bier, Wolf. Und danke für die Geschichten. Ich hoffe, du haust nicht so schnell wieder ab." Er trat an die Tür, hielt die Klarsichthülle hoch. „Gebe ich gleich morgen bei den Jungs im Keller ab, wird aber ein paar Tage dauern."

„Manches ändert sich einfach nie."

Wir klatschten uns wie gewohnt ab. Damit entließ ich ihn in die Nacht. Mit dem Bier in der Hand kehrte ich zu meinem Packpapier zurück. Neben dem ersten Diagramm begann ich ein weiteres. Bunker, schrieb ich in Schwarz. Darunter Brille. Und Blut.

Ich trank aus und sackte in Klamotten aufs Bett. Sekunden später war ich eingeschlafen.

Diesmal träumte ich nicht.

13

Im Dienst erwartete mich Abwechslung.

Mitarbeiter des *DDR* waren zu einer Demo vor dem Bunker versammelt. *DDR: Gemeinsam stark, Keinen Osten ohne DDR,* stand auf Spruchbändern und Bannern. Mir war bekannt, dass es in der öffentlichen Meinung – vor allem bei vielen Politikern – wachsenden Widerstand gegen drei öffentlich-rechtliche Sender gab. Mindestens einer zu viel, sagten sie. Teuer. Veraltet. Überflüssig. Das war schon vor meiner Flucht nach Malta so gewesen.

Die Damen und Herren Politiker, so Ralle, hatten dem *DDR* knüppeldicke Einsparungen verordnet. Mehrere hundert Millionen und was viel schlimmer war, jeder Vierte sollte gehen. Das war der Anfang vom Ende, befürchteten viele. Für die Geschäftsführung des *DDR* keine angenehme Aufgabe. Sie kämpfte um jeden einzelnen Mitarbeiter. Weil aber die Politik mit dem sofortigen Aus drohte, sahen sie sich gezwungen einen harten Kurs einzuschlagen.

Letztendlich hatten sie keine andere Wahl. Zuerst traf es die freien Mitarbeiter. Jede wegrationalisierte Stelle nahm politischen Druck. Doch bald würde man auch an die Festangestellten ran müssen. Anders wären die Vorgaben nicht zu erfüllen. Ich spürte bei den Demonstranten eine explosive Mischung aus Angst und Wut. Es war gruselig in ihre Gesichter zu starren, wie sie verzweifelt Plakate hochrissen und Parolen skandierten.

Nach einer Stunde war der Spuk vorbei.

Ich kehrte zurück zum Haupttor. Klaus hielt mich am Arm fest und sagte: „Kannst du mich zehn Minuten an der Schranke vertreten? Ich soll kurz zum Alten rein."

„Klar." Ich nickte und genoss die Ruhe nach dem Trubel – bis eine schwere, schwarze Limousine mit abgedunkelten Scheiben auf die Schranke zurollte. Geduldig wartete ich, dass man mir den Dienstausweis zeigte, oder jemand ausstieg um sich anzumelden. Ich war ein friedlicher Zeitgenosse, wenn man wenigstens mit mir redete. Stattdessen hupte der Fahrer und gab wie wild Lichtzeichen.

Ich seufzte und ließ die Schranke schön unten – schließlich war ich in der Probezeit und hatte einen klaren Auftrag. Ruckelnd kam der Wagen zum Stehen. Ich trat an die Fahrerseite. Noch bevor ich etwas sagen konnte, wurde die Fahrertür aufgestoßen. Ein kleiner, grauhaariger Mann sprang auf die Straße. „Machen Sie die verdammte Schranke auf, verdammt!"

Das waren eindeutig zwei *verdammt* zu viel. Der Hektiker war zwei Köpfe kleiner. Mindestens. Zudem zuppelte er hektisch an der Chauffeur-Uniform rum – ich taufte ihn Rumpelstilzchen. Vergeblich versuchte ich in den Fond der Limo zu blicken.

„Wissen Sie nicht, wer ich bin?!" Spuckebläschen landeten in meinem Gesicht.

Wenn ich jetzt *Rumpelstilzchen* sage, flippt er ganz aus. Ich grinste innerlich, verzog aber keine Miene. Stumm fixierte ich ihn, tupfte mit dem Ärmel demonstrativ mein Gesicht ab. Wenn er es so hoch schaffte, musste meine Brust aussehen wie bei einem Wet-T-Shirt-Contest. Sein Mund ging auf und zu wie bei einem Karpfen.

„Und Sie sind bitte?", fragte ich gefährlich leise.

„Pa... Paul Kinze! Und in meinem Wagen sitzt Ihre *Regierende Oberbürgermeisterin*!"

Meine Regierende Oberbürgermeisterin. Aha.

„Ja, und? Wollen Sie rein, dann brauchen Sie einen Termin und müssen sich einen Tagesausweis abholen. Ansonsten zurück in die Karre und ab dafür."

Rumpelstilzchens Gesichtszüge entglitten. Sein Blick flatterte zur Limo, als erwarte er Unterstützung. Einige lange Augenblicke geschah nichts, und Paulchen schien einer erlösenden Ohnmacht näher zu rücken. Doch dann ... Langsam fuhr die hintere Scheibe herunter. Chefsache.

„Sie wissen, wer ich bin?" Ich blickte in die stahlgrauen Augen einer älteren Frau. Sie trug ihr schulterlanges, blondiertes Haar streng nach hinten gekämmt. Fältchen umspielten Augen und Mundwinkel. Vom Lachen kamen die bestimmt nicht.

Ich zuckte die Schultern. „Nein, bedaure meine Dame. Haben Sie einen Termin?"

Sie lachte schrill. „Ich habe generell keine Termine, man hat Termine mit mir. Aber Sie werden mich kennenlernen, das verspreche ich Ihnen, Herr …" Sie sah auf mein Namensschild. „… Wolf."

Das nervte. „Tom Wolf – damit Ihre Beschwerde auch den Richtigen trifft! Wenn Sie mir verraten, zu wem Sie wollen, dann stell ich Ihnen und Herrn Kinze gerne einen Besucherausweis aus. Darf ich Sie bitten, mich ins Gebäude zu begleiten?"

Im Laufschritt kam Klaus. „Frau Oberbürgermeisterin, bitte entschuldigen Sie." Er deutete tatsächlich eine kleine Verbeugung an. „Unser Kollege Herr Wolf ist neu hier. Er hat Sie nicht erkannt."

„Nee, hat er nicht", sagte ich. Jetzt war es Klaus, der fast in Ohnmacht fiel. Seine Blumenkohl-Ohren schienen zu verglühen. Er lief stolpernd zum Öffner für die Schranke. Rumpelstilzchen hopste in seinen Luxusschlitten, nicht ohne triumphierend zu lächeln. Die Bürgermeisterin, Verzeihung, Regierende Oberbürgermeisterin, war noch nicht fertig. „Herr Wolf, eins noch, damit Sie mich nicht vergessen: In spätestens einem halben Jahr mach ich den Laden hier dicht, fangen Sie schon mal an Bewerbungen zu schreiben. Und verabschieden Sie sich von Berlin, niemand wird Ihnen hier noch einen Job geben. Mein Büro wird Ihnen das auch gerne schriftlich bestätigen." Die Scheibe fuhr hoch.

Ich sah dem Wagen nach. Klaus war sauer. „Mensch Wolf! Willst du, dass wir alle unseren Job verlieren?

Vor der zittert der ganze *DDR*. Jeder weiß, dass sie den Sender weghaben will – lieber heute als morgen! Was meinst du, wer hier die ganzen Leute rausschmeißen lässt?! Die hat hier alle in der Hand und ihre Parteigenossen hinter sich."

„Die hat so viel Macht?! Eine Bürgermeisterin? Wie kann das angehen?"

Klaus leckte sich nervös über die Lippen. „Regierende Oberbürgermeisterin! Was weiß ich, jeder erzählt das! Berlin steckt hier dicke mit drin. Diese Politiker hocken doch alle aufeinander und sind scharf auf Wählerstimmen. Mensch Wolf, das hier ist die Hauptstadt, da läuft das einfach so. Frag die anderen!" Er sah mich flehentlich an.

Wie konnte man eine solche Angst entwickeln? Das machte mich wütend. „Vorschrift ist Vorschrift", sagte ich und ließ ihn stehen. Es war die Zeit nicht wert, die ich damit vertrödelte.

Ich kehrte zurück in die Zentrale, nahm meinen eigentlichen Dienst auf. Endlich allein konnte ich mich in aller Ruhe um die 144 Kameras auf dem Gelände kümmern. Nacheinander wählte ich sie auf den Monitoren an, überprüfte auf den Karten ihre Lage. Einige zeigten Schwarz, funktionierten laut Computer aber. Wahrscheinlich hingen sie in der Dunkelheit. Bestimmt sogar, denn die meisten dieser Blindgänger befanden sich in den drei unteren Etagen des Bunkers. Bei meinem ersten Besuch waren sie mir nicht aufgefallen, aber ich hatte nicht auf die Decke geachtet. Kamera 122, 4. Untergeschoss West zeigte einen schwebenden, roten Punkt. Außer den Fahrstühlen sah ich nichts da unten.

Alle 30 Minuten meldeten sich Ralle, Schorsch und Marcel von ihren Kontrollpunkten, es war alles in allem ein ruhiger Nachmittag. Sollte sich meine Regierende Oberbürgermeisterin über mich beschwert haben, hätte ich es vermutlich längst zu spüren bekommen. Also vergaß ich die Geschichte. Punkt 18:00 Uhr kam meine Ablösung. Ich ging in den Umkleideraum, duschte und verwandelte mich in einen Zivilisten. Meine Waffe wanderte vorschriftsmäßig in den Tresor. Schorsch und ich waren die Letzten.

Ich sprach ihn an. „Lust auf ein Feierabendbierchen?"

Er sah auf die Uhr. „Warum nicht, habe zwei Stunden Zeit bis meine Frau nach Hause kommt. Ich kenn da ne nette Pizzeria. Hab ziemlichen Hunger."

Wir waren fast die einzigen Gäste. Ein Rentnerpärchen saß drei Tische weiter, hielt Händchen und klapperte mit dem Gebiss. Liebe musste schön sein.

Wir bestellten P&P – Pils und Pizza. Während wir warteten, machten wir den obligatorischen Smalltalk. Wetter. Familie. Fußball. Dann sagte ich: „Ich bin froh, dass es mit der Stelle bei euch geklappt hat. Wird da öfter mal was frei?"

Schorsch schüttelte den Kopf. „Nee, eigentlich nicht. Hast echt Glück gehabt, Wolf."

„Hat einer gekündigt?"

Schorsch wiegte den Kopf. „Nicht direkt, aber irgendwie schon. Der Philip ist einfach nicht mehr aufgetaucht. War wohl nichts für ihn. Ich hatte den Eindruck, der war nicht ganz bei der Sache."

„Inwiefern?" Ich trank von meinem Bier.

„War nicht der Pünktlichste. Anfangs konnten wir ihn noch decken, doch der Alte hat das bald spitzgekriegt. Gab eine erste Verwarnung. Musste jetzt ganz schön aufpassen. Neu im Job und unpünktlich sein, das war gar nicht klug."

Typisch Philip, dachte ich. „Hat Stahl ihn gemobbt?"

Schorsch verschränkte seine langen Arme vor der Brust. „Was interessiert dich die Sache? Sei froh, dass du den Job hast!"

Eine Pause entstand.

Zum Glück kam das Essen. Die Pizza war ein gutes Stück zu labberig. Ich spülte mit Bier nach, doch das machte das Ganze auch nicht besser. Unser Gespräch drehte sich wieder um Fußball – die gute erste Saison der Hertha nach dem Aufstieg in Liga 1. Die Stimmung wurde wieder lockerer und Schorsch erzählte von seiner Familie. Bis er zum Aufbruch drängte.

Ich fuhr zurück zum *DDR.* Im Aufenthaltsraum hingen die Dienstpläne des ganzen Monats. Ich musste mir einen Überblick verschaffen, wer was an jenem Tag gemacht hatte. Nachdenklich starrte ich auf die Straße. Zum ersten Mal war Philip erwähnt worden. Aber Schorsch hatte abgeblockt. Seine Körpersprache ging mir nicht aus dem Sinn. Aber das konnte auch bedeuten, dass er Philip nicht leiden konnte.

Es war bereits dunkel, als ich die Schranke am Haupttor passierte. Ich war so damit beschäftigt, meinen Dienstausweis ins Portemonnaie zu fummeln, dass ich das entgegenkommende Auto nur für einen Sekundenbruchteil wahrnahm. Ich riss den Kopf herum.

Tatsächlich. Ein schwarzer Focus. B-PK … – mehr konnte ich nicht entziffern.

Scheiße!

Reflexe aus meiner Ausbildung übernahmen augenblicklich das Kommando – es wurde eine schulbuchmäßige Chicago-Wende. Ich ließ reichlich Gummi und Qualm auf der Straße und hatte bald aufgeholt.

Treffer!

Das Kennzeichen stimmte.

Philips Wagen.

Ich setzte zum Überholen an. Aber der Fahrer bemerkte mich. Der Focus schleuderte nach rechts, erwischte im letzten Augenblick den Zubringer zum Ring.

Ich schoss vorbei, fluchte. Vollbremsung. Rückwärtsgang. Durchdrehende Reifen. Ich verlor einige Sekunden. Der Focus ordnete sich auf die zweispurige Stadtautobahn ein und wechselte auf die linke Spur. Ich schoss mit 140 auf den Beschleunigungsstreifen. Gegen mein Baby würde der Focus keine Chance haben.

Ich schimpfte auf den Verkehr. Ein roter Kleintransporter bremste mich aus. Gab endlich den Weg frei. Ich klemmte am Heck des Focus. Der Fahrer! Ich versuchte ihn zu erkennen. Vergeblich. Sah nur schemenhafte Umrisse hinter der Kopfstütze. Das konnte jeder sein. Selbst meine Mutter – Gott hab sie selig.

Die rechte Spur war voll. Ich kam nicht neben den Focus. Wir überholten im Formationsflug einen Lkw nach dem anderen. Die Tachonadel schwebte bei geschmeidigen 190. Dann machte Philips Wagen ein völlig überraschendes Manöver. Er schnitt einen Sattelzug.

Eine brutale Aktion.

Der Lkw-Fahrer riss das Steuer nach links. Ein Reflex. Ich trat voll auf die Bremse. Reifen quietschten. Der Auflieger drohte mich an der Leitplanke zu zerquetschen. Mit der linken Seite geriet ich auf den unbefestigten Seitenstreifen. Mein Baby lehnte sich an die Leitplanke. Metall kreischte. Krampfhaft hielt ich das Lenkrad fest. Es schlug aus wie ein bockender Büffel. Fahrzeugteile flogen. Funken an meinem Fenster.

Der Auflieger brach nach rechts aus. Blockierte Räder. Quer schlitterte der Lkw über beide Fahrspuren. Ein Vakuum. Eine Ewigkeit. Wie in Zeitlupe. Die Geräusche wurden dumpf, als spielte man eine Platte zu langsam ab. Zentimeter vor dem Führerhaus kam ich zum Stehen. Dann holte mich meine eigene Rauchwolke ein. Die Zeit nahm wieder Fahrt auf. Die Platte lief jetzt viel zu schnell. Die Geräusche waren schreiend hoch. Mein Blick flog zum Rückspiegel. Ich sah zwei Lichter an mir vorbeischießen, spürte den Einschlag des roten Transporters in den Lkw.

Der Auflieger bebte.

Trocken und brutal.

Das Geräusch würde ich nie vergessen.

Die Autos hinter mir schafften es so eben noch rechtzeitig. Warnblinker leuchteten auf. Die Welt pulsierte in Orange. Es war totenstill.

Jetzt erst setzte der Schock bei mir ein. Schusswechsel machten mir nichts aus, aber jetzt kletterte ich zitternd über den Beifahrersitz und fiel aus dem BMW. An der Tür zog ich mich hoch. Dem Fahrer des Kleintransporters konnte niemand mehr helfen. Das Fahrzeug hatte sich bis zur Hinterachse unter den Anhänger geschoben. Ein Klumpen Blech. Blut tropfte auf den Asphalt, vermischt mit auslaufendem Benzin. Die hintere Tür war aufgesprungen (Seltsamerweise wirkte sie unberührt). Die Ladung hatte es herausgedrückt. Trümmer lagen auf der Autobahn. Die Luft roch verbrannt. Neben mir erschien der Lkw-Fahrer.

„Ich … Ich kann nichts dafür. Ich wurde geschnitten. Oh Gott!“ Er sank auf die Knie.

Helfer kamen angerannt. Mir war schlecht. Ich griff nach meinem Handy, starrte das Display an.

Mir fiel die PIN nicht ein. Ich war völlig fertig. Der letzte Versuch … Ich schaffte es, drückte Wahlwiederholung.

„Johannes? Hör zu. Unfall auf dem Ring, etwa zwei Kilometer hinter der Auffahrt vom *DDR*. Mindestens ein Toter. Flüchtig ist Philips Focus. Kümmerst du dich?"

Dann schleppte ich mich weg von dem Wrack und den Benzindämpfen.

Was für ein scheiß Tag.

14

Ich traf Altmann im Krankenhaus.

Nach meiner Aussage am Unfallort hatte der Beamte darauf bestanden, dass ich mich untersuchen lassen solle. Auch wenn mir augenscheinlich nichts fehlte.

„Habt ihr den Focus?!“ Ich trat auf den Gang. Johannes wartete mit verkniffener Miene.

„Keine Spur von dem Wagen. Wir waren zu spät. Siehst richtig scheiße aus, Wolf.“

„Nur der Schock.“

„Verdammt, Wolf. Du kannst da draußen keine Verfolgungsjagden veranstalten!“, brach es aus ihm heraus.

Ich schluckte. Nichts anderes warf ich mir selbst vor. Ein Unbeteiligter war gestorben. Für die Autobahnpolizei war ich nur Zeuge, aber Altmann wusste es besser.

Im Gang roch es nach Desinfektionsmittel und Krankheit. Ich versuchte flach zu atmen. Sie müssen wissen, ich hasse Krankenhäuser. Wahrscheinlich wurde die eine Hälfte der Menschheit krank, weil sie die andere besuchte.

Kraftlos ließ ich mich auf einen der aufgestellten Besucherstühle sinken. Mein Nacken schmerzte. Das Zittern hatte immerhin nachgelassen. Ich schloss die Augen, konnte meinen Freund kaum verstehen. Immer noch hatte ich den trockenen, brutalen Einschlag des Transporters im Ohr – er wiederholte sich immer und immer wieder.

„Wolf! Ich habe dich gefragt, ob du den Fahrer erkannt hast?!"

„Nein! Scheiße nein!" Ich war aufgesprungen, hatte mit der flachen Hand gegen die Wand geschlagen. Es brannte, brachte mich aber in das Hier und Jetzt zurück. Ich sah Altmann an. „Ich kann dir noch nicht einmal sagen, ob es ein Mann oder eine Frau war. Scheiße, Scheiße, Scheiße!"

„Vielleicht doch dein Philip."

Wortlos wandte ich mich ab, ging Richtung Ausgang.

Mein Philip? Nein! Abgesehen davon, dass ich nicht in tausend Jahren an ihm zweifeln würde, war das total unlogisch. Warum hätte er auf dem Gelände des *DDR* sein sollen? Das machte niemand, der die Schnauze voll hatte und abgehauen war. Aber es sprach dafür, dass Philip im Dienst verschwunden war. Irgendjemand hatte sich die Mühe gemacht und den Wagen gut versteckt. Jetzt wollte er ihn ganz verschwinden lassen. Das passte.

Und er hatte Erfolg gehabt. Scheiße!

Meine Hand brannte immer noch. Gut!

Mittlerweile stand ich vor dem Krankenhaus. Nur im Hemd fror ich. Meine Jacke lag im BMW. Die Polizei hatte ihn abschleppen lassen. Ich wollte nur ins Bett. Eine Hand legte sich auf meine Schulter. Altmann.

„Komm Wolf, ich fahr dich nach Hause. Du solltest dich ausruhen."

Wortlos folgte ich ihm.

15

Am Morgen schaute Mauro nach mir.

Als ich ihm in Shorts die Tür öffnete, drückte er mir eine Tasse dampfenden Kaffee in die Hand.

„Vorsicht, heiß!“, sagte er.

„Danke“, murmelte ich.

„Das ist nicht alles.“ Er hob einen Korb hoch. „Maria war der Meinung, du könntest nach der Horrornacht ein anständiges Frühstück vertragen. Brötchen, Butter, Wurst, Käse, Ei und natürlich Teller und Besteck. Der Herr lebt ja hier eher spartanisch.“ Er stellte die Sachen neben mich. „Danach kommst du runter in die Werkstatt! Aber vergiss die Hosen nicht.“

Es war gut Freunde zu haben.

Eine halbe Stunde später – viel hatte ich nicht runtergebracht, aber der Kaffee hatte verdammt gut getan – betrat ich Mauros heilige Hallen.

Wenn Sie an eine ölige, dunkle Hinterhofwerkstatt denken, dann muss ich Sie korrigieren. Alles hier war blitzsauber. An den Wänden hingen ringsum weiße Schränke. Werkzeuge sah man keine, nur Diagnosegeräte und futuristisch aussehende Hebebühnen. Mauro hatte vier Angestellte, von denen sich einer um einen schwarzen Lamborghini neuester Serie kümmerte. Per Laptop prüfte er die Motorelektronik. Laptop und Autos – für mich passte das nicht zusammen.

Mein Baby stand rechts. Ich grüßte die drei übrigen Kfz-Doktoren, so bezeichnete ich sie in dieser Klinik. Sie kümmerten sich um den Schaden an meinem BMW. Es war schlimmer als ich befürchtet hatte. Die ganze linke Seite hatte ich mir an der Leitplanke ruiniert, sie in ein faltiges Gebirge verwandelt. Der Außenspiegel war abgerissen. Die hintere Seitenscheibe geplatzt.

Mauro sagte: „Wir haben Glück, der Rahmen ist nicht beschädigt. Neu müssen Kotflügel hinten und vorne, Fahrer- und Hintertür. Die Felgen sind auch hin. Die Radaufhängung vorne hat einen Knacks. Die Achse hinten müssen wir uns noch einmal genauer ansehen."

Ich hörte kaum hin.

„Wolf, ich würde sagen, wir brauchen vier bis fünf Tage. Mindestens. Die Teile habe ich schon bestellt, aber die müssen auch erst noch zum Lackierer. Wie ich das so sehe, kannst du froh sein, dass dir nichts passiert ist. Du hast mächtig Schwein gehabt."

Ich berührte den Lack. Diesmal kribbelte es nicht. Ich sah den roten Kleintransporter vor mir. Die aufgesprungene Hecktür, seltsam unversehrt. Die Ladung auf der Autobahn verteilt. Blut, das auf Benzin tropft. Rot und schmierig. „Danke, Mauro. Ein Anderer kann das nicht von sich behaupten."

„Wolf, dann sieh zu, dass du das Arschloch, das das angerichtet hat, zur Strecke bringst." Mein bester Freund war keiner, der einen bemitleidete – das mochte ich so an ihm.

Er hatte Recht, ich musste aufhören mir Vorwürfe zu machen.

Philip.

Michael Winkelmann.

Die Verschwundenen warteten.

Bei ihnen bestand noch die Chance, dass sie lebten.

Ich sah mein Baby an. Meine Gegner waren rücksichtslos und gefährlich. Sie gingen über Leichen. Das hatte ich erlebt. Auf meine ehemaligen Kollegen konnte ich nur begrenzt zählen. Altmann war eine Hilfe. Aber sonst würde ich das allein erledigen müssen.

Es war Zeit zur Arbeit zu fahren, das Leben musste weitergehen. Genau da lag das Problem. Wieder war es Mauro, der meine Gedanken lesen konnte.

„Sag nichts, Wolf. Hier!" Er reichte mir einen Autoschlüssel. Ich starrte auf den wilden Stier.

„Nein, Mauro. Vergiss es! In so ein Ding steige ich nicht ein."

„Chef, der Lambo ist startklar!" Der vierte Kfz-Doktor trat grinsend zu uns. Mauro schien sich auf die Wange zu beißen und machte komische Geräusche. Hinter mir ein Kichern. Anscheinend war ich der Einzige, der sich nicht amüsierte.

Was sollte ich mit so einem Höllending anfangen? Diskret ermitteln? Da konnte ich mir gleich eine Glocke um den Hals hängen und La Paloma jodeln. Davon abgesehen war das Teil so flach, dass ein Mann in meinem fortgeschrittenen Alter nicht wieder rauskommen würde, ohne sich der Lächerlichkeit preis zu geben. Und vergessen Sie McDrive, die könnten Ihnen die Burger höchstens aufs Dach stellen. Das kann kein Mensch wollen.

Mauro lachte jetzt schallend. Er nahm mir den Schlüssel ab und klopfte mir etwas zu fest auf die Schulter. Sein Lachen war ansteckend. Die Anspannung in mir ließ nach.

Mauro sagte: „Komm mit raus, du Neandertaler. Kannst meinen Kombi haben, den von der Firma. Der ist mindestens zehn Jahre alt."

Diesen Mann musste man lieben. Schade nur, dass er verheiratet war.

16

Auch die heutige Mittagspause nutzte ich für Nachforschungen in den verlassenen, unteren Etagen des Bunkers. Am meisten interessierten mich die Kameras. Sie waren mir bei meinem ersten Besuch nicht aufgefallen. Ich fand sie oft da, wo der Gang einen Knick machte und an Fahrstühlen und Türen zu den Treppenhäusern.

Wie kleine Warzen saßen sie unscheinbar unter der Decke.

Keine Stasi-Technik – höchstens zwei, drei Jahre alt. Wenn überhaupt.

Ich trat näher heran. Erst dann sah ich, warum diese kein Bild zeigen konnte. Ursprünglich war ich davon ausgegangen, dass es an mangelndem Licht lag, doch die Linse war mit Lassoband abgeklebt.

Brille, dachte ich.

Das Klebeband nicht spröde, sondern neu. Ich zog es ab.

Insgesamt fand ich acht abgeklebte Kameras. Alle befreite ich von dem Band. Ich sah auf die Uhr. Die Mittagspause war zu Ende. Den Rest des Nachmittags würde ich Kontrollpunkte abgehen müssen. Langsam bekam ich ein Gefühl für das Gelände und die einzelnen Gebäude.

Ich trat aus dem Bunker, als mein Funk knackte.

„Wolf, hier Stahl. Kommen!“

„Wolf hört. Kommen.“

„Habe eine nette, kleine Überraschung für Sie. Sie bleiben auch zur Spätschicht. Dienst in der Zentrale. Ein Kollege hat sich krank gemeldet. Das geht doch klar, oder?! Kommen.“ Seine Schadenfreude tropfte förmlich auf meine Schulter.

„Verstanden. Es ist mir eine Ehre, Sir! Wolf Ende.“

Sollte Stahl doch denken, er würgt mir einen rein. Eine bessere Möglichkeit die Kameras zu überprüfen gab es nicht.

So trat ich um 18:00 Uhr meinen Dienst in der Zentrale an. Den Kollegen an der Schranke kannte ich vom Sehen, er hatte mich gestern durchgelassen. Wir stellten uns einander vor.

Ich genoss die Ruhe und die behagliche Wärme, setzte mich mit frischem Kaffee vor die Monitore. Dann legte ich die Finger auf das Mischpult, klickte die acht vom Klebeband befreiten Kameras der Reihe nach durch.

Alle schwarz.

Doch diesmal konnte ich sicher sein, dass es an mangelnder Helligkeit lag. Wer auch immer die Linsen abgeklebt hatte, würde einen guten Grund gehabt haben. Ohne Lampe würde sich da unten jedenfalls niemand bewegen können.

Es wurde ein langer Abend. Alle 30 Sekunden wechselte ich die Kamera. Ich bediente mich an der Kaffeemaschine, streckte mich, gähnte. Nichts als Dunkelheit. Doch das änderte sich fünf Tassen schwarzen Kaffees später. Punkt 0:37 Uhr. Ein schwacher Lichtkegel fraß sich durch die Dunkelheit. Er hüpfte über die Wände und ließ die Schatten tanzen. Das Bild strahlte eine unwirkliche Schönheit aus, wirkte fast wie eine lang einstudierte Choreographie. Ich hielt den Atem an. Das Licht wurde heller. Etwas schob sich halb vor die Linse. Ein Rücken, der Kopf angeschnitten, ein Scherenschnitt. Das Licht flackerte noch einmal, dann stand es still. Anscheinend hatte die Gestalt die Taschenlampe auf den Boden gelegt. Ich erkannte das fleckige Linoleum und Teile einer Wand. Ich sah auf der Karte nach. Kamera 127, Bereich 21. Diese war abgeklebt gewesen.

Ich beugte mich vor.

Brille?

Es war nicht zu erkennen.

Na los, weiter rein ins Bild und dreh dich um!

Doch die Person kippte nach rechts aus dem Blickfeld. Ich kniff die Augen zusammen.

Scheiße! Da liegt einer. Philip?!

Mein Blick klebte an einer Hand.

Nein, die Finger zierlich und schmal, die Nägel lang. Eine Frau!

Der Unbekannte griff die Taschenlampe und verschwand abermals aus dem Bild. Der Lichtstrahl flackerte wieder, sprang auf und ab wie ein Ball. Dann bewegte sich die Frauenhand – besser gesagt, wurde bewegt. Anscheinend zog jemand die Frau weg. Zwei, drei Schatten schossen noch durchs Bild, dann wurde der Monitor langsam, aber stetig dunkel. Ein allerletztes Flackern und die Show war vorbei. Ich klickte weitere Kameras durch. Nichts. Ich fluchte, schaute auf der Karte nach.

Welchen Weg konnte er eingeschlagen haben? Welche Nummern hatten die Kameras da?

Doch ich hatte kein Glück. Nirgendwo ein Lichtschein, kein Flackern, keine Bewegung. Absolut nichts. Alles blieb dunkel. Ich hatte ihn verloren.

Ich sackte in meinem Sessel zurück.

Was hatte ich gesehen? Eine Frauenhand und eine andere Person, die die Frau anscheinend wegschaffte. Was bedeutete das?

Mein Mund war trocken geworden. Das Schlucken fiel mir schwer.

Das konnte nur eines bedeuten: Im *DDR* verschwinden Menschen. Ich dachte an Philip und Winkelmann und präzisierte die Schlussfolgerung: Es verschwinden Mitarbeiter. Jetzt kam noch eine Frau dazu. Hatte nicht die Polizei alles abgesucht? Wo waren diese Menschen? Gefangen? Tot? War dieser Bunker ein gottverdammtes Mausoleum? Das Gelände ein beschissener Friedhof?

Ich sprang auf. Mein Kollege saß im vorderen Raum und machte Schranke.

„Frank, ich muss dringend mal weg. Kannst du mich vertreten? Machst du das, bitte?"

Ich sah ihm an, dass es ihm nicht passte. Aber schließlich nickte er. „Okay, Wolf. Immerhin bist du für einen von uns eingesprungen."

„Danke!"

Ich brauchte sechs Minuten bis zum Bunker. Im Fahrstuhl drückte ich das 5. UG. Weitere 90 Sekunden später verließ ich die Kabine, die Waffe im Anschlag. HK und Lampe eine Linie. Ich sicherte den Gang nach beiden Seiten. Nichts. Wandte mich nach links, lief bis ans Ende, bog um die Ecke, sah die Kamera an der Decke. Nummer 127. Hier war es. Hier hatte die Frau gelegen. Ich kniete mich nieder. Alles trocken. Kein Blut. Ich atmete auf. Mit der flachen Hand fuhr ich über den Boden. Ein langes Haar kräuselte sich unter meinen Fingern. Ich hielt es ins Licht. Blond.

Wo sind sie hin?

Ich rüttelte an der nächsten Klinke. Zu. Wie auch die nächste Tür und die übernächste und die überübernächste. Mein Generalschlüssel machte seinem Namen wieder keine Ehre. Ich sollte das Ding wegschmeißen und auf den Monatslohn pfeifen.

Ich konnte doch nicht alle Türen aufbrechen! Oder doch?! Mir musste etwas Besseres einfallen. Es war frustrierend.

Mit dem unguten Gefühl nicht alles versucht zu haben, zog ich mich zurück. In 45 Minuten würde ich in der Zentrale abgelöst.

Es musste endlich ein Plan her.

17

Freitag. Der Tag vor Samstag.

Die letzten vier Jahre war mir der Wochentag egal gewesen. Ich musste nicht arbeiten, konnte machen was ich wollte. Zugegeben, oft war mir langweilig – aber die Bar hatte ich ja schon erwähnt …

In meinem neuen Job freute ich mich auf zwei freie Tage, zumal mir die Doppelschicht in den Knochen steckte. Außerdem brauchte ich Ruhe zum Nachdenken.

Ich war wieder auf dem Weg zum Dienst. Um 10:00 Uhr ging es los. Die Klimaanlage in Mauros Kombi kühlte mir das Gemüt. Zum Mittagessen hatte ich mich mit Anke verabredet. Ich musste dringend mit ihr sprechen.

Auf was war ich gestoßen?

In den letzten Tagen war so viel passiert, dass ich die einzelnen Fäden sortieren musste und getrennt betrachten sollte. Dass sie irgendwann zusammenliefen, davon war ich überzeugt.

Was hatte ich:

Faden 1: Philip. Fast zwei Wochen verschwunden. Wahrscheinlich im Dienst. Das steht zwar im Widerspruch zu den Aussagen seiner Kollegen, aber sein Focus, der vom *DDR*-Gelände kam, spricht eine andere Sprache.

Faden 2: Wachdienst Heimat. Allen voran Philips Chef Heiko Stahl. Welche Rolle spielt dieser sympathische Zeitgenosse? Und die Kollegen Ralle, Klaus, Schorsch und Marcel? Wenn ich Faden 1 in die Hand nehme, dann müssten meine Kollegen Philips Verschwinden zumindest vertuschen, ja, vielleicht sogar dafür verantwortlich sein.

Faden 3: Michael Winkelmann. Spurlos verschwunden seit sechs Monaten. Im Dienst! Somit könnte die These von Philips Verschwinden im Dienst untermauert werden. Und wer ist die Frau auf dem Monitor? (Memo: Heute Mittag mit Anke über mögliche weitere Mitarbeiter des *DDR* reden, die verschwunden sind).

Faden 4: Der Stasi-Bunker. Was geht da vor? Wer treibt da sein Unwesen? Ich habe Blut gefunden (Memo: Altmann anrufen und nach den Ergebnissen fragen). Und weggewischtes Blut (von der gleichen Person?). Mögliche Täter: Brille und der Unbekannte vom Monitor (eventuell ein und dieselbe Person, auch eine Frau sollte ich nicht voreilig ausschließen). Außerdem waren mindestens acht Kameras abgeklebt.

Faden 5: Die Ratte. Man war bei mir eingedrungen. Wem bin ich auf die Füße getreten? Einem meiner Kollegen? Dann ist meine Tarnung zwar futsch, aber nicht nutzlos. Wer weiß noch, wo ich wohne? Man könnte mir von der Arbeit aus gefolgt sein, das ist einfach.

Faden 6: Familie. Anke und Lisa. Mutter und Freundin (bald selbst Mutter). In der Familie verschwindet man gerne. Zuerst Peter (1989), dann ich (2009, ich zähle mich jetzt einfach zur Familie dazu), zuletzt Philip (siehe auch Faden 1). Was läuft da schief?

Faden 7: Übersehe ich jemanden? Meine Diagramme sollen dem entgegenwirken. Schützen aber nicht vor falscher Interpretation. Und sie sind so löcherig wie ein Schweizer Käse.

Bestimmt übersehe ich jemanden.

Anke holte mich gegen 13:30 Uhr am Haupttor ab. Was wir zu bereden hatten, sollte keiner hören. Der kleine Grieche fünf Minuten entfernt war perfekt. Wir saßen auf der Terrasse, die Temperaturen ließen es so eben noch zu – außer uns traute sich allerdings niemand.

Zunächst fasste ich meine Erlebnisse der letzten Tage und Nächte zusammen. Ich hatte lange überlegt, ob ich ihr das zumuten könne, aber wenn wir Philip finden wollten, musste es sein. Sie hörte fassungslos zu. Als ich fertig war, schwieg sie – minutenlang.

Endlich. „Danke, dass du so ehrlich zu mir bist. Ich wusste, dass es hart werden würde, aber ich werde es durchstehen.“ Sie trank von ihrem Wasser, den Salat hatte sie nicht angerührt. „Wie machen wir weiter, Wolf? Was kann ich tun?“

Ich legte meine Hand auf ihre und drückte sie.

„Wir brauchen Infos. Du sitzt in der Personalabteilung, an der Quelle, da setzen wir an. Ich denke da an die Frau, die ich auf dem Monitor gesehen habe. Wird eine Mitarbeiterin vermisst? Halt die Ohren auf, durchforste das System. Außerdem glaube ich, dass noch mehr Menschen verschwunden sein könnten. Sagen wir mal innerhalb des letzten Jahres."

Anke schluckte, schließlich nickte sie. „Wolf, was glaubst du, was mit ihnen geschehen ist?"

Ich versuchte zuversichtlich zu klingen. „Ich weiß es nicht. Da läuft etwas Dreckiges. Aber wir finden es heraus. Das muss ein Ende haben."

Ich glaube, das mit der Zuversicht ging gründlich daneben.

Anke stocherte in ihrem Salat. „Ich werde gleich damit anfangen. Aber es wird dauern. Soll ja nicht jeder mitbekommen – nehme ich an?!"

„Nein, du musst vorsichtig sein. Kommst du auch an Heimat-Akten heran?"

„Nein, das ist ein Subunternehmer. Da halten die die Finger drauf."

Damit hatte ich gerechnet, aber man wusste nie. Um Stahl und Kollegen würde ich mich selbst kümmern müssen. Die Aufgaben waren verteilt, ich wechselte das Thema. „Wie geht es Lisa?" Lisa! Warum hatte ich noch nicht mit ihr gesprochen? Immerhin stand sie Philip sehr nahe – untertrieben gesagt. Vielleicht schämte ich mich, ihr unter die Augen zu treten?! Vielleicht fürchtete ich einen Vorwurf, damals Philip allein gelassen zu haben?! Vielleicht … Ja, ich hatte begriffen, dass ich in dieser Hinsicht mal wieder ein feiger Hund war. Solche Schwächen konnte ich mir aber nicht leisten, wenn ich Philip finden wollte!

Anke seufzte. „Sie versucht tapfer zu sein, aber das ist nur gespielt. Dass du da bist, macht uns beiden Mut. Ihre Arbeit lenkt sie etwas ab. Wir würden dich gerne morgen zum Abendessen einladen. Bei mir. Sie will dich unbedingt kennenlernen."

„Ich komme gerne!" Mein Essen war kalt geworden, das würde mir morgen nicht passieren.

Wir saßen eine Weile schweigend zusammen. Mit Anke konnte man das gut. Mit jemandem schweigen zu können, sagt mehr aus, als mit jemandem reden zu können, hatte meine Mutter mir mal gesagt. Ich glaube, sie lag richtig.

Wir zahlten und fuhren zurück zum *DDR*. Anke gab mir zum Abschied einen Kuss auf die Wange, murmelte was von 19:00 Uhr, pünktlich sein und anständig angezogen. Ich hoffte, sie spielte nur auf meine Heimat-Uniform an.

Ich hatte noch ein paar Minuten Zeit und ging in den Aufenthaltsraum. Dort hatte ich noch etwas zu erledigen, war mir doch der Focus mit den bekannten Folgen in die Quere gekommen. An der Wand hingen die Dienstpläne der letzten zwei, der laufenden und der folgenden Woche. Ich schrieb mir auf, welcher Kollege welchen Job in jener Nacht hatte als Philip verschwand. Einer, der laut Tabelle keinen Dienst hatte, war Stahl. Er musste keine Schichten schieben, sondern hatte einen bequemen nine-to-five-Job.

Ich stutzte. Hatte Stahl nicht ausgesagt, er habe Philip an diesem Samstag nicht gesehen, weil dieser nicht zum Dienst erschienen sei?! Demnach musste Stahl an jenem Abend im *DDR* gewesen sein. Samstags! Zufall? Überstunden? Was wollte er hier? Ich machte mir im Geiste eine Notiz.

Stahls normale Arbeitszeiten passten mir sehr gut in den Kram, denn dann hatte ich auch mal frei, wenn er arbeiten musste.

Herauszufinden wo er wohnte, würde nicht allzu schwer sein. Ich könnte ihm nach Dienstende folgen. Auch wenn er nicht direkt nach Hause fahren würde, irgendwann musste er mal schlafen. Mich interessierte vor allem, ob er Familie hatte oder allein wohnte. Wie war die Wohnung gesichert? Hatte er einen Hund? Ich musste ein Profil erstellen.

Und meine Kollegen? Sie sagen das Gleiche wie Stahl: Philip sei an diesem Samstag nicht zum Dienst erschienen. Konnten sie alle lügen? Welches Motiv hätten sie? Stahl könnte ihnen mit Kündigung gedroht haben, das wäre eine Möglichkeit.

Samstag und Sonntag hatte mein *lieber Chef* generell frei. Montagmittag war demnach eine gute Gelegenheit seine Wohnung zu erkunden, denn ich hatte nächste Woche Spätschicht – Arbeitsbeginn Punkt 18:00 Uhr.

Ich ging in die Zentrale. Marcel lümmelte vor den

Telefonen, blätterte versunken in einer Waffenzeitschrift. Die Monitore würdigte er keines Blickes. So lief das dauernd, wie ich mittlerweile festgestellt hatte. Kein Wunder, dass niemand merkte, wenn jemand Kameras abklebte und Blut aufwischte.

Ich fragte: „Was machst du am Wochenende?"

Marcel grinste und hob die Zeitschrift hoch. „Treff mich mit meinen Brüdern aufm Schießstand. Will meine neue Beretta einschießen. Komm doch einfach mit. Von einem Ex-Bullen können wir bestimmt noch wat lernen, wa?!"

Meine Frage diente zwar als Vorbereitung für die nächste, aber so konnte ich doppelt punkten. „Warum eigentlich nicht. Aber nur, wenn der Alte nicht dabei ist."

Marcel lachte. Dann verschluckte er sich, hustete mit hochrotem Kopf. Ich konnte ihn kaum verstehen. „Der Alte?! Hast du nen Schuss? Mit dem hat's ja nich mal seine Frau ausgehalten. Ist vor Kurzem ausgezogen, hab icke jehört. Haste aber nich von mir, wa."

Mann, war ich gut. Zwei Fragen und ich hatte eine Einladung, noch mehr Interna aus Marcel zu ziehen und dazu die Klärung von Stahls Familienverhältnissen. Mit so viel Oberwasser machte ich mich auf meine Tour. Vor dem Gebäude zückte ich mein Handy. Fehlte nur noch eines.

„Mauro, ich brauch dich. Du musst heute meinen Chef, einen gewissen Heiko Stahl, beschatten. Bulliger Schädel, schütteres Helm-Haar, verschwitzt, feist – den kannst du nicht übersehen. Sei halb fünf am Sender. Nein, besser um vier, wer weiß, wann der abhaut. Ich muss wissen wo der Typ wohnt. Er fährt einen silbernen A3, Kennzeichen Berlin-Emil Emil-212. Danke Mauro, hast was gut bei mir."

Als ich aufgelegt hatte, fiel mir Altmann ein. Ihn hätte ich um eine Halterabfrage bitten können, das wäre einfacher gewesen. Kurz überlegte ich Mauro zurückzupfeifen, entschied mich dann dagegen. Ich beanspruchte Altmann und den Apparat schon zu viel. Aber vielleicht gab es bereits Ergebnisse aus dem Labor.

Ich wählte.

„Johannes?! Hier Wolf, dein persönlicher Weckdienst fürs Wochenende. Nicht, dass du in deiner Beamtenbude noch den Feierabend verpennst."

Ich hörte ihn lachen. „Hab eigentlich schon früher mit dir gerechnet. Geduld war noch nie die Stärke des Wolfes. Ich kann dir aber erst am Montag Ergebnisse liefern, den Jungs ist ein Doppelmord in Spandau dazwischengekommen. Üble Sache. Das ganze Programm. Sorry."

„Kann man nichts machen. Dann meld dich Montag und lass die Frauen in Ruhe."

„Davon bin ich weg. Ich zahl noch die letzte ab." Er lachte.

Ich trennte die Verbindung. Alles war auf den Weg gebracht. Jetzt musste ich warten.

Ich hasste es.

18

Ich schaffte es tatsächlich, pünktlich zu sein. Anke machte mir die Tür auf. Dieses Mal war ich besser vorbereitet.

„Sind die schön, Wolf! Du hast nicht vergessen, wie sehr ich Lilien liebe. Komm rein. Lisa wartet im Wohnzimmer. Ich stell die hier nur schnell ins Wasser." Sie strich sich eine Strähne aus dem Gesicht. So beiläufig, so zart. Dazu dieses Lächeln. Dieser Blick. Sie schien aus dem Zimmer zu schweben. Ich konzentrierte mich wieder einmal auf meine Schuhe, atmete tief durch.

Im Wohnzimmer saß Lisa in der Mitte der Couch. Ich wusste nicht, was ich erwartet hatte, aber sie überraschte mich. Sie war hübsch, keine Frage. Aber man musste Tattoos und Piercings mögen. Ihr linker Arm war übersät mit wilden Mustern in sämtlichen Farben – es überforderte mich. Durch die Nase trug sie einen Ring. In ihrer linken Augenbraue steckte ein Stahlstift. Die Frauen in diesem Haus machten mich wahnsinnig – jede auf ihre Art.

„Dann fang ich mal an", sagte sie. Ich musste sie nur angestarrt haben. Bei Menschen wie ihr wurde mir bewusst, wie alt ich war. „Ich freue mich, dich kennenzulernen, Wolf. Philip hat viel von dir erzählt."

Wir schüttelten uns die Hand. Ich nehme an, ich bin rot geworden – jedenfalls fühlte es sich so an.

Wieder hatte ich eine Begrüßung verbockt. „Hallo … äh Lisa“, sagte ich nur. Eine wahre Glanzleistung – so viel zur besseren Vorbereitung.

Anke kam mit Blumen und Vase zurück. Beides fand Platz neben den Fotos auf dem Kamin. „Ihr könnt essen kommen. Dabei redet es sich leichter.“

Es gab Steak und Salat. Anke hatte sich an mein Lieblingsessen erinnert. Ich schnitt das dreifingerdicke Stück Fleisch an, der weiße Tellerboden färbte sich rot. Schön blutig. Perfekt!

Während des Essens erzählte Lisa, wie sie Philip kennengelernt hatte und wie sie beide zueinandergefunden hatten. Mir gefiel ihre Art, von ihm zu sprechen. Erinnerungen an Philip schossen mir ungeordnet durch den Kopf und ich hatte mit einem Mal einen Kloß im Hals. Unwillkürlich wanderte mein Blick zu seinem leeren Platz hier am Tisch. Jetzt stand sein Stuhl mit der Lehne an die Tischplatte gerückt. Ich stellte mir vor, er würde mit seinem melancholischen Lächeln hereinschlurfen und sich für die Verspätung entschuldigen. Dann würde er Lisa küssen, sich setzen und darauf warten, dass seine Mutter ihm das dickste Stück Fleisch servierte. Ich zwang mich den Kopf abzuwenden und konzentrierte mich wieder auf die beiden Frauen, die über Philips Gesicht lachten, das er gemacht haben musste, als er erfuhr, dass er Vater wird. Ich stimmte in das Lachen ein. Aber auch ihre Fröhlichkeit war aufgesetzt. Jeder von uns dachte an die Umstände unseres Zusammentreffens.

Ankes Crème brûlée war eine Offenbarung. Ein würdiger Abschluss. Mit dem Kaffee siedelten wir um ins Wohnzimmer. Die beiden Frauen belegten die Couch, ich nahm den Sessel. Wir schwiegen uns an, der angenehme Teil des Abends war zu Ende – wir spürten es alle. Dann griff Anke auf den Beistelltisch, holte drei Schnellhefter nach vorne. Klappernd rutschten sie über den Couchtisch auf mich zu.

„Georg Heuster. Nadine Hochmuth. Andreas Zaminski." Jeden einzelnen Namen betonte sie.

Ich starrte die Hefter an.

Sie fuhr fort: „Georg Heuster. Dokumentationsassistent im Archiv. 20 Jahre alt. Verschwunden vor fünf Monaten. Nadine Hochmuth. Redakteurin. 38 Jahre. Verschwunden vor drei Monaten. Andreas Zaminski. Reinigungsfachkraft. 44 Jahre. Verschwunden vor zwei Monaten."

Beide Frauen warteten auf eine Reaktion.

„Scheiße!" Ich nahm die Hefter, blätterte sie durch. Dann sah ich Anke an. „Das ist nicht gut. Gar nicht gut. Wie bist du darauf gestoßen?"

„Ich bin die Lohnaussetzungen durchgegangen, die drei fielen durchs Raster. Es gibt Querverweise zu anderen Dateien. Das war nicht einfach zu finden, ich habe lange suchen müssen. Bei Georg Heuster verhält es sich wie bei Philip. Er sei gar nicht mehr zum Dienst erschienen. Deshalb wurde recht bald das Arbeitsverhältnis gelöst und die Lohnfortzahlung eingestellt. Bei Nadine Hochmuth ist die Sache schwieriger. Sie könnte im Dienst verschwunden sein. Zuletzt gesehen wurde sie an einem Sonntag, Redakteure arbeiten öfter mal was am Wochenende auf, bereiten einen Dreh vor, schneiden oder texten einen Beitrag – so was halt. Das ist nicht ungewöhnlich. Ihre Lebensgefährtin hat ausgesagt, dass sie ins Büro wollte. Ob sie da auch angekommen ist, konnte nicht bestätigt werden. Keiner hat sie gesehen. Klar ist die Sache bei Andreas Zaminski. Er verschwand während einer nächtlichen Putzschicht im 3. Stock des Bunkers. Samt seines Staubsaugers und des Müllbeutels. Die Kollegen sind ratlos."

„Kannst du ersehen, wer den Lohn ausgesetzt hat?"

Anke schüttelte den Kopf. Zwei tiefe Falten zeigten sich auf ihrer Stirn. „Nein, das ist komisch. Dazu fehlen die Einträge. Aber eine weitere Notiz ist mir aufgefallen. Bei allen stand: polizeiliche Verschlusssache. So etwas hatte ich noch nie. Diese Infos hier waren wirklich gut versteckt."

„Was ist mit der Frau, die ich auf dem Monitor gesehen habe? Keine Vermisstenmeldung in den letzten Tagen?"

Anke schüttelte den Kopf. „Nein, nichts."

Ich rutschte nach vorne. „Bleib dran, das ist extrem wichtig. Sie ist unsere beste Spur."

Lisa war blass, den Tränen nahe. Sie sagte: „Anke sollte da nicht mehr hingehen. Das ist gefährlich da."

Anke nahm ihre künftige Schwiegertochter in den Arm. „Mach dir keine Sorgen. Wir passen auf."

Auch ich nickte, obwohl ich kaum schlucken konnte. „Anke hat Recht, Lisa. Das alles hilft uns weiter. Und ich glaube, all diese Menschen leben noch, schließlich hat man – Gott sei Dank – keine Leichen gefunden. Sorry, aber ich muss es so hart ausdrücken. Doch wir haben jetzt diese Spur und dafür brauchen wir Anke in ihrer Abteilung. Ich passe auf sie auf, ich verspreche es!"

Lisa nickte und fummelte ein Taschentuch aus ihrer Jeans. „Okay, ich kann sowieso nur noch an Philip denken. Ich will auch helfen, was kann ich tun?"

Na, super! Eine Schwangere an der Front, das gefiel mir nicht. Doch ich musste sie beschäftigen, es würde ihr helfen und vielleicht fand sie auch etwas heraus.

Ich sagte: „Gut, dann mach folgendes: Recherchiere bitte alles zum *DDR*, dem Wachdienst Heimat und den Vermissten. Such bei Facebook, Twitter und wie die Dinger alle heißen. Kannst du das?"

„Klar, damit kenn ich mich aus. Wird erledigt."

Nachdenklich rutschte Anke auf der Couch hin und her. „Wie konnte das so lange unentdeckt bleiben? Warum ist mir das nicht schon eher aufgefallen?"

„Du konntest es nicht sehen, Anke. Ich glaube, es ist wie mit den Fröschen. Schmeißt du einen in heißes Wasser, springt er panisch heraus. Setzt du jedoch einen Frosch ins kalte Wasser und erhitzt es schön langsam, dann bleibt er drinnen bis es kocht.

Und du Anke, warst von Anfang an im kalten Wasser. Jetzt kocht es." Ich stand unvermittelt auf. „Ich muss los, hab da noch was zu erledigen. Anke, vielen Dank für die Einladung. Lisa, es war schön dich kennenzulernen. Philip ist ein kluger Junge." Fast hätte ich gesagt, *macht euch keine Sorgen, wir finden ihn, das verspreche ich.* Aber das wären nur leere Worthülsen. Natürlich machten sie sich Sorgen. Außerdem sollte ich die Klappe nicht so aufreißen, schließlich hatte ich schon Peter nicht finden können. Ich wollte nicht wieder etwas versprechen, was ich vielleicht nicht halten konnte.

Anke berührte mich am Arm. „Hier, nimm die Schnellhefter mit. Da sind die gesamten Ausdrucke drin. Ich bring dich noch zur Tür."

Draußen war es kalt geworden. Ich fröstelte.

„Warum der schnelle Aufbruch, Wolf? Was ist los?"

Hinter meinem Auge pochte wieder der Kopfschmerz. Kirschkerngroß und heiß. „Du sagst, die Polizei sei immer eingeschaltet worden. In solchen Fällen ist es äußerst selten, dass die Ermittler die Öffentlichkeit heraushalten können. Gut, wenn es ihnen gelingt. Aber ich hab ein Problem!"

„Was für ein Problem?"

„Mein Freund Johannes Altmann. Er hat mir nicht die Wahrheit gesagt!"

19

Im Kombi schaltete ich mein Handy ein. Mauro hatte mir um 19:11 Uhr eine SMS geschickt.

Mission erfolgreich. Dein Heiko Stahl wohnt Krokusweg 19a. Hat etwas gedauert, der Gute ist erst einkaufen gefahren.

Kurz stellte ich mir vor, wie Mauro ihm gefolgt war. Im Lamborghini? Ich musste lächeln.

Dann wählte ich Altmanns Nummer. Er ging nicht dran. Fluchend feuerte ich das Handy auf den Beifahrersitz, dachte daran, was mein Ausbilder auf der Polizeischule gesagt hatte: *Wahrheit ist ein rares Gut, deswegen gehen viele Menschen sparsam damit um.* Ich liebte diesen Zyniker, er hatte mit so vielem Recht.

Ich ließ den Wagen an, würde es später erneut bei Johannes probieren. Mein Blick fiel auf die Uhr am Armaturenbrett. Gleich 22:30 Uhr. Zeit für einen ersten Besuch bei meinem Chef.

30 Minuten später erreichte ich den Krokusweg. Doppelhaushälften mischten sich unter große Einfamilienhäuser. Das Wohngebiet mochte etwa zehn Jahre alt sein. Die Grundstücke waren eingewachsen und machten einen gepflegten Eindruck. In den Einfahrten stand gehobene Mittelklasse. 19a war Teil einer Doppelhaushälfte, Stahls Audi nicht zu sehen. Wahrscheinlich in der Garage, denn im Haus brannte Licht. Ab und zu flackerte ein blauer Schein über die Wände. Der Fernseher lief.

Ich stellte den Kombi eine Straße weiter ab und ging im Schatten von Hecken zurück. Neben Stahls Haus war ein Spielplatz. Dazwischen ein gepflasterter Fußweg, der nach ein paar Metern in Dunkelheit ersoff. Ideal für mich.

In tiefster Schwärze blieb ich stehen. Nach ein paar Minuten hatten sich meine Augen an die Dunkelheit gewöhnt. Büsche schirmten den Weg von Stahls Grundstück ab. Ich ging weiter am Haus vorbei, schob mich leise in die Sträucher. Von hier aus konnte ich in das Wohnzimmer sehen. Die Entfernung betrug vielleicht 25 Meter. Mein momentaner Chef saß im Sessel, einen Laptop auf dem Schoß. Die Stehlampe neben ihm brannte. Den Fernseher schien er nicht zu beachten.

Ich musste mehr über seine Gewohnheiten erfahren und ob noch jemand im Haus war. Ich wartete. Niemand tauchte bei ihm auf. Einmal verschwand er durch die Tür, kam aber umgehend mit einer Flasche Bier zurück. Er tippte etwas. Vielleicht schrieb er E-Mails. Gegen 0:15 Uhr klappte er den Laptop zu. Wieder ging er aus dem Zimmer. Mit einer Waffe und Zeitungen kam er zurück. Er legte beides auf den Wohnzimmertisch und holte aus der Anrichte ein Köfferchen. Dann setzte er sich, zerlegte die Pistole auf den Zeitungen, griff nach einem Plastikfläschchen und Lappen. Ich wusste, was er vorhatte – hatte ich doch unzählige Male selbst eine Waffe gereinigt. Er erledigte es gründlich, setzte die geölten Teile routiniert wieder zusammen und zielte aus dem Fenster. Den Kasten verstaute er wieder in dem Schränkchen, ging dann mit der Pistole aus dem Raum. Kurz darauf kam er ohne sie wieder zurück, trank seinen Rest Bier, streckte sich, löschte das Licht. Eine Minute später ging eine Lampe im 1. Stock an. Wahrscheinlich das Schlafzimmer. Nach einer weiteren halben Stunde wurde es ganz dunkel.

Das war's für heute, Sendeschluss, dachte ich, verließ meinen Beobachtungsposten, ging zum Auto, wendete und fuhr Richtung Stadtmitte davon.

Es sah nicht so aus, als ob jemand bei ihm wohnte, auch einen Hund hatte er anscheinend nicht. Mit dem wäre er bestimmt noch mal rausgegangen oder hätte ihn wenigstens in den Garten gelassen. Trotzdem würde ich Montag aufpassen müssen. Vielleicht hatte er eine Putzfrau? Ich wusste es nicht.

Vor mir tauchte die Werkstatt auf. Ich stellte den Kombi wie gewohnt rückwärts vor die Garage und griff wieder nach dem Handy.

Richtig, Altmann! Die Uhrzeit war mir egal. Aber auch diesmal hatte ich kein Glück.

Morgen würde ich bei ihm vorbeifahren.

Er wollte es anscheinend nicht anders.

20

Um 3:39 Uhr flog der erste Molotow-Cocktail in mein Appartement.

Die Flasche explodierte auf dem Fußboden. Blaue Flammen ergossen sich über die Dielen. Ich hatte mich aus dem Bett gerollt, als auch das andere Fenster barst. Flammen spritzten auf meine Matratze und führten einen wilden Tanz auf. Ich spürte die sengende Hitze. Meine Diagramme an den Wänden lösten sich in Asche auf. Ich musste raus hier! Das Feuer verbrannte sämtlichen Sauerstoff. Barfuß und in Shorts sprang ich an die Tür.

Blockiert.

Rauch ließ meine Augen tränen. Die wenige Atemluft war glühend heiß.

Brandbeschleuniger sind die Hölle!

Langsam geriet ich in Panik, durfte jetzt nicht die Orientierung verlieren. Mir blieben nur die Fenster. Wind stieß herein und ließ die Flammen wütend fauchen. Ich fluchte, draußen lief, besser gesagt, sprang ich ihnen in die Arme. Aber ich konnte nicht wählerisch sein, mir brannte buchstäblich der Kittel beziehungsweise die Shorts.

Machen Sie bitte folgendes nicht nach! Nicht, wenn es nicht unbedingt sein muss. Es gibt schönere Wege sich umzubringen. Aber immer noch besser als elendig zu verbrennen.

Ich nahm Anlauf, schickte ein *„Scheiße im Him-*

mel" hinterher und sprang in die Richtung, in der ich die Fenster in Erinnerung hatte. In einem Regen aus Glas stürzte ich aus dem 1. Stock in den Hof der Werkstatt. Als Kugel, den Kopf in meinen Armen vergraben und die Knie angezogen, schlug ich auf einem Metalldach auf.

Es war heftiger als ich gedacht hatte. Ich prallte ab, fiel weiter runter auf den Asphalt. Die Luft blieb mir weg. Mein Körper krampfte. Panisch dachte ich an die Angreifer. Ich lag halbnackt und wehrlos im Hof, rechnete mit einer weiteren Attacke. Als die ausblieb – ich sah noch die Flammen aus den Fenstern über mir schlagen – ließ ich mich sehnsuchtsvoll in die Bewusstlosigkeit gleiten.

21

„Da ist er wieder“, sagte jemand.

Ich wartete auf mein *„Da bist du“*. Aber ich blieb stumm. Stattdessen leuchtete mir jemand mit einer Lampe ins Auge. Die Welt flackerte blau.

„Können Sie mich hören?“

Ich wollte den Kopf heben, aber man hatte mir eine Halskrause angelegt. Jemand drückte mich herunter. Die Rettungsdecke auf mir knisterte.

„Langsam, nicht bewegen. Wie heißen Sie?“

„Tom Wolf.“ Mehr brachte ich nicht heraus.

Jetzt erkannte ich einen Vollbart über mir.

„Sie wissen wer Sie sind, Herr Wolf. Das ist schon einmal sehr gut. Sie hatten einen Unfall. Scheint alles halb so schlimm zu sein. Schnittwunden und Prellungen. Wahrscheinlich Gehirnerschütterung. Sie müssen auf jeden Fall zum Röntgen ins Krankenhaus.“

Unfall ist eine recht freundliche Beschreibung der Dinge, dachte ich. Aus den Augenwinkeln sah ich Feuerwehrmänner den Brand bekämpfen.

Zum Glück stand mein Baby nicht in der Garage (Ja, in Krisenzeiten beschränkt Mann sich aufs Wesentliche). Ich verspürte keine Schmerzen, wahrscheinlich hatten sie mir was gespritzt. Dumpf hörte ich ein Kommando, spürte wie man mich anhob und auf eine Trage legte. Sie fummelten an mir herum. Die Gurte.

„Drei, zwei, eins – jetzt!“

Man hob mich abermals an – jetzt samt Trage. Auf dem Weg zum Rettungswagen hatte ich einen guten Überblick über den Tatort. Mein Appartement war nicht mehr zu retten. Das Wasser, das die Feuerwehr oben reinpumpte, lief als Brühe zur Garage wieder hinaus. Mindestens drei Löschfahrzeuge waren im Einsatz. Überall lagen Schläuche und Rufe erschallten in schöner Regelmäßigkeit. Das Feuer schien immerhin unter Kontrolle.

Der Vollbart sprach mit einem Polizisten. Zweimal zeigte er auf mich. Dann kam er zu mir in den Rettungswagen. Die Türen schlossen sich und wir fuhren los.

Premiere. Ich war noch nie hinten mitgefahren. Vorne schon, nach dem einen oder anderen Einsatz. Die Zielperson hatte jeweils weniger Glück. Zielpersonen haben generell weniger Glück – ihr Platz ist immer hinten.

Wir fuhren ohne Horn, nur das Blaulicht zuckte. Ein gutes Zeichen, denn dann konnte es nicht so schlimm sein. Verwenden sie beides, könnte es unter Umständen eng werden. Zittern sollten Sie, wenn beides ausgeschaltet wird – dann war's das meistens.

Der Vollbart spielte an der Infusion herum und schien ganz zufrieden – noch ein Zeichen sich keine allzu großen Sorgen zu machen. Ich dachte an Mauro und seine Familie. Zum Glück wohnten sie nicht bei der Werkstatt.

„Wir bringen Sie in die Charité, Herr Wolf. Die liegt am Nächsten."

Langsam dämmerte ich weg. Doktor Vollbart hatte alles im Griff.

Zwei Ärzte und drei Schwestern zuppelten an mir rum. Man nahm mir Blut ab, versorgte Wunden, brachte mich zum Röntgen und stellte mich schließlich mutterseelenallein in einem Überwachungszimmer ab. Die kotzgrünen Wände drückten zusätzlich auf meine Stimmung. Ich musste nicht lange warten bis Vollbart zurückkam.

„Ich habe mich noch gar nicht richtig vorgestellt, Dr. Raczykarows mein Name." Aha! Nein, er würde Vollbart bleiben. Ich gab ihm die Hand und verzog das Gesicht.

Er nickte. „Sie werden grün und blau werden. Prellungen an Schulter, Rücken und Oberschenkel. Eine Schnittwunde am Arm mussten wir mit zehn Stichen nähen. Ihr Bein zeigt eine leichte Verbrennung. Gebrochen ist glücklicherweise nichts. Sie bleiben zur Beobachtung bis morgen hier. Dann wird sich auch die Polizei bei Ihnen melden. Die haben Fragen. Und Sie?"

„Ich verstehe nicht …"

„Ob Sie auch Fragen haben?"

Ich schüttelte den Kopf. Was sollte ich jetzt fragen? Ich war einfach nur müde.

Dr. Vollbart ging und gab sich mit Mauro die Klinke in die Hand.

„Kann man dich denn nie alleine lassen? Was passiert als nächstes? Legst du ein ganzes Viertel in Schutt und Asche?“ Er trat ans Bett. „Was sagt der Doc?“

„Als fliegender Superheld tauge ich nicht. Aber im Ernst, bin nur gut durchgeschüttelt. Glück gehabt.“

„Ich war bei der Werkstatt. Du bist auf meinem Kombi gelandet, das hat dich vor Schlimmerem bewahrt – die Pflastersteine wären härter gewesen. Aber der Wagen ist Schrott, würde ich sagen. Könnte höchstens ein Cabrio draus machen.“ Er wurde ernst. „Was ist passiert?“

„Brandbomben. Mindestens zwei. Ich hatte Glück nicht als Fackel aus dem Fenster zu fliegen. Die Tür zum Appartement war blockiert. Du musst die Aufnahmen der installierten Kamera checken, falls die überlebt hat. Kein Wort zu den Bullen. Ich muss in Ruhe nachdenken.“

Er nickte, er kannte mich lange genug. „Hier!“ Er warf mir sein Handy aufs Bett. „Das brauchst du jetzt dringender. Meld dich bei Anke, bevor sie es in der Zeitung liest. Ich komme morgen wieder. Und stell bis dahin nichts mehr an, wenn's irgendwie geht! Bitte!“

Ich wollte etwas erwidern, ließ es aber – wollte nichts versprechen, was ich nicht halten konnte. Ich hatte dazugelernt.

22

Die Einschläge kamen näher. Ich hatte mich entschlossen in Bewegung zu bleiben. Hotels. Pensionen. Gasthöfe. Jede Nacht woanders. Freunde musste ich meiden. Ich dachte an Mauro und seine Familie. An Anke und Lisa.

Sonntagmittag hatte ich die Schnauze voll von weißen Kitteln, kotzgrünen Wänden und Doktor Vollbart (So gern ich ihn auch hatte). Ich entließ mich selbst. Auf eigene Verantwortung, wie ich schriftlich bestätigen musste. Mauro war so lieb und kleidete mich ein. Alles war mindestens zehn Zentimeter zu kurz. Die einzigen Schuhe, in die ich auch nur irgendwie passte, waren offene Sandalen. Nicht schön, aber es reichte, um von Mauros Wagen aus die Flughafenshops zu erreichen. Er kam tatsächlich mit dem Lambo, weil ihm langsam die Autos ausgingen, wie er grinsend sagte.

Das Feuer hatte alles vernichtet. Kreditkarten. Führerschein. Personalausweis. Mein Freund versorgte mich mit ausreichend Bargeld und mietete mir ein Auto. Kreditwürdig war ich – keine Frage. Endlich fühlte ich mich wieder wie ein Mensch, wenn man von den Schmerzen absah, die ich hatte, wenn ich lachen musste.

Von Mauro hatte ich die Namen der Beamten, die den Brand untersuchten. Da ich mich nicht mehr im Krankenhaus aufhielt, war es nur klug, mich auf der Dienststelle zu melden, bevor sie mich noch zur Fahndung ausschrieben. Sie bestellten mich für Montag 11:00 Uhr ein. Ich versprach pünktlich zu sein und gab an im Hilton zu wohnen – was ich auch vorhatte.

Im Miet-Volvo dachte ich an die Verabredung mit meinem Heimat-Engel Marcel auf dem Schießstand. Ich war geneigt abzusagen, aber ich musste Informationen sammeln. Meine angeschlagenen Knochen würden das aushalten müssen.

Die Adresse des 1. Berliner Sportschützen-Clubs fand ich mit dem Navi des Mietwagens problemlos. Schwieriger war es, aus der Karre rauszukommen. Ich gebe an dieser Stelle zu, dass Mauro am Flughafen grinsend alle Hände voll zu tun hatte, mich buchstäblich aus dem Lambo zu schälen – dagegen war der Volvo nahezu ein Raumwunder. Trotzdem hatte ich das Gefühl mindestens 80 zu sein, als ich mich mit einer Hand auf der Tür und der anderen auf dem Dach abstützte und ächzend hinaushievte.

Etwas steif stieß ich die Tür zum Club auf. Dumpf hörte ich Schüsse. 9 mm, dachte ich. Unverkennbar.

Ich stand vor einer Art Tresen. Höflich grüßte ich den Mann dahinter – er sah so unscheinbar aus, dass ich ihn schon vergessen hatte, bevor ich grüßen konnte.

„Guten Tag, ich suche den Marcel und seine Brüder."

Der Vorname reichte. Stumm nickte der Mann

zur Tür hinter ihm. Ich wunderte mich, wie einfach man hier reinkam. Aber das sollte mir nur recht sein.

Ich folgte der Beschilderung und gelangte zu einer Tür mit der Aufschrift *Bitte klingeln! Betreten auf eigene Gefahr.* Doch das musste ich nicht einmal, das Klingeln meine ich, denn Marcel schlug mir die Schallschutztür fast an den Kopf. Das hätte gerade noch gefehlt.

„Wolf! Dufte, dass du es jeschafft hast." Er sah mich an und stutzte. „Hä, bist du die Treppe runterjefallen?"

Sagte ich, dass es weh tat wenn ich lachte?

„Von ganz oben! Aber geht schon, macht mich nur härter."

„Dann komm rein, harter Bursche. Hoffe, du kannst ne Waffe halten, wa?! Ich hab schon mit dir jeprahlt."

Die beiden Typen drinnen sahen aus wie man sich russische Schläger vorstellte: hart und vernarbt. Putte Marcel mit seinen weichen Zügen passte so gar nicht zu ihnen. Was mein Kollege an Speck mit sich herumschleppte, verbuchten seine Brüder als definierte Muskelmasse. Außerdem waren sie mindestens zwei Kopf größer und sahen eher aus wie Dolph Lundgren auf Speed. Also bitte, sie mussten einfach verschiedene Väter haben!

„Wolf, das sind meine Brüder Engelbert und Giselher." Wieder hatte ich Schmerzen.

Es konnte nur ein lustiger, schmerzhafter Nachmittag werden. Marcel war sichtlich stolz auf seinen Ex-Bullen und gab mit mir an wie mit einem bunten Pferd. (Wenn ich mich so betrachtete, kam ich an Franz Marcs *Blaues Pferd* farbtechnisch tatsächlich heran – gucken Sie nicht so, auch ein Ex-Bulle kann kultiviert sein!) Marcel wedelte mit seiner neuen Beretta und lud sie geräuschvoll durch. Er stank nach Waffenöl und Kordit. Herrlich! Wir machten so manches Magazin leer. Und ich zeigte ihnen Kniffe und Atemtechniken.

Zwischendurch horchte ich Marcel aus – so würde ich das ausdrücken. Er empfand das nicht so, wollte mir gefallen und plauderte drauflos, gab so manch gute Geschichte über die Heimat zum Besten. Doch viel Substanzielles war nicht dabei. Egal, ich verbuchte unsere Schießerei als Teambuilding-Maßnahme. Die Russen Engelbert und Giselher klopften mir zum Abschied auf die Schulter. Aua. Aua.

Gegen 18:00 Uhr verabschiedete ich mich und nahm mein zweites Vorhaben in Angriff. Altmann. Nein, ich hatte ihn nicht vergessen, aber ich wollte nach Dr. Vollbarts Drogencocktail halbwegs clean und im Vollbesitz meiner geistigen und körperlichen Kräfte bei ihm erscheinen. (Ich weiß was Sie jetzt denken … Aber lieber schieße ich unter Drogeneinfluss, als einen Freund durch falsche Worte zu verlieren. Anders ausgedrückt: Schießen kann ich auch high, aber die richtigen Worte zu finden, gelingt mir schon clean nicht wirklich gut.)

Über Mauros Smartphone googelte ich seine Privatadresse. Etwas später hielt ich vor einer kleinen, aber feinen Villa. War ich hier richtig? Laut Navi ja. An der Klingel stand kein Name. Ich versuchte es trotzdem. Fast umgehend hörte ich Schritte. Dann riss Altmann die Tür auf, sichtlich überrascht.

„Wolf?!“

„Hallo Johannes! Schicke Hütte.“

„Geerbt“, sagte er nur. Warum sollte ich der Einzige sein, der ähnliches Glück hatte? Nur hatte ich mir nicht gleich so einen Protzschuppen angeschafft.

Nicht ungerecht werden, bremste ich mich. Jeder war schließlich anders und das war gut so.

„Kann ich reinkommen? Wir müssen reden.“

Er sah mich nur an. Sein Adamsapfel hüpfte. Zögerlich machte er den Weg frei. „Äh, ja klar. War gar nicht auf Besuch vorbereitet.“

Altmann schloss die Eingangstür, dann drängte er sich an mir vorbei und ging seltsam steifbeinig vor mir her. Ich fragte mich, wer von uns beiden aus dem Fenster geflogen war?!

Ich folgte ihm ins Wohnzimmer. Weißer Marmor beherrschte den Boden. Überall sah ich Chrom blitzen und viel gebürsteten Stahl. Eine schwere Ledercouch stand mitten im Raum. Vier riesige, bodentiefe Fenster zeigten einen penibel gepflegten Garten. „Nicht schlecht! Wenn ich da an dein Bullenloch in Kreuzberg denke. Dusche in der Küche und im Schlafzimmer kein Fenster. Nobel, nobel.“

„Hör bloß auf, meine Ex will die Hälfte. Dabei kam die Erbschaft nach der Scheidung. Aber wofür hat man Rechtsanwälte. Was trinken?"

„Nein, danke." Ich machte eine falsche Bewegung und verzog das Gesicht.

„Was hast du denn gemacht?" Diese Frage würde ich in der Tat noch öfter zu hören bekommen.

„Treppe runtergefallen." Mir gefiel die Geschichte.

Altmann sagte: „Dann setz dich lieber hin, alter Mann. Was kann ich für dich tun?"

Der passende Sessel zur Couchlandschaft war eine Wohltat, samtweiches Leder umspielte mich. Eine antike Standuhr schlug zweimal. Auf dem Couchtisch aus Glas war eine Partie Schach aufgebaut. Johannes bemerkte meinen Blick.

„Fernpartie mit einem alten Freund", sagte er.

Das Spiel passte so gar nicht zu ihm – aber ich sagte nichts. Ich hatte lange überlegt, wie ich dieses Gespräch beginnen sollte. Alle Möglichkeiten gefielen mir nicht mehr. Aber es musste sein. Mein Freund hatte mich belogen oder zumindest nicht alles gesagt (ja … das rare Gut Wahrheit …). Also eröffnete ich kurz und direkt. Nur die drei Namen. „Georg Heuster. Nadine Hochmuth. Andreas Zaminski."

Er sah mich einen Moment an und fuhr sich mit der Hand durch die Haare. Dann nickte er bedächtig. „Ich wusste, du würdest es herausfinden. Und ich kann mir denken, dass du jetzt stinksauer bist. Wäre ich an deiner Stelle auch, ehrlich gesagt. Aber die Order kam von ganz oben, und wenn ich ganz oben sage, meine ich auch ganz oben! Ich darf mit niemandem darüber reden. Es sind nicht mal mehr meine Ermittlungen. Verschlusssache. Und diesmal mache ich keinen Spaß. Wenn ich den Mund aufmache, würde mich das den Job kosten!"

„Ich dachte, wir wären Freunde, Johannes …"

„Wir sind auch Freunde. Aber versteh mich richtig: Ich habe Angst! Zum ersten Mal richtig Angst um meine Pension. Ich wäre erledigt!"

Ich sah mir seine sauteuren Möbel an, ließ den Blick über exklusive Gemälde wandern, verkniff mir einen Kommentar.

„Wolf, hör zu: Du hast es selbst rausgefunden. Jetzt bin ich aus dem Schneider. Verstehst du?!" Die beiden letzten Worte betonte er jeweils.

Ich brauchte eine Weile, dann verstand ich. Er baut mir eine Brücke, dachte ich. Indem er die Verantwortung von sich weist, spricht er sich moralisch frei. Kurz und verständlich: Ihn kotzt das auch an und jetzt wo ich es herausgefunden habe, können wir wieder offen miteinander umgehen. Hofft er jedenfalls. Es ist seine Art der Entschuldigung.

Er sagte: „Außerdem willst du mich testen. Du hast Michael Winkelmann bei deiner Aufzählung vergessen. Wie du siehst, verschweige ich ihn dir nicht. Offiziell bearbeite ich alle vier Fälle, mit Philip sind es fünf, aber in Wirklichkeit ist das nur Fassade. Ich gehe zu den Angehörigen und beruhige sie, erzähle ihnen, dass wir dran sind. Dabei weiß ich nicht viel. Man kann auch sagen, nur so viel wie ich wissen soll."

Ich sah ihn prüfend an. Entweder wusste nur ich von einem weiteren Opfer – der Frau vom Monitor – oder aber er verschwieg mir wieder was. Den Test mit Michael Winkelmann hin oder her. Ich fragte: „Und was wolltest du mir über die Blutprobe erzählen?"

„Die habe ich wirklich bei der KTU abgegeben. Und ja, die brauchen wirklich bis Montag. Das Ergebnis interessiert mich auch. Ich hasse es, eine Marionette zu sein." Er machte eine kurze Pause. „Keine Geheimnisse mehr, Wolf. Versprochen."

„Scheiße Johannes, es geht um Philip! Und um vier andere Menschen!"

„Und ich kann dir dabei helfen, sie zu finden. Hier." Er griff nach seinem Smartphone. „Das ist von dem Focus übrig geblieben. Spaziergänger haben ihn gestern in einem kleinen Waldstück bei Kaulsdorf gefunden."

Er zeigte mir ein Foto, sein Friedensangebot. Ich sah nur noch ein schwarzes Gerippe und geschmolzene Reifen.

Johannes ging auf und ab. „Ich habe auch den Bericht dazu, der ist sehr interessant. Zunächst einmal hat das Feuer keine verwertbaren Spuren übrig gelassen. Keine DNA, Fasern oder Fingerabdrücke."

„Interessant wäre das Gegenteil."

„Warte es ab, Wolf. Wir haben aber verformtes

Metall gefunden. Philips Dienstwaffe! Die HK P30. Kein Zweifel, wir haben sie über die Seriennummer zuordnen können. Außerdem noch Metallknöpfe und Reißverschlussteile – Reste einer Uniform. Laut Labor sind in der Asche chemische Rückstände des Stoffs zu finden. Sehr speziell. Lag alles im Kofferraum."

„Das heißt, Philip muss im *DDR* gewesen sein, denn sonst hätte er seine Waffe nicht gehabt."

Altmann nickte. „Das denke ich jetzt auch. Aber wir wissen nicht, ob er die Sachen nicht selbst ins Auto gelegt hat."

„Warum sollte er das machen? Die Waffe darf das Gelände nicht verlassen." Ich versuchte mir Philip vorzustellen, sah ihn die Spätschicht antreten. Und dann? Es ergab keinen Sinn, dass die Sachen im Kofferraum seines Wagens gefunden wurden. Es sei denn, jemand anders wäre dafür verantwortlich. Aber Philip würde seine Waffe nie aus der Hand geben oder unbeaufsichtigt irgendwo rumliegen lassen.

Johannes war stehen geblieben. „Wir sollten die Aussagen seines Chefs und seiner Kollegen noch einmal überprüfen. Und ich werde sauer, wenn die mich angelogen haben."

Das konnte ich nur allzu gut verstehen.

23

Im Auto legte ich den Kopf aufs Lenkrad, das kalte Plastik kühlte mir die Stirn. Obwohl ich noch Ärger verspürte, tat Altmann mir leid. Ich wusste aus eigener Erfahrung, wie das Spiel bei brisanten Fällen laufen konnte, wenn Ober Unter sticht. Dann hast du als kleine Nummer nicht mehr viel zu melden. Wenn du nicht spurst, bist du ruckzuck weg vom Fenster. Und hinter dir steht eine Meute karrieregeiler Kollegen, die genussvoll über deine Leiche steigt.

Johannes war zunehmend wütender geworden. Ich hatte seine Kiefer arbeiten sehen. Wir waren so verblieben: Er würde vorsichtig ermitteln und mich über alles informieren. „Wirklich alles!“, hatte er noch einmal betont.

Der Abschied war trotzdem steif ausgefallen. Aber ich durfte auch nicht vergessen, dass wir uns erst vor ein paar Tagen wiedergesehen hatten. Wir hatten uns in den Jahren beide verändert.

Von meinen Plänen für heute Nacht hatte ich ihm nichts erzählt. Ich legte mein Vertrauen jetzt vorsichtiger an.

Ich fuhr zum *DDR*. Für mein Vorhaben fühlte ich mich mit Waffe sicherer. An meine HK zu kommen war kein Problem, ich musste sie einfach aus dem Safe holen. Keiner der Kollegen lief mir über den Weg. Die Pistole steckte ich hinten in den Hosenbund, verdeckte sie mit dem Hemd. Die Taschenlampe behielt ich in der Hand. Dann machte ich mich auf den Weg zum Bunker.

Als ich dort in den Fahrstuhl steigen wollte, stieß ich fast mit Pit, dem Koch, zusammen.

„Vorsicht, Mann!“, schnatterte er und balancierte krampfhaft ein Tablett auf beiden Händen. Es war mit Alufolie abgedeckt.

„Entschuldige Pit, ich war in Gedanken.“

„Wolf? Sorry, hab dich in Räuberzivil nicht gleich erkannt. Ist ja nix passiert.“

„Hm! Riecht gut. Was hast du da?“ Unauffällig steckte ich die Taschenlampe weg.

Er grinste. „Roastbeef! Reste von der Programmkonferenz. Komm mit in die Küche, da hab ich noch mehr. Das solltest du kosten.“

Ich musste nicht lange überlegen. Zum einen knurrte mir der Magen, zum anderen konnte ich Pit über Ralle ausfragen. Ich durfte keine Quelle auslassen.

Die Küche blitzte vor Sauberkeit. Außer uns war niemand da. Der Küchenchef deutete auf einen Stuhl und verschwand im Kühlhaus. Mit einem großen Stück Fleisch kam er zurück. „Ich schneid uns mal ein paar frische Scheiben ab. Dazu gibt’s Baguette und Meerrettich.“

Das Roastbeef war auf den Punkt gegart, hellrosa und saftig. Ich verzichtete fast vollständig auf den Meerrettich, der Eigengeschmack des Fleisches war unbeschreiblich.

Ich sagte: „Hammer, Pit! Du bist echt ein Genie. Du verschwendest hier dein Talent!" Ich biss mir auf die Zunge, das Letzte war mir rausgerutscht.

Doch er strahlte über das ganze Gesicht. „Überhaupt nicht, Wolf. Na ja, es hat etwas gedauert, aber langsam merken die wichtigen Leute, dass ich zu Höherem geboren bin. Ich will vor die Kamera und ich bin nahe dran!"

„Wow, das klingt echt gut! Ich freu mich für dich." Ich schob mir die nächste Scheibe in den Mund. Ich könnte sterben … „Sag mal, Pit, kennste Ralle schon lange? Ihr scheint ja echt dicke zu sein."

„Wir sind seit zwei Jahren befreundet. Keiner hat es länger auf dem Betriebsfest ausgehalten als wir beide. Wir waren sozusagen die Exluminatoren, also die, die das Licht ausgemacht haben." Er lachte bei der Erinnerung, es musste eine eindrucksvolle Nacht gewesen sein. „Damals hatte ich gerade hier angefangen. Er war der Erste in dem Laden hier, dem es egal war wie ich schnattere. Guck nicht so, Wolf. Ich bin nicht blöd. Er und seit Kurzem dieser Philip. Leider ist der Junge verschwunden."

Philip! Ich versteifte mich. Augenblicklich meldeten sich die Blutergüsse, also lieber locker bleiben.

„Du kanntest Philip? Das war mein Vorgänger, stimmt's?! Ralle redet nicht über ihn. Hatten die Zoff?"

„Weiß nicht. Vielleicht war Ralle eingeschnappt, weil ich öfter mit Philip rumhing. Dabei hatte er uns doch einander vorgestellt. Auch ihn hatte Ralle zum Essen mitgebracht. Wir verstanden uns auf Anhieb. Er ist ein echt toller Typ. Saucool, auf den standen die Frauen. Groß, breite Schultern, gutaussehend. Und mit richtig was in der Birne. Das merkste gleich! Hat keine Vorurteile und den richtigen Fußball-Geschmack. Wir waren zwei Mal bei der Hertha, jedes Mal hatte er uns VIP-Karten besorgt. Beziehungen, hat er gesagt. Und er hatte Talent in der Küche. Wir haben so manche Schlacht hier veranstaltet. Er wollte alles wissen. So einen Sohn hätte ich mir gewünscht."

Endlich redet jemand über ihn, dachte ich. Und das auch noch gut. Die beiden mussten sich echt verstanden haben. Zu meinen Zeiten hatte Philip wenige Freunde, war lieber für sich und machte meist sein eigenes Ding. Wenn ich Pit so hörte, hatte er es geschafft, zu ihm durchzudringen. Ich freute mich sehr darüber.

„Hast du noch Kontakt zu ihm?"

Er rieb sich das Kinn. „Scheiße nein, er ist einfach verschwunden. Dabei wollten wir noch zu Hertha gegen Mainz. Ich hab vergeblich vor dem Stadion gewartet."

„Was sagt Ralle?" Ich schob meinen Teller von mir. Ich bekam keinen Bissen mehr runter.

„Der sagt, Philip sei nicht zum Dienst erschienen und keiner hat eine Ahnung warum. Er geht auch nicht ans Telefon, ich fahr immer wieder bei ihm vorbei. Alles dunkel. Scheiße …" Er räumte überhastet den Tisch ab. „Wolf, sei mir nicht böse, aber ich will nicht weiter darüber sprechen. Ich mache mir echt Sorgen."

Ich konnte seinen Schmerz spüren. Philip hatte dem sanften Pit wirklich was bedeutet.

Ich stand auf. „Verstehe ich gut. Sollte er auftauchen, sag uns bei der Heimat bitte Bescheid! Auch wir machen uns Sorgen. Danke fürs Essen."

Ich ließ ihn in der Küche zurück. Wieder meldeten sich die Kopfschmerzen. Immerhin hatte ich einen Freund von Philip gefunden. Jede Information konnte wichtig sein. Ich erinnerte mich an mein eigentliches Vorhaben und ging zurück zu den Fahrstühlen. Dort fuhr ich nach oben – 3. Stock.

Hier war der Putzmann verschwunden. Andreas Zaminski. 44 Jahre. Verheiratet. Zwei Kinder. Zuletzt gesehen in der Nacht vom 16. auf den 17. August gegen 02:30 Uhr. Ankes Akten kannte ich auswendig. Bestimmt war es damals so ausgestorben und ruhig wie jetzt. Man hatte hier die Wände freundlicher gestaltet, als sie es im Keller waren. Sie waren tapeziert und alle paar Meter ein Bild von Dreharbeiten in aller Welt aufgehängt. Die Büros waren abgeschlossen – das hatte ich auch nicht anders erwartet. Filzplatten bedeckten den Boden. Einige von ihnen wackelten als ich sie überquerte. Ich ging alle Treppenhäuser ab und inspizierte die Fahrstühle. Nur so konnte ich ein Gefühl für das Gebäude bekommen.

Wie würde ich vorgehen, wenn ich jemanden verschwinden lassen wollte? Ich schaute in beide Richtungen den Gang hinab. Hm … ich würde irgendwo lauern. Vielleicht im Raum mit den Putzsachen … Maskiert, sicher ist sicher. Ich müsste absolut davon überzeugt sein, mit dem Opfer alleine zu sein. Blut dürfte keines fließen – ganz wichtig. Nicht in diesen Stockwerken, das sähe man sofort. Und man würde es riechen. Filz verzeiht nichts.

Okay, ich war allein und ich konnte das Opfer betäuben. Chloroform käme in Frage. Also gut, das Opfer liegt vor mir. Jetzt muss es schnellstens verschwinden. Über die Treppe? Zu gefährlich. Der Aufzug. Noch schlimmer.

Erinnern Sie sich, was ich Ihnen über das Ausgeliefertsein erzählt habe wenn die Kabinentür aufgeht?! Dann stehen Sie da, mit nem Menschen über der Schulter …

Ich sah mich im Gang um. Überall Türen. Und jederzeit konnte eine aufgehen. Nachdenklich schüttelte ich den Kopf. Die Etagen verfügten alle über Toiletten, Teeküchen, Besprechungs- und Kopierräume. Gab es Versorgungsschächte, Luftschächte – irgendetwas in der Art?

In den Waschräumen waren Platten speziell für den Nassbereich an den Wänden verschraubt. Als ich sie löste, waren dahinter nur die Haupthähne. Gut bei einem Rohrbruch, nutzlos mit jemandem im Schlepptau. Hier konnte man höchstens nützliche Kleinigkeiten verstecken, wie die Flasche mit dem Chloroform und Lappen.

Ich dachte an die Feuerschutzbestimmungen. Zu beiden Seiten hatte ich an der Außenfassade Rettungstürme gesehen. Vorschrift. Für den Fall der Fälle. Auch für den Abtransport Bewusstloser oder Leichen?! An den Notausgängen stellte ich ernüchtert fest, dass jedes Öffnen einen Alarm in der Zentrale auslösen würde. Die Feuertreppe benutzen war nicht.

Ratlos ging ich zurück zu den Aufzügen. Noch etwas hatte ich mir heute vorgenommen. Ich sah auf die Uhr. 22:30 Uhr. Eine gute Zeit sich auf die Lauer zu legen.

Zu früh für den Täter, dachte ich mir. Spät genug, um hoffentlich erfolgreich zu sein.

In der Kabine drückte ich den Knopf für das 5. Untergeschoss. Mein Handy schaltete ich aus. Als ich mich gegen die Wand lehnte, spürte ich meine Waffe im Rücken. Ein gutes Gefühl! Die Zahlen der Anzeige flossen ineinander. Ich knipste die Lampe an. Unmerklich kam der Aufzug zum Stehen. Das *Pling*. Die Tür glitt auf und ich war in dieser anderen Welt. Dunkel und kalt.

Mein Vorhaben war ebenso simpel wie naiv. Ich wollte mich in eine Nische setzen und warten. Einfach warten. Albern? Vielleicht. Aber was waren die Alternativen? Ich hatte überlegt, selbst Kameras zu installieren, vielleicht gekoppelt an einen Licht- oder

Bewegungssensor. Aber das war aufwändig und leicht zu entdecken. Immerhin waren auch die normalen Kameras abgeklebt worden. Und es hatte noch einen entscheidenden Nachteil. Ich war nicht hautnah vor Ort! Bestenfalls hatte ich ein Live-Bild in irgendeinem Versteck in der Nähe. Aber ich war nicht vor Ort.

Hinsetzen und warten – warum also nicht. Manchmal konnte es so einfach sein.

Ich ging etwa 50 Meter in den Gang hinein, bis ich ein geeignetes Plätzchen entdeckte. Ich zog die Waffe, legte sie neben mich, hockte mich hin und schaltete die Taschenlampe aus.

Absolute Dunkelheit erstickte mich. Ich hörte mich atmen. Es klang laut und verräterisch. Aber dann beruhigte sich mein Puls und ich konzentrierte mich auf mein Gehör. Nach ein paar Minuten glaubte ich, mein eigenes Blut rauschen zu hören.

Wissen Sie, warum man sich in absoluter Dunkelheit mit offenen Augen sicherer fühlt als mit geschlossenen, obwohl man eh nichts sieht? Ganz einfach: Man will seine Feinde kommen sehen. Man will es unbedingt!

Die Zeit verging.

Ich sage ganz bewusst Zeit, nicht Minuten und Stunden. Ein weiteres Phänomen der Dunkelheit: Sie dringt in dich ein, verdrängt deinen Bezug zur Realität, stört empfindlich das persönliche Zeit-Raum-Kontinuum. Die Zeit rückt in den Hintergrund und lässt sich nicht mehr greifen.

Etwas huschte über meine Füße. Jedenfalls hatte ich das Gefühl.

Mäuse, dachte ich. Oder Ratten.

Es fiepte. Eine Maus. Eindeutig.

Irgendwie hatte ich gehofft, wenigstens Schemen zu sehen, wenn sich meine Augen an die Dunkelheit gewöhnt hatten – aber es war alles schwarz.

Wie gesagt, die Zeit verging.

Langsam schliefen mir die Beine ein. Abwechselnd streckte ich sie. Ich verlagerte das Gewicht auf die linke Arschbacke, die rechte. Im Dunkeln sitzen ist anstrengend, vor allem mit einem Körper voller Blutergüsse.

Wieder berührte etwas meinen Fuß.

Meine Freundin die Maus, dachte ich und grinste, als ich mir vorstellte, in Wirklichkeit von Ratten umzingelt zu sein.

Dann streifte mich ein feiner Lufthauch und brachte einen schalen Geruch mit sich. Sekundenbruchteile später wurde mir bewusst, dass ich den schlechten Atem eines Menschen roch. Zentimeter vor meinem Gesicht musste ein Mund schweben.

Ein Gesicht.

Ein Mensch.

Der Atem eine ebenso zarte, wie bedrohliche Verbindung – so unwirklich. Ein Gruß aus einer anderen Welt. Dann traf eine massivere Verbindung meine Schläfe und die Dunkelheit verschluckte mich ganz.

24

Als ich die Augen aufschlug, fühlte ich nichts. Keinen Schmerz, keine Angst, keinen Zorn. Einfach nichts. Ich saß auf einem Stuhl. Mehr nicht. Es war nicht unangenehm, eher friedlich und ruhig. Mein Gehirn machte nicht mit.

Einen ersten Impuls bekam es, als es mir nicht gelang, die Arme nach vorne zu nehmen. Handschellen blockierten die Bewegung. Und dieses *Geht nicht!* schien nur langsam die Knochen hinaufzukriechen, die Schultern zu passieren und über Schlüsselbein und Wirbelsäule in den Hirnstamm zu tröpfeln. Da löste dieses *Geht nicht!* Verwunderung aus, die wiederum anstieg, als ich auch meine Füße nicht bewegen konnte. Wie gesagt, kein unangenehmes Gefühl.

Ich genoss diesen traumhaften Zustand. Doch nach und nach erwachte mein Geist, bis er mich schließlich in die Realität zwang. Mein Blick wurde klarer. Das Kinn auf der Brust, sah ich getrocknetes Blut auf nackter Haut. Es war mir über den Bauch in die Hose gelaufen. Mein Schatten tanzte unter mir über dreckigen Boden. Ich hob den Kopf. Über mir baumelte eine einsame Glühbirne von der Decke, die kleine Ellipsen beschrieb. Die Wände meines Gefängnisses bestanden aus grobporigen Betonplatten. Jemand hatte mit Kreide sinnlos Striche darauf gemacht.

Trotz der Fesseln an Hand- und Fußgelenken versuchte ich aufzustehen, aber der Stuhl war am Boden festgeschraubt. Das konnte ich auch vergessen.

Ich werde zu alt für diese Scheiße, dachte ich. Erst will man mich zerquetschen, dann grillen und jetzt bindet man mich fest wie einen Kettenhund.

Ich seufzte. Nicht aus Angst, was das logischere Gefühl wäre, sondern aus Wut. Nur kann ich nicht sagen, ob es die Wut auf meine Peiniger war, oder auf mich selbst, weil ich mich wieder in eine vermeidbare Situation manövriert hatte. Der Wolf ein Kettenhund. Tolle Leistung!

Ich war so auf mich konzentriert, dass mich das plötzliche Gefühl nicht allein zu sein, unvorbereitet überfiel. Ich zerrte an meinen Fesseln.

„Wer schickt dich, Wolf?"

Ein Mann. Seine Stimme schwappte über meinen Rücken, drückte auf meine Schultern. Jeder Versuch, den Kopf so weit wie möglich nach hinten zu drehen, malträtierte meinen geschundenen Körper.

Ich wollte etwas antworten, verschluckte mich aber und hustete Klumpen geronnenen Blutes.

„Rede, Wolf!"

Glauben Sie jetzt nicht, ich hätte einen Blackout und wüsste nicht, wie ich hier hingekommen war. Nein, ich hatte es noch voll auf dem Schirm beziehungsweise in der Nase, denn ich roch wieder diesen schlechten Atem.

Die Stimme wieder: „Wer schickt dich?"

Langsam nervte es. Warum zeigte sich die Person nicht? Dieses Kopfgedrehe war jedenfalls sinnlos.

Ich hatte gesagt, dass ich wütend war. Nun, jetzt war ich sehr wütend!

„Ich habe dich was gefragt, Wolf!"

Warum neigt der Mensch in Extremsituationen zu Übersprunghandlungen? Statt zu antworten, musste ich blöd grinsen. Ein Gedanke wuchs unaufhaltsam in meinem Kopf, weil Gedanken so sein können. Unberechenbar. Wild. Fordernd. Also gab ich mich ihm hin. Er zwang mich an Julius Caesar zu denken, der gefragt wurde, welche Todesart er denn bevorzuge? Die schnelle und unerwartete, hatte er geantwortet. Ein weiser Mann, ein toter Mann – denn so war es dann ja auch gekommen. Der Gedanke verschwand so plötzlich wie er gekommen war. Was blieb war ich auf diesem verdammten Stuhl. Sollte mich jetzt tatsächlich unwiderruflich der Todesstoß ereilen, dann wollte ich wenigstens wissen, von wem er kam.

„Und ich fragte: Wer sind Sie?" Ich sprach leise, kaum hörbar, mit einer latenten Schärfe – Geschrei wäre weniger beeindruckend.

„Gut, Wolf. Dann spielen wir das Spielchen andersherum."

Ich spürte, wie er hinter mich trat. Eine Hand legte sich an meinen Hinterkopf, drückte ihn nach vorn.

„Und?! Was siehst du, mein Freund?" Diese Stimme. Jetzt schwappte sie wie billiger Fusel in mein Hirn, und diesmal löste sie ein Echo aus.

„Sieh hin, Wolf!"

Ich verstand nicht. Meine Augen suchten den schmutzigen Boden ab. Mein Schatten tanzte dort immer noch auf und ab.

„Es ist direkt vor dir, alter Freund."

Mein Kinn berührte jetzt die Brust. Mein Blick fiel wieder auf das Blut an meinem Bauch. An einer Art Damm hatte es sich kurz gestaut, war dann übergelaufen. Die zehn Zentimeter lange Narbe zwischen Nabel und rechter Leiste wirkte dadurch reliefartig und scharf – wie eine frische Wunde.

„Sieh dir die Narbe nur gut an. Es ist ein Wunder, dass sie dich damals wieder zusammenflicken konnten. Der Zaun hatte dich aufgespießt wie eine Sau."

Jetzt wusste ich, wer hinter mir stand. Aber mein Hirn weigerte sich die Information zu verarbeiten. Nur eine einzige Person wusste, wie ich zu dieser Narbe gekommen bin – was damals wirklich geschehen ist. Nur eine einzige Person wusste, dass mich eine schmiedeeiserne Spitze durchbohrt und aufgeschlitzt hatte. Es war eine dämliche Mutprobe gewesen. Ich sollte in ein Haus einsteigen und zum Beweis ein rotes Tuch in ein Fenster hängen. Nur war es nicht irgendein Haus. Es gehörte Günther Beck, den alle hinter vorgehaltener Hand Stasi-Beck nannten. Als ich auf dem Rückweg über den Zaun kletterte, passierte es: Ich rutschte ab und wurde aufgespießt. Wir hatten solche Angst vor Stasi-Beck, dass mein Freund mich von dem beschissenen Zaun zerrte und zum Arzt trug. Kilometerweit. Mit dem Fahrrad gefallen und einen Pfosten gerammt, so unser Lügenmärchen. Das Blut an Stasi-Becks Zaun schien niemand je entdeckt zu haben. Eine Notoperation rettete mein Leben und bescherte mir diese formschöne Narbe. Echte sozialistische Handarbeit.

Zwei Freunde, eine Geschichte. Bis heute hatte ich sie niemandem erzählt – nicht einmal Anke oder Mauro. Es war wie eine Art Vermächtnis an meinen besten Freund, der wie die *DDR* von heute auf morgen verschwunden war. Über 20 Jahre hatte ich ihn gesucht. Im Osten und im Westen. Tag und Nacht. Jahr für Jahr. Und jetzt soll Peter hinter mir stehen? Einfach so? In irgendeinem schmierigen und stinkenden Kellerraum eines Fernsehsenders?

Fuck! Das ist doch Irrsinn!

Ich spürte seine Bewegungen mehr als ich sie sah. Dann schob sich die Gestalt in mein Blickfeld.

Brille!

Meine Augen suchten in dem Gesicht des Mannes nach Zeichen, irgendetwas Wiedererkennbarem. Mund, Nase, Stirn. Den Rest verdeckten Haare. Ein Vollbart. Darüber die Augen. Versteckt hinter einer Brille, in der sich die Glühbirne spiegelte.

Aber er war es. Keine Zweifel. Mir entfuhr ein kehliger Laut. Für einen Moment sah ich die Szene von der Seite, so als sei ich ein Zuschauer und es würde das alles erträglicher machen. Sah mich und Peter, nur einen Meter voneinander getrennt. Tausendmal hatte ich davon geträumt, dass er eines Tages vor mir stehen würde. Nur war ich in dem Traum nicht gefesselt und das Wiedersehen eine Erlösung. Wir hatten uns umarmt wie Ertrinkende. Dann war der Moment vorbei, Peter schwebte wieder vor mir.

Die erträumte Umarmung fiel also aus. Peter öffnete den Mund. Wieder traf mich der schlechte Atem. Braune Zähne bildeten eine Lücke, als er sprach.

„Wer schickt dich, Wolf?“ Seine Stimme wurde leiser, nahezu säuselnd. „Magst du es mir jetzt verraten?“

Im Nachhinein muss ich sagen, dass mich niemals etwas mehr geschockt hatte als diese Begegnung. Ich hätte mir fast in die Hosen gemacht. Nicht aus Angst, damit wir uns richtig verstehen, sondern aus einer kruden Mischung aus Wut und Erleichterung.

„Oh Gott, Peter.“ Mehr brachte ich nicht heraus.

„Ein letztes Mal: Wer schickt dich?“

Ich starrte ihn an. Sein Arm zuckte nach vorne, die Faust bohrte sich in meinen Magen. Ich klappte zusammen, bis die Handschellen mich einfingen. Mir entwich ein Pfeifen.

Blieb mir denn nichts erspart, hatte der Sprung aus dem Fenster nicht gereicht? Musste er mir auch den Rest des Körpers mit Blutergüssen eindecken? Wahrscheinlich hatte ich es nicht anders verdient.

„Spuck's aus, Wolf! Seit Tagen schleichst du hier rum. Ich habe dich nicht gleich erkannt. Aber deine

Bewegungen, die Art, wie du gehst – alles kam mir so vertraut vor. Ich musste einfach nachsehen, ob du die Narbe hast … Schicken sie dich?!" Er nahm mein Kinn zwischen die Finger, sah mir ins Gesicht. In seinen Brillengläsern sah ich mich selbst. Ein weiterer Schlag erschütterte meinen Körper.

Weiß er denn nicht, dass man nicht reden kann, wenn man so bearbeitet wird, dachte ich noch verwundert. Keine Luft, keine Worte – so einfach war das.

„Ihr Kapitalisten kriegt mich nicht", raunte Peter. „Wir werden unseren Staat wieder aufbauen. Wir werden zurückkehren. Viel stärker! Dann wird alles so sein wie früher!"

Was zum Teufel redet der da für ne Grütze?

Er machte fahrige Bewegungen. In seinem Gesicht arbeitete es.

Auch er ist überfordert, dachte ich weiter und wunderte mich über meine Empathie. Aber Freundschaft kann man nicht aus einem herausprügeln. Jedenfalls nicht aus mir. Nicht mit ein paar Haken und Geraden.

Dutzende Fragen drängten sich auf, jede schien unpassend. Ich sah, wie sich sein Bart bewegte als er die Kiefer aufeinanderpresste. Seine Schulter zuckte, wie sie nur vor einem Schlag zuckt.

„Anke", hauchte ich. Ihr Name wehte seiner Faust entgegen. Auf halbem Weg kam sie zum Stehen. Sein Arm zitterte. Dann öffnete sich seine Hand und die

Finger flatterten nach unten. Worte können so kräftig sein.

Seine Stimme nur ein Krächzen. „Anke gibt es nicht mehr. Peter gibt es nicht mehr. Dieses Leben gibt es schon lange nicht mehr."

Ich schluckte.

Jetzt nur nicht aufhören zu reden, er hört dir zu!

Ich sagte: „Aber du bist Ankes Leben. Jeden verdammten Tag hat sie auf dich gewartet. Sie hat dich nie aufgegeben. Nie! Verstehst du?! Und scheiße, sie arbeitet genau über deinem Kopf und du Arschloch versteckst dich hier unten."

Peter sackte an die Wand hinter ihm. Ich konnte sehen, wie ihn die Erinnerungen niederdrückten. Er nahm die Brille ab, ließ sie neben sich fallen. Er blinzelte nicht einmal, weit hatte er die Augen aufgerissen. Sein Atem ging stoßweise.

Ein seltsames Zittern lief über sein Gesicht. Plötzlich sah er aus wie ein trauriger Clown. Aus seinem tiefsten Inneren arbeitete sich ein hohles Stöhnen empor.

Er ist irre, dachte ich.

Bevor er die Hände vor dem Gesicht zusammenschlug, konnte ich die Tränen sehen.

Er hatte mir eine scheiß Angst eingejagt. Erleichtert atmete ich auf und verfluchte die Fesseln, weil ich nicht zu ihm konnte.

Ich sagte: „Mach mich endlich los, Peter. Wir sollten in Ruhe reden."

25

Ich rieb mir die wunden Handgelenke. Teilnahmslos hatte mich Peter befreit. Dann war er aus dem Raum gegangen. Stolpernd folgte ich ihm in einen erleuchteten Gang, der um einiges schmaler war als die in den Untergeschossen des Bunkers.

Wo waren wir hier?

Ich ging gekrümmt, hielt mir den Bauch.

Scheiß Spiel!

Peter verschwand hinter einer Tür. Als ich den Raum betrat, staunte ich nicht schlecht. Er war vollständig eingerichtet. Bett, Schrank, Tisch, zwei Stühle. Eine Wand voller Bücher. In der Ecke eine Toilettenschüssel an die Wand geschraubt, gleich daneben eine Dusche. Sogar eine Art Küchenzeile gab es. Aber alles war mindestens 30 Jahre alt. DDR-Herd. DDR-Klo. DDR-Tapete. Nicht zu vergessen ein altes DDR-Funkgerät, das an der freien Wand zu schweben schien wie in einem Museum. Und mit DDR meine ich die Deutsche Demokratische Republik. Der Dritte Deutsche Rundfunk war weit weg.

Peter saß am Tisch, blass und verschwitzt. Die Brille hatte er wieder aufgesetzt. Die Gläser schimmerten matt, fast stumpf – als hätte er sie blindpoliert. Ein Bügel mit Draht geflickt. Seine Kleidung abgestoßen und fleckig. Mein Freund (Ja, er war und ist mein Freund!) spielte wie paralysiert mit einem NVA-Messer, nahm es hoch, drehte es, betrachtete es wie ein seltenes Insekt, rammte es in die Holzplatte. Was hatte Oscar Wilde gesagt? *Wahre Freunde stechen sich das Messer von vorne in die Brust.* Aber tot war tot. Ich wollte weder ein Messer im Rücken noch in der Brust oder sonst wo haben. Fragen Sie bei erwähntem Julius Caesar nach.

Mein Blick fiel auf ein Nachtsichtgerät, das mit dem Kopfgeschirr an Peters Stuhllehne hing. So hatte er mich also im Dunkeln überraschen können … Wahrscheinlich hatte er mich stundenlang damit beobachtet – wie ein Insekt oder ein exotisches Tier in freier Wildbahn. Keine angenehme Vorstellung.

Ich ließ mich auf dem anderen Stuhl nieder. Augenhöhe herstellen. Aber Peter konnte oder wollte mich nicht ansehen. Irgendeiner musste anfangen und es war wohl besser, wenn ich es war.

„Du willst wissen, wer mich geschickt hat? Was glaubst du? Sag es mir! Bei dieser Geschichte geht es nicht um dich! Wie sollte es auch? Du bist seit 24 Jahren verschwunden. Von heute auf morgen. Ich habe dich gesucht. Anke hat dich gesucht. Wir haben dich gesucht, haben die ganze verfickte DDR abgesucht. Und die halbe Welt dazu. Hast du mal daran gedacht, was du deiner Familie antust? Du hast einen Sohn! Philip heißt er, falls du seinen Namen vergessen haben solltest." Die Wut wollte nicht weichen. Ich hielt kurz inne, musste einen ruhigeren Ton anschlagen. „Peter! Was läuft hier?"

Er wiegte seinen Oberkörper hin und her. „Was

denkst du, Wolf? Du bist schuld an all dem hier.“ In seiner Stimme lag Bitterkeit. Sein Kopf machte eine kreisende Bewegung.

Wovon sprach er? Wie konnte ich schuld an dem hier sein? Wo war er die Jahre gewesen? Und wieso hatte er sein Lager im *DDR*?

Er sagte: „Sieh dich um. Das ist seit 24 Jahren mein Zuhause. Seit dem 9. November 1989. Ich habe Jahrzehnte kein Tageslicht mehr gesehen.“

24 Jahre in diesem Verlies? Ich konnte es nicht glauben.

Er fuhr fort: „Du bist schuld daran und ich sage dir auch warum. Glaubst du wirklich, es wäre Stasi-Beck verborgen geblieben, dass du ihm seinen scheiß Zaun vollgeblutet hast? Als du im Krankenhaus warst, haben sie mich geholt. Scheiße, ich war zwölf Jahre alt! Stundenlang ließen sie mich in einem dreckigen Verhörraum schmoren. Ich habe Beck sofort erkannt als er hereinkam. Das werde ich nie vergessen. Am Schlimmsten waren seine toten Augen. Und die Zange, die er in der Hand hielt. Ich habe mir aus Angst die Hosen vollgemacht.“ Er schnaubte bei der Erinnerung. „Er stellte mich vor die Wahl: du oder ich! Würde ich nicht für ihn arbeiten, würdest du für immer verschwinden. Verdammt, du bist in ein scheiß Stasi-Haus eingestiegen.“

Heilige Scheiße, was erzählte Peter da? Ich versuchte das auf die Reihe zu bekommen. Unbewusst fuhr ich mit dem Finger über die Narbe.

„Zunächst musste ich dich und andere nur ausspionieren“, sagte Peter. „Später dann, so mit 16, 17, 18, war ich öfter weg. Erinnerst du dich? Klar tust du das. Da haben sie mich für höhere Zwecke ausgebildet, sogenannte *Sonderaufgaben.* Als erst Anke und dann Philip in mein Leben traten, wusste ich, dass ich denen nie entkommen konnte. Nie, verstehst du?! Sie würden mich immer in der Hand haben.“

Die Stasi! Anke und ich hatten darüber geredet, ob er ins Visier der allgegenwärtigen Spitzel geraten sein könnte – weshalb auch immer, viel war oft nicht nötig, ein neidischer Nachbar reichte – aber als klassisches Opfer, nicht als Täter wider Willen. Mir war schlecht, ich konnte das alles nicht so schnell verarbeiten, war aufgestanden und ging auf und ab.

Mit den Händen rieb ich mir die Schläfen, sagte: „Aber die DDR gibt es nicht mehr, verdammt! Du hättest wieder auftauchen können. Ich hätte das verstanden, Anke auch. Wir hätten geredet und von mir aus auch geschwiegen.“ Die letzten Worte waren nur noch gehetzt.

Aus müden Augen sah er mich an. „Sagt dir die AGM/S was, die Arbeitsgruppe des Ministers Aufgabenbereich S? Das S steht für Sonderfragen und Sonderaufgaben.“

Zu meinen DDR-Zeiten hatte ich von dieser Organisation nichts gehört – zu geheim. Aber beim BKA und mit meiner Versetzung von Wiesbaden in meine Heimatstadt Berlin hatte ich Zugang zu solchen Informationen.

„Die Eliteeinheit des Ministerium für Staatssicherheit. Aber wieso steht? Sie existiert nicht mehr", murmelte ich.

„Glaubst du wirklich, Wolf? Es war früh klar, dass der Staat implodieren würde, dass alles vor die Hunde geht. Leute wie ich wurden innerhalb des DDR-Staatsgebietes *vergraben.* Überall. Hunderte von uns schlummern im Untergrund. Wir hatten den Befehl den Westen zu unterwandern. Koordinierte Anschläge sollten uns wieder ins Spiel bringen. Sogar auf dem Gelände der BRD hatten wir Schläfer an strategischen Zielen stationiert. Ja, schon in den 80ern hatten wir unsere Leute über die Grenze geschleust. München, Hamburg, Köln – überall saßen wir im Verborgenen und warteten. Du glaubst das nicht?! Denk an die RAF-Mitglieder. Wir haben sie ausgebildet und dann zurückgeschickt. Es war genial. Die Bonzen da drüben hatten keine Ahnung. Leute wie ich wurden auf altem DDR-Staatsgebiet vergraben – zu hunderten. Ich in diesem ehemaligen Stasi-Bunker. Und jeder von uns hatte klare Befehle, sollte auf Sprengstoff warten, den man bald liefern wollte – und bis dahin unsichtbar bleiben."

„Moment, und seitdem sitzt du hier im Keller?! Das ist krank!"

„Was sollte ich machen?! Du, Anke und Philip, ihr wart noch immer in Gefahr – ja, sogar mehr denn je."

Ich versuchte seiner Logik zu folgen. Das alles kam mir so absurd vor, dass es wahr sein konnte. Mein bester Freund hatte für seine Familie und mich sein Leben geopfert. Mehr noch, mein bester Freund war bereit, unser Leben gegen das Anderer einzutauschen. Wie verzweifelt musste man sein, um hier unten zu vegetieren?

Ich sagte: „Wie kann man das überleben?"

Er zuckte mit den Schultern. „Gar nicht. Anfangs haben die Vorräte gereicht, so für ein paar Monate, das sollte ursprünglich genügen. Doch niemand kam, weder mit Sprengstoff noch mit Verpflegung. Es wurde schwieriger. Mir blieb nichts anderes übrig, als nachts das Gebäude zu erkunden. Vorsichtig, um ja nicht gesehen zu werden. Lebensmittel konnte ich aus der Kantine mitgehen lassen, zum Glück hatten die einen Betrieb hier reingesetzt. Das Schlimmste war das hier." Er machte den Mund auf. Gebiss konnte man die Stümpfe verfaulter Zähne kaum nennen. „Mehr als nur eine Entzündung hätte mich fast umgebracht. Und soll ich dir was sagen? Wenn du lange genug hier unten bist, kannst du gar nicht mehr hinaus. Das ist dann endgültig vorbei." Er zog das Messer aus der Tischplatte, betrachtete es eine Weile. „Wolf, ich weiß, dass keiner mehr kommt. Ich werde hier sterben."

Mir war schlecht geworden. Ich brauchte dringend einen Schluck Wasser. Wer war diese Person da vor mir? Wen hatte ich all die Jahre gesucht? Matt sackte ich auf den Stuhl, sagte: „Ich weiß nicht, was ich sagen soll … Ich … Ach, scheiße! Lässt du mich gehen?"

Er lachte hohl. „Natürlich. Du bist doch der Grund für all das hier, was soll ich denn sonst machen?! Geh, und lass mich hier. Streich mich endlich aus deinem Leben. Das ist alles was ich will."

„Aber Anke … Du musst mit ihr reden und …"

„Nein! Du verstehst nicht, Wolf. Es gibt keinen Peter mehr, schon lange nicht mehr. Was du hier unten gefunden hast, ist längst tot. Lass die Geister ruhen, das erwarte ich von meinem ehemals besten Freund. Es ist Zeit, dass du jetzt auch was für mich tust."

Hilflos sah ich auf meine Hände. Meine Fingernägel pressten sich in die Handflächen, weiß traten die Knöchel hervor. Ich musste hier raus. Weg hier! Mein Verstand konnte und wollte nicht mehr.

„Hier, deine Waffe, Wolf. Nimm sie und geh! Halt dich rechts, dann kommst du bald an eine Tür. Dahinter ist ein Gang, der an einer Leiter endet. Du wirst schon rausfinden. Lebe wohl, mein Freund."

26

Ich stand draußen in der Nacht und zitterte. Wie ein Albtraum hüllte das Erlebte mich ein. Ich war einem Geist begegnet. Vor dem Bunker sackte ich ins Gras. Ich rollte mich ein wie ein Embryo und schloss die Augen. Über mir rauschten Blätter und ich verlor mich in Erinnerungen und wirren Gedanken. Alles in mir brach zusammen, meine Gefühle erdrückten und erstickten mich.

Später würde ich mich nur bruchstückhaft erinnern können, wie ich schließlich ins Auto gekommen war. Auf der Rückbank liegend schreckte ich irgendwann hoch. Meine Kleidung war schmutzig und feucht. Immerhin hatte ich das Hemd wieder an. Hatte Peter es mir gegeben? Umständlich öffnete ich die Tür, ließ mich auf den Parkplatz fallen. Der kalte Boden tat gut. Minutenlang blieb ich liegen. Als meine Zähne zu schmerzhaft aufeinander schlugen, zog ich mich am Heck des Wagens hoch. Etwas klapperte auf die Steine. Die Pistole. Ich starrte sie an.

„Atmen, ganz ruhig atmen“, flüsterte ich mir selbst zu. Waffe wegbringen, Hotel suchen, nicht denken, nur schlafen – betete ich mir mantramäßig vor. Nur nicht denken! Nur nicht denken …

Es tat gut, wieder Entscheidungen treffen zu können – das können Sie mir glauben.

Der Hotelangestellte war misstrauisch. Ich konnte es ihm nicht verübeln, sah ich doch aus wie ein abgerissener Penner. Doch ich winkte mit Bargeld, erzählte ihm etwas von Junggesellenabschied und heißer Stripperin. Da lächelte er und reichte mir die codierte Zimmerkarte. Männer verstehen das.

Mein Tipp: Erzählen Sie den Menschen immer das, was sie hören wollen, dann bekommen Sie alles. Probieren Sie es aus. Na gut, Bargeld ist auch eine gute Option.

Er sagte: „Sie haben Zimmer 811, Herr Wolf. Frühstück gibt es im 1. Stock, von 7:00 bis 10:00 Uhr. Einen angenehmen Aufenthalt in unserem Hause." Blabla.

Mit dem Aufzug fuhr ich in den 8. Stock. Das Zimmer war luxuriös und geschmackvoll eingerichtet. Ich verordnete mir eine ausgiebige Dusche. Das Wasser schien nicht nur den Dreck von mir zu waschen, sondern auch eine reinigende Wirkung auf meinen Geist zu haben. Die Gedanken wurden klarer. Ich trocknete mich ab und legte mich nackt aufs Bett. Die Lichter hatte ich ausgeschaltet. Von draußen kroch zaghaft der neue Tag herein.

Bald hatte ich einen Entschluss gefasst: Ich würde Anke nichts von Peter sagen. Erst einmal musste ich damit klar kommen. Auch wenn Anke noch hoffte ihren Mann zu finden, sie würde jemand anderen erwarten. Sie würde ihren alten Peter erwarten, schön und stark. Doch was vegetierte da jetzt in diesem

Keller? Ein Geist, verwirrt und krank. Augenblicklich schämte ich mich für diesen Gedanken. Was musste mein bester Freund gelitten haben?! Diese Person da unten war alles andere als schwach. So etwas überleben nur die Starken. Und ich war schuld. Ich war der Schwache von uns beiden und bis heute beschützte Peter mich.

Ich musste zurück und mit ihm reden. Keiner kannte sich besser aus im *DDR*. Die Vermissten hatte ich nicht vergessen und ihm noch nicht gesagt, dass einer von ihnen sein Sohn ist. Wie würde er reagieren? Bestimmt hatte er auch ihn bei seinen Rundgängen beobachtet.

Ich weiß, was Ihnen jetzt durch den Kopf geht! Sie denken, da schleicht seit 24 Jahren ein Verrückter durch die Gänge und der Wolf kommt nicht auf den Gedanken, dass dieser Irre die Menschen geholt haben könnte. Nein, das glaube ich wirklich nicht! Ich erkläre Ihnen auch gerne warum. Weil es Peter ist, mein ehemals bester Freund. Ich habe seine Augen gesehen. Es waren dieselben Augen wie damals. Ein Mensch mag brechen, aber die Augen verraten ihn. Peter war es nicht. Er wäre auch nicht imstande gewesen, diese Sprengstoffattentate durchzuführen, von denen er gefaselt hat. Können Sie das nachvollziehen?

Ich fiel in einen leichten, unruhigen Schlaf. Mehrmals schreckte ich hoch und sank erschöpft zurück. Gegen 9:00 Uhr wälzte ich mich aus dem Bett. Eine weitere Dusche tat gut, das Frühstück noch besser.

Meinen Termin mit den Beamten hatte ich nicht vergessen. Lästige Pflicht. Aber das kannte ich. Ich hoffte nur, sie würden mir nicht diese eine bescheuerte Frage aller Fragen stellen.

Sie wissen welche ich meine? *Haben Sie Feinde, Herr oder Frau Sowieso?* Jemand schießt auf Sie, zündet Ihr Haus an, vergiftet Ihren Hund, streut Glasscherben in Ihr Müsli und Sie werden gefragt, ob Sie Feinde haben?! Echt jetzt?!

Nachdem ich meine Aussage zu Protokoll gegeben hatte, konnte ich zurück ins Leben. Drei Mal dürfen Sie raten, ob sie mir diese eine Frage gestellt haben …

Mir fiel mein Handy wieder ein. Es war immer noch ausgeschaltet. Ich aktivierte es.

Drei Anrufe in Abwesenheit. Anke.

Ein Gespräch würde ich jetzt nicht verkraften. Also schrieb ich ihr eine SMS, sie solle sich keine Sorgen machen, der Akku sei leer gewesen und ich würde mich morgen melden. Fast umgehend kam die Antwort – nur acht Worte: *Pass auf dich auf, ich brauche dich noch.* So gern ich das damals gehört hätte (wenigstens das), jetzt fühlte es sich noch falscher an.

Ich hatte das Handy noch in der Hand, als es klingelte. Mauro.

„Wo treibst du dich rum, Wolf? Alles klar?!"

Ich sagte: „Ich habe Peter gefunden."

Stille.

„Mauro? Bist du noch da?"

„Bin ich noch … Willst du mich verarschen? Vergiss die Frage, du würdest damit nie Scherze machen. Wo?"

Ausführlich erzählte ich ihm von letzter Nacht und davon, dass neben Philip noch weitere Mitarbeiter verschwunden waren und Altmann mich gelinkt hatte. Er stellte nicht eine Zwischenfrage und war lange still.

„Was hast du jetzt vor?", fragte Mauro schließlich.

„Auf keinen Fall Anke von Peter erzählen. Das bleibt unter uns. Ich glaube, keiner kann besser helfen, Philip und die anderen zu finden. Vielleicht hat er ihn sogar gesehen, ohne ihn erkannt zu haben. Ich muss mit Peter reden."

„Vertrau auf deine Instinkte, Wolf. Das ist der einzige Rat, den ich dir geben kann."

„Das werde ich! Bevor ich es vergesse: Kannst du mir zwei Liter flüssigen Stickstoff besorgen? Industriequalität, das gute Zeug. Bis morgen?"

„Bis morgen?! Warum nicht gleich waffenfähiges Uran?"

„Kannst du?"

„Klar kann ich, das weißt du doch. Lege ich dir in den nächsten Wagen. Aber wir reden jetzt vom flüssigen Stickstoff, Uran überreiche ich nur höchstpersönlich!"

Ich lachte, wahrscheinlich hatte er wirklich welches. „Danke, Mauro. Aber du wolltest auch was."

„Ja", antwortete er. „Bilder von deinen Attentätern

kannst du vergessen. Die Kamera ist hin. Ich komm mir vor wie ein Amateur. Die Festplatte und den Rechner hatte ich in der Garage untergebracht. Ich Idiot! Bei mir im Büro wäre es klüger gewesen, der Sender hatte genug Reichweite."

„Woher hättest du das wissen sollen?" Ich war am Wagen angekommen.

Ein Ticket! Mist!

Ich konzentrierte mich wieder auf das Gespräch und sagte: „Ich habe gerade brav meine Aussage gemacht. Die Ermittlungen hängen, die Beamten haben keine Zeugen, keine Spuren, keinerlei Hinweise. Ich werde von nun an in Bewegung bleiben. Ich werde keinen an mich ranlassen, niemand wird mich verfolgen können. Glaub mir, ich würde es merken. Auch den Wagen werde ich täglich wechseln müssen, also halt dich mit deinen Kundenkarten für Mietstationen bereit. Du kannst mich jederzeit telefonisch erreichen. Solltest du das Gefühl haben, jemand beobachtet dich oder deine Familie, geh zur Polizei."

„Mach dir lieber Sorgen um deinen eigenen Kopf, Wolf. Ich komme klar. Übrigens habe ich dein Baby in einem Stück zum Lacker gegeben. Alles andere wäre Blödsinn. Du siehst bei Weiß mit ziemlicher Sicherheit Farbunterschiede. Ich kenn ja deine Ansprüche. Und bei der Wahl seiner Partnerin sollte man keine Kompromisse machen."

„Blödmann!" Lachend trennte ich die Verbindung.

Ich stieg in den Wagen und startete den Motor.

Den Strafzettel ließ ich unter dem Scheibenwischer stecken. Für seinen Spruch durfte Mauro ruhig bluten. Ich grinste und trat aufs Gas.

27

Seit zwei Stunden beobachtete ich Stahls Doppelhaushälfte. Nichts rührte sich. Wenn er eine Putzfrau hatte, dann war der Montag nicht ihr Tag. Blieb nur noch eines, ich griff zum Telefon. Es läutete mehrmals, dann wurde abgenommen.

„Stahl, Heimat beim *DDR*!"

Ich legte auf. Das wäre geklärt. Ich streifte Handschuhe über (nicht vergessen!), klebte mir einen Schnurrbart an und setzte eine Brille auf (beides empfohlen!).

Aus dem Kofferraum holte ich einen Werkzeugkasten und ein Klemmbrett. Mit einer Baseballmütze auf dem Kopf ging ich ohne zu zögern (Das wirkt offiziell!) auf die Haustür zu. Noch einen Blick aufs Klemmbrett, so, als vergleiche ich die Namen, dann klingelte ich. Sollte doch jemand zuhause sein, würde er aufmachen und einen Monteur sehen. Außerdem würde ich jetzt merken, ob er nicht doch einen Hund hatte.

Ich klingelte ein weiteres Mal – nur zur Sicherheit, fummelte aber bereits nach meinem Spezialwerkzeug – ein Geschenk meiner Kameraden zur bestandenen Grundausbildung. Jeder von uns hatte früher oder später so eines immer am Mann. Sie würden sich wundern, was man als Zielfahnder so alles lernen musste.

Ich brauchte 15 Sekunden, dann gab das Schloss

nach. Früher waren's nur zehn. Ich werd tatsächlich zu alt für diesen Scheiß.

An der offenen Tür spielte ich kurz Theater, so, als rede ich mit jemandem. Dann öffnete ich sie ganz und trat in einer einzigen flüssigen Bewegung ins Haus. Die breite Diele war sauber und aufgeräumt. Nicht mal Schuhe standen rum. Kein Schirm. Keine Garderobe. Unpersönlich und kahl. Es erinnerte mich eher an eine Art Schleuse.

„Hallo! Firma Schmidt, die Tür war offen. Jemand da?!"

Wenn Sie so weit gekommen sind, gibt es zwei Philosophien. Nach der einen durchsucht man das Haus und hat immer ein Ohr für Heimkehrer. Das ist unauffälliger, birgt aber die Gefahr leichter mit der Hand in der Schublade erwischt zu werden. Die andere Philosophie besagt, dass man seinen Werkzeugkasten als Alarmanlage hinter die Tür stellt. Zwar ist der Heimkehrer dann gewarnt, aber bis der verängstigte Hausbesitzer die Polizei gerufen hat, sind Sie über alle Berge. (Achtung: Bitte denken Sie daran, einen sauberen Werkzeugkasten zu verwenden, also einen ohne Ihre Fingerabdrücke. Das gilt natürlich auch für die Werkzeuge).

Ich entschied mich für Variante 1. Im Fall der Fälle sollte Stahl nicht aufgeschreckt werden. Ich würde aufpassen.

Wenn Sie ein Haus durchsuchen, beginnen Sie immer in der obersten Etage. In der Regel liegen dort die Schlafzimmer und der Mensch neigt dazu, Dinge, die ihm lieb und wichtig sind, in seiner Nähe zu verwahren. Nicht umsonst liegen Großmutters Ersparnisse in einem Strumpf unter der Matratze.

Zwei Tipps noch:

1. Gehen Sie zunächst Raum für Raum schnell ab, bevor Sie sie durchsuchen. So wissen Sie auch sicher, dass Sie alleine sind und Sie kennen sich aus, sollten Sie fliehen müssen.
2. Achten Sie auf die Wahl Ihrer Schuhe. Vermeiden Sie Gummisohlen – die klingen auf Fliesen und Parkett so, als führen Sie mit dem Fingernagel über eine Tafel. Ein lautloser Rückzug ist damit nicht drin.

Ich startete also im Obergeschoss. Gleich die erste Tür führte mich ins Schlafzimmer. Das große Doppelbett war akkurat gemacht, nirgendwo lagen Kleidungsstücke herum. Auf dem Nachttisch tickte ein Wecker unverhältnismäßig laut vor sich hin. Kaum vorstellbar, bei diesem Krach schlafen zu können. Die Schubladen enthielten nichts Ungewöhnliches, nur Papiertaschentücher, diverse Bücher (nichts zwischen den Seiten), eine leere Wärmflasche, was zu schreiben und einen Notizblock. Rechts und links vom Kopfteil standen zwei moderne Lampen. Beide hob ich an und sah unter den Fuß. Das war ein gern genommenes Versteck für einen Schlüssel, aber Stahl tat mir den Gefallen nicht. Ich sah unter dem Bett nach. Nichts. Nicht einmal Wollmäuse. Mit dem Handschuh strich ich über die Kommode an der Wand. Nicht ein Staubkorn.

Mein Chef schien ein ordentlicher Mensch zu sein.

Ich öffnete die rechten Türen des großen Schranks. Traurig hingen hier leere Kleiderbügel.

Aha, Frau Stahls Seite.

Marcel hatte wohl Recht, sie war ausgezogen. Die linke Schrankseite war fein säuberlich gefüllt mit Anzügen, Hemden, Unterwäsche, Socken, aber auch T-Shirts und Jeans. Alles roch frisch gewaschen.

Sie fragen sich bestimmt, was genau ich suchte. Das war nicht ganz einfach zu sagen. Zum einen wollte ich meinen Chef besser kennenlernen und was war geeigneter als ein Blick in seine Gemächer. Zum anderen hoffte ich auf Hinweise zu den verschwundenen Mitarbeitern. Irgendwelche Unterlagen, Fotos, Aufzeichnungen – so was in der Art.

Das Schlafzimmer war also Fehlanzeige. Ich ging hinüber in ein kleineres Zimmer. Auf einem wuchtigen Schreibtisch standen neben einem PC Drucker und Scanner. Stifte, Lampe, Hefter, Papiere – unverkennbar ein Arbeitszimmer. Hier wurde es interessanter. Die Fotos an der Wand sprangen mir sofort ins Auge. Stahl als junger Rekrut bei der Bundeswehr. Stahl und ein Freund auf dem Schießstand, beide stolz mit Trefferkarte.

Ich musste lächeln, dachte an den Terroristenschreck.

Das dritte Foto überraschte mich. Es zeigte Stahl

am Steuer eines Streifenwagens. Er war Polizist gewesen!

Mir kam sein *Ein Ex-Bulle?! So einer hat uns gerade noch gefehlt* in den Sinn.

Warum war er kein Polizist mehr? War er geflogen? Wurde er jetzt besser bezahlt? Das waren auf jeden Fall interessante Fragen. Vielleicht hatte das was zu bedeuten. Außerdem müsste er bei meinem Ex-Verein noch eine Personalakte haben, gefüllt mit regelmäßigen psychologischen Gutachten. Bestimmt eine interessante Lektüre. Die waren zwar vertraulich, aber Altmann müsste rankommen.

Ich blätterte die Ordner aus dem Regal unter den Schnappschüssen durch, öffnete die Schubladen des Schreibtisches, aber nichts ließ sich mit Philip oder den anderen in Verbindung bringen. Nur Kontoauszüge, Rechnungen, Versicherungen – ganz normales Zeug. In seinem Papierkorb war kein Fitzelchen Papier. Fehlte nur noch das Preisschild daran, so neu sah er aus.

Kaum etwas sagt mehr über einen Menschen aus als sein Badezimmer. Wie auch in den vorherigen Zimmern herrschten hier penible Ordnung und manische Sauberkeit. Da seine Frau nicht erst seit gestern weg war, musste das wohl sein Werk sein. Selbst mit Hilfe einer Putzfrau brauchte man eine gehörige Portion Disziplin, um diesen Standard aufrechtzuerhalten. Der Spiegelschrank über dem Waschbecken war ohne einen einzigen Fingerabdruck und Spritzer vom Zähneputzen. Ich war gespannt auf den Inhalt, denn hier bewahrte man in der Regel Medikamente auf und die verraten einem eine ganze Menge. Stahl hatte nur Aspirin, Kohletabletten und Schmerzgel vorzuweisen.

Mein Chef schien ein echter Saubermann zu sein, der nur etwas Pech hatte, weil ihm die Gattin weggelaufen war.

Unten im Wohnzimmer fand ich Frau Stahl. Auf Fotos. Urlaubsaufnahmen zeigten eine attraktive Blondine, die offenbar gerne lachte. Kinder schien das Paar nicht zu haben, es hätte dann sicherlich Bilder gegeben. Auch ein Kinder- oder Jugendzimmer hatte ich nicht gefunden.

Ein weiterer interessanter Raum bei jeder gründlichen Durchsuchung ist die Küche. Auch hier versteckt der Mensch gern Wichtiges. Denken Sie an den Klassiker: das Bargeld im Gefrierfach und die Knarre in der Pizzaschachtel – oder war es andersherum? Wie auch immer … Ich fand keinen Brotkrümel, kein Staubkorn, kein Haar – das war unheimlich. Hätte ich Stahl hier nicht schon beobachtet, ich würde schwören, das Haus sei ein Spießer-Museum.

Der Blick in den Kühlschrank ließ mich den Glauben an die Single-Männerwelt zurückgewinnen. Hier stapelten sich Bierflaschen, neben Fleischwurst und Käse. Moment … Kein Geld im Tiefkühlfach und tatsächlich Pizza Salami in den Kartons. Halleluja!

Auch wenn ich mir mehr erhofft hatte, so hatte ich doch einige Informationen sammeln können. Die wichtigsten Erkenntnisse waren, dass Stahl einmal Polizist gewesen war und dass er scheinbar zwanghaft ordentlich war. Sollte er jetzt eine verbrecherische Karriere eingeschlagen haben, waren beide Punkte keine guten Voraussetzungen, dass er Fehler machte. Im Gegenteil, er kannte sich aus und er war gründlich.

Ich sah auf die Uhr, lange 30 Minuten war ich mittlerweile hier. Mit jeder weiteren stieg das Risiko erwischt zu werden exponentiell. Sie würden staunen, dazu gibt es richtige Studien, deren Lektüre ich durchaus empfehle.

Mit Werkzeugkoffer und Klemmbrett in der Hand öffnete ich die Haustür. Die Straße leer. Trotzdem spielte ich mein Theater, so, als würde ich mich von jemandem verabschieden. Ich lachte, hob die Hand zum Gruß, sagte laut: „Auf Wiedersehen! Bis zum nächsten Mal." Dann ging ich bestimmten Fußes, aber nicht hastig zum Auto und fuhr davon.

Schnurrbart und Brille nahm ich erst einige Kilometer weiter ab. Jetzt musste ich mit Mauro den Wagen tauschen. Er wartete schon mit einem weiteren Mietwagen an der Werkstatt, dann war ich wieder sauber.

Mein neuer Stützpunkt wurde eine kleine Pension in Kreuzberg.

Das Vorhaben in Bewegung zu bleiben, nahm ich sehr ernst.

28

Ich streifte durch den Supermarkt.

Was kauft man einem Mann, der seit 24 Jahren im Keller sitzt?

Schokolade? Ich dachte an seine Zähne. Puh, das war gar nicht so einfach. Vielleicht ein Mundwasser? Wolf, bleib fair. Zeitschriften? Schon besser. Tabakwaren? Bestimmt. Also fing ich mit Männersachen an: Zigaretten, Bier, Chips, Steak. Ich zögerte, dann wanderte auch der Playboy in den Einkaufswagen. 24 Jahre ohne Frau. Ich versuchte mich an Robinson Crusoe zu erinnern. Wie war er damit umgegangen? Hatte Defoe je ein Wort darüber verloren? Warum konnte ein Autor das nicht mal thematisieren? Ich starrte die Nackte auf dem Cover an. Sollte ich Peter einfach mal fragen? Aber ich glaube, das wollte ich dann doch nicht so genau wissen.

Ein Blick auf die Auswahl im Wagen ließ mich mutiger werden. Jetzt, da ich die Grundnahrungsmittel hatte, griff ich auch nach Produkten zur Körperpflege, etwas Grünem und Süßem. Pfeifend schob ich den Wagen zur Kasse.

Meine Spätschicht beim *DDR* begann um 18:00 Uhr. Stahls Audi stand noch auf dem Parkplatz, aber er lief mir nicht über den Weg. Ich begrüßte Ralle, der im Aufenthaltsraum in einer Zeitung blätterte.

„Hallo“, sagte er grinsend. Er war bester Laune.

„Jedes Mal wenn ich dich sehe, siehst du ein Stück mitgenommener aus, Wolf. Alles okay?"

„Soweit. Kleiner Unfall. Kommt in den besten Familien vor. Nicht weiter schlimm."

Er musterte mich. „Willst du tauschen? Ich könnte die Streife übernehmen und du ruhst dich in der Zentrale aus. Kein Problem."

Ich setzte mich zu ihm, dachte kurz an die Tüte mit den Einkäufen, die ich vorerst im Wagen gelassen hatte. Ich würde Peter während meiner sogenannten Mitternachtspause besuchen. „Das ist nett, Ralle. Aber mein Arsch tut so weh, dass ich keine fünf Minuten sitzen kann. Laufen ist jetzt genau das Richtige."

„Wenn du schlappmachst, können wir auch während der Schicht wechseln", sagte mein Kollege. „Mache ich gerne."

„Danke, ich komme vielleicht darauf zurück." Kurz überlegte ich, ihn mit Pits Aussagen zu konfrontieren. Aber würde mich das weiterbringen? Eher nicht. Es würde ihn nur misstrauisch machen. „Wie war dein Wochenende?"

„Kaffee?" Er deutete auf seine Thermoskanne. Ich nickte. „Gerne. Schwarz, ohne Zucker."

Ralle zog eine Tasse heran und goss mir ein. Dann sagte er: „Ich war mit der Familie an der Ostsee Freunde besuchen. Direkt am Meer. Traumhaft schön. Wind, Sand, Möwen. Frische Luft ohne Ende. Da merkt man mal, wie widerlich so eine Stadt ist. Konntest du dich wenigstens erholen?"

„Sitzen und liegen geht mit den Blutergüssen nicht lange, also war ich unterwegs. Sonntag war ich mit Marcel und seinen Brüdern schießen. Wer ist denn der beste Schütze von euch? Ich habe gehört, dass dieser Philip nicht schlecht gewesen sein soll."

„Der?" Ralle hob die linke Augenbraue, nippte am Kaffee. „Der war doch froh, dass er das Ding geradeaus halten konnte. Aber Allüren wie Clint Eastwood haben. Kleiner Angeber war das! Bin froh, dass der weg ist!"

Dabei waren sie befreundet, dachte ich – wenn man Pit Glauben schenken konnte. Was war zwischen Ihnen vorgefallen?

„Marcel meinte, der sei einfach nicht mehr gekommen?!", fragte ich.

„Ja, hat uns von jetzt auf gleich im Stich gelassen." Ralle schüttelte den Kopf. „Aber der ist Vergangenheit. Mit dir haben wir einen besseren Fang gemacht." Er sah auf die Uhr. „Ich will ja nicht hetzen, aber wir müssen, Wolf. Und wenn ich dich ablösen soll, sag's einfach."

Meinen Rundgang begann ich beim Kleeblatt und hatte dort ein ganz besonderes Untergeschoss auf dem Plan: das Klimageschoss. Es erstreckte sich über den gesamten Grundriss und war vollgestellt mit riesigen Filteranlagen, über die Außenluft angesaugt wurde. Die Luft durchlief verschiedene Stationen und Aggregate, die in der Mitte des Kleeblattes sternförmig zusammenliefen und dort einen zwei Meter großen Kreis freiließen. Überall sah ich glänzende Rohre, die das ganze Gelände versorgten. Trockengänge für Stromversorgung und Druckluftzufuhr führten parallel zu Nassgängen voller Leitungen für Frisch- und Abwasser. Zwischendrin stieß ich immer wieder auf Werkbänke und Schränke für Techniker der Wartungsfirmen. Nur mit Mühe fand ich wieder den Weg nach draußen. Das war alles ziemlich abgefahren.

Bevor ich das unterirdische Pentagramm abgehen würde, trat ich aus dem Untergrund ins Freie. Augenblicklich piepte mein Handy. Eine SMS.

Ruf mich an, wenn du kannst. Gruß Johannes

Tatsächlich ging er schon nach dem ersten Freizeichen ran. „Wolf, ich habe die Ergebnisse aus dem Labor. Das Blut stammt nicht von Philip, sondern von einer Frau."

Ich spürte Erleichterung, dachte aber an die Hand mit den schlanken Fingern. War das Blut von der Frau, die ich auf dem Monitor gesehen hatte? Im Gang hatte ich jedenfalls keines von ihr gefunden.

„Danke, Johannes. Das ist keine schlechte Nachricht – für Philip jedenfalls. Konnten die Kollegen sagen, wie alt das Blut ist?"

„Na ja, relativ frisch, aber das ist nicht so leicht zu sagen. Doch allein diese Aussage macht mir Angst. Scheiße, Wolf, es sieht so aus, als ob wir vielleicht noch jemanden suchen sollten. Der *DDR* wälzt schon die Unterlagen und durchforstet diskret alle

Abteilungen. Das klingt auf jeden Fall nicht gut, ich bleibe dran."

„Noch eine?!" Ich tat überrascht. Anscheinend hatte Altmann diesmal nichts gewusst und wollte mich wie versprochen über alles informieren – das war gut. Wenigstens das ...

„Bevor ich's vergesse, Wolf ... Morgen habe ich Termine mit deinen lieben Kollegen. Ich werde denen mal auf den Zahn fühlen und ihre Aussagen überprüfen, was Philip betrifft – ob die immer noch der Meinung sind, er sei nie zum Dienst erschienen."

Ich fragte: „War Stahl mal Polizist? Hat er was gesagt?"

„Nicht dass ich wüsste. Wie kommst du darauf?"

„Sein ganzes Auftreten, die Art wie er spricht – das erinnert mich schwer an unseren Verein."

Ich hörte Altmann schnaufen. „Ist mir gar nicht aufgefallen, Wolf. Aber morgen weiß ich mehr. Ist das irgendwie wichtig?"

„Alles ist wichtig, Johannes. Ich sammle was ich kann. Halt mich auf dem Laufenden. Und danke für die Infos. Ich muss weiter auf meiner Tour."

Wir verabschiedeten uns. Die Sache mit Altmann schien wieder eingerenkt zu sein. Wenigstens die Baustelle konnte ich schließen.

Das Telefonat beschäftigte mich. Das Blut einer Frau. Wahrscheinlich recht frisch. Über wie viele Opfer redeten wir eigentlich? Ich dachte an die riesigen

Flecken weggewischten Blutes. Das alles gefiel mir ganz und gar nicht.

Um das fünfeckige Tunnelsystem in Ruhe abzulaufen, brauchte ich fast 55 Minuten. Begegnet war ich nur einmal jemandem, einem Techniker im Haupttunnel zwischen Kleeblatt und Bunker. Die anderen Röhren waren kleiner und weniger gut beleuchtet, doch auch hier gab es in regelmäßigen Abständen Notausgänge. Ich hatte mindestens zehn Türen gesehen, die sich aber mit meinem Generalschlüssel – wieder einmal – nicht öffnen ließen. Ich vermutete dahinter Technik- und Wartungsschächte. Immer wenn ich ein Gebäude erreichte, stieg ich nach oben und funkte Ralle in der Zentrale an, nicht, ohne sein erneutes Angebot zu tauschen, auszuschlagen.

Kurz vor Mitternacht holte ich die Tüte mit den Einkäufen aus dem Wagen, meldete mich ab zur großen Pause und ging zum Bunker hinüber. Ich musste etwas suchen, fand dann aber doch noch den Zugang zu Peters Reich – ich hatte mehr mitbekommen in jener Nacht, als ich dachte. Als ich diesen kleinen, scheinbar nutzlosen Raum im Fuße des nördlichen Fluchtturms betrat, war alles wieder da. Zunächst musste ich die Tür von innen schließen, erst dann konnte ich die eigentliche Tür zu einem weiteren Treppenhaus öffnen – eine Art Schleusenfunktion. Über einen versteckten Hebel im Mauerwerk konnte ich ein hydraulisches Betonelement bewegen. Eindrucksvolle Stasi-Ingenieurskunst. Clever gemacht.

Wie würde er darauf reagieren, mich wiederzusehen?

Mit meiner Lampe leuchtete ich mir den Weg. Unzählige Stufen stieg ich hinab. Seine Räumlichkeiten mussten noch unter den verlassenen Stasi-Etagen liegen – das ideale Versteck für einen Schläfer. Mir war klar, dass er längst wusste, dass ich zu ihm unterwegs war. Die Tatsache, dass alle Zwischentüren unverschlossen waren, sprach Bände. Er erwartete mich. Als ich in den Raum trat, war es, als habe er sich seit gestern nicht von der Stelle bewegt. Er saß auf dem Stuhl und schlug zwei angelaufene Metallhülsen rhythmisch aneinander.

„Hallo Peter."

„Wolf." Er deutete auf den Stuhl. So in etwa stellte ich mir eine Audienz beim Papst vor. Ich setzte mich. Die Tüte stellte ich zwischen uns auf den Tisch. „Für dich, Peter. War gar nicht so einfach, konnte mich ja schlecht beraten lassen."

Er lächelte jetzt sogar. Im Gegensatz zu gestern war die Stimmung entspannter. Auch wenn ich noch verunsichert war, Peter wirkte ruhiger, wenn auch traurig. Ich ließ ihm Zeit, er sollte bestimmen, wie es weiterging. Mit einer Hand griff ich schließlich in die Einkaufstasche, fand ein Päckchen Zigaretten und holte es hervor. Seine Augen leuchteten auf. Ich bot ihm eine an. Er legte seine Schlaginstrumente beiseite und griff gierig zu. Auch ich nahm eine. Unsere Art der Friedenspfeife. Genussvoll sog er den Rauch ein, dann sagte er: „Weißt du, wann ich die letzte ganze Zigarette geraucht habe? Mir blieben nur die Aschenbecher in den Raucherhäuschen. Ich musste höllisch aufpassen, dass mich keiner sieht. Aber ich rauchte dann die Stumpen auf." Er starrte ins Leere. „Pflaster hingegen waren einfach, in jedem Stockwerk über uns sind Verbandskästen an den Wänden. Nicht abgeschlossen, man muss nur das Siegel aufbrechen. Wenn ich an Medikamente ran wollte, wurde es schwieriger. Schon für eine Schmerztablette musste ich in die abgeschlossenen Büros. Viele Leute bewahren in ihren Schubladen was auf. Wollte ich Party machen, dann habe ich ne Hand voll Tabletten geschmissen, die ich nicht kannte. Klopapier hingegen war wieder kein Problem – logisch." Er lachte hohl, betrachtete die Glut seiner Zigarette, dann fuhr er fort: „Auch der eine oder andere gute Tropfen durfte nicht fehlen. Süßes gab es im Überfluss. Schokolade, Gummibärchen, Kekse. Die Kameras haben mir das Leben schwerer gemacht, aber bald kannte ich die sicheren Wege."

„Hast du die Dinger mal abgeklebt?", fragte ich.

„Nein." Er schüttelte den Kopf. „Den Gedanken hatte ich, aber dann kam die Angst, dass das Leute anlocken könnte, die die Kameras überprüfen würden. Das wollt ich nicht riskieren."

Noch mal griff ich in die Tüte. „Bier? Ich finde, wir sollten auf unser Wiedersehen anstoßen, auch wenn ich es mir anders vorgestellt hatte."

„Um es noch einmal klarzustellen, Wolf. Ich komme hier unten nicht mehr raus. Ich will nicht! Wenn du gekommen bist, um mich zu überreden, dann trink dein Bier alleine und verpiss dich!“

Ich öffnete die Dosen und reichte ihm eine. Dann sagte ich: „Ich habe dich schon gestern verstanden, Peter. Es steht mir nicht zu, über dein Leben zu entscheiden, ich habe schließlich schon genug angerichtet. Du bestimmst, sonst niemand. Ich unterstütze dich bei allem.“

Er sah auf die Dose. Schließlich nahm er sie langsam. Wir stießen an. Bier schwappte auf den Boden. Für einen Moment sah ich Peter und mich am See sitzen – wie vor 30 Jahren. In diesem Augenblick sahen wir uns an und wussten, dass wir das Gleiche dachten, ja vielleicht sogar fühlten. Wir hatten uns wiedergefunden – jedenfalls waren wir auf einem guten Weg.

Eine Weile saßen wir schweigend da. Ich spürte die Blutergüsse. Jeden einzelnen. Der latente Schmerz hallte permanent durch meinen Körper – das Echo des Sturzes aus dem 1. Stock. Peter sah mich an, wollte anscheinend was sagen, aber sein Mund formte nur stumme Buchstaben, als lerne er erst sprechen. Dann sackte er in sich zusammen, begann vor und zurück zu wiegen. Ich betrachtete die Ringe, die unser Bier auf dem Tisch hinterlassen hatte, dachte an meine verbrannten Diagramme. Peter würde ich in den blauen *DDR*-Kreis schreiben, mit einer grünen Verbindung zu Philip und Anke. Familie.

Ich würde ihn quälen müssen, aber was blieb mir für eine Wahl? Also los! „Ich muss mit dir über deinen Sohn reden, Peter."

Unwillkürlich versteifte er sich. Ich spürte, wie er sich immer weiter zurückzog.

Ich sagte: „Block nicht gleich wieder ab, ich werde dir keinen Vater-Sohn-Vortrag halten. Es geht um was anderes und es ist wichtig."

Er schnaubte, richtete sich aber etwas auf. Das Schaukeln wurde weniger.

Ich fuhr fort. „Ich mache nicht zum Spaß einen auf Nachtwächter. Wie gesagt, nach dir habe ich hier unten nicht gesucht. Aber es sind noch andere Menschen verschwunden. Mindestens fünf, wahrscheinlich sogar mehr, allein im letzten halben Jahr. Allesamt Mitarbeiter des *DDR* und allesamt im Dienst, davon bin ich überzeugt. Anke hat mich um Hilfe gebeten …" Wie sollte ich ihm das beibringen? Ich sah ihm in die Augen. „Anke hat mich gerufen, weil Philip unter den Vermissten ist. Dein Sohn."

Ich ließ das wirken, doch mein Freund zeigte keinerlei Regung. Hatte er mich verstanden? Immer noch wiegte er sanft hin und her – ein Kind in einer kalten Welt. Doch dann sah ich eine einzelne Träne über sein Gesicht laufen. Aus roten Augen sah er mich an.

„Philip?!", sagte er leise. „Hier im *DDR*. Oh Gott, ist die Welt nicht groß genug?"

Der Schmerz der Erinnerung hatte ihn wieder fest

im Griff. Ich konnte mir nicht im Entferntesten vorstellen wie es sein musste, sich für andere aufzugeben, um dann irgendwann von seiner Vergangenheit eingeholt zu werden. Na ja, wenn ich darüber nachdachte, war es mir ähnlich ergangen. Auch ich hatte Anke und Philip verlassen und mich aufgegeben, aber Peter hatte es härter getroffen. Ich saß nicht 24 Jahre in einem Keller, vier Jahre Malta waren dagegen wie ein Tag im Paradies. Und außerdem war es meine freie Entscheidung gewesen, aus Berlin wegzugehen.

Er fuhr sich mit der Hand über das Gesicht, als wolle er den Kummer wegwischen.

Ich sagte: „Ich habe den Job deines Sohnes angenommen, wenige Tage nach seinem Verschwinden. Alles deutet darauf hin, dass er im Dienst verschwunden ist. Ich ermittle sozusagen undercover."

Ruckartig stand Peter auf, schwankte, hielt sich am Tisch fest. Seine Stimme war ein Krächzen, mehrmals räusperte er sich. „Ich habe sie beobachtet – die Wachmänner – bei ihren Rundgängen. So ein dicker Blonder. Dann ein Schlacks mit spitzem Gesicht. Und ein drahtiger Kleiner. Ach ja, auch einen gutaussehenden Durchtrainierten mit dunklen Haaren."

Marcel. Schorsch. Ralle.

Und Philip.

„Der durchtrainierte, gutaussehende Wachmann mit den schwarzen Haaren ist dein Sohn Philip."

Peter starrte mich an. Die Erkenntnis fraß sich wie Krebs durch seine Eingeweide. Hässlich und brutal.

Er stützte die Fäuste auf den Tisch, ließ den Kopf hängen. Ich konnte ihn kaum verstehen.

„Mein Junge?“, hauchte er. „Ich habe mir immer vorgestellt, wie er aussieht – als Mann.“

Tränen tropften auf die Tischplatte. Schweigend saß ich daneben, fühlte mich vollkommen hilflos. Was sollte ich jetzt sagen? Es gab keinen Trost.

„Was ist mit ihm geschehen, Wolf?“

Seine Stimme war wieder fester.

„Das versuche ich herauszufinden und du musst mir dabei helfen.“

Mit dem Ärmel trocknete er sein Gesicht, trat vor mich, brüllte: „WAS IST MIT IHM GESCHEHEN?!“

Ich blickte zu ihm hoch. „Hör zu, Peter. Ich weiß es nicht! Aber so wie ich das sehe, ist er hier im *DDR* verschwunden, möglicherweise sogar in diesem Gebäude. Irgendwas geht hier vor. Setz dich, ich erzähle dir was ich weiß.“

Mein Freund zögerte und starrte mich an, doch dann ließ er sich nach hinten auf den Stuhl gleiten. 15 Minuten später hatte ich ihm die Kurzfassung präsentiert. Mit einem bestimmten *Wir werden ihn finden* endete ich.

Peter griff nach den Metallhülsen und drehte sie in den Fingern.

Er sagte: „Vor einigen Tagen – das können 30, aber auch 100 Tage sein, hier unten ist Zeit eher relativ – schlich tatsächlich jemand durch den, wie du ihn nennst, Bunker. Und wenn ich schlich sage, dann meine ich das auch so. Wie gesagt, ich verpflege mich ja aus der Kantine, also muss ich dort regelmäßig hoch und auf dem Rückweg, sah ich ihn …"

„Ein Mann?", unterbrach ich ihn.

„Hm … Schwer zu sagen, aber ich denke schon. Allein von der Größe her. Wie ich, umschlich der Typ die Kameras."

„Hat er dich bemerkt?"

„Mit Sicherheit nicht. Ich habe sofort das Notfallprogramm abgespult, das ich mir für den Ernstfall zurechtgelegt habe: Versteck aufsuchen, Füße still halten, warten. Publikum kann ich nicht brauchen. Ich saß stundenlang in einem Klimaschacht fest. Seitdem bin ich noch vorsichtiger. Mitarbeiter gehen normal, summen vor sich hin, schlurfen, wasweißich – die hörst du früh genug. Der hier war lautlos, mit geschmeidigen Bewegungen. Ein Geist."

Ich sah meinen Freund an und sagte: „Du musst nach ihm Ausschau halten. Am besten schon heute Nacht."

Er nickte. Dann schüttelte er den Kopf. Vergrub sein Gesicht in den Händen. Brummte etwas Unverständliches. Sein Atem ging stoßweise. Es war unschwer zu erkennen, wie sehr er mit sich kämpfte.

Verlangte ich zu viel von ihm? Bestimmt hatte er Angst, irgendwann seinem Sohn gegenüber zu stehen. Die Möglichkeit bestand immerhin. Verständlich, aber hier ging es um Menschenleben. Ich brauchte ihn, niemand kannte sich im Bunker besser aus.

„Okay, packen wir uns das Schwein", sagte er leise und unterstrich die Worte, indem er mit der Faust auf den Tisch schlug. Ich atmete innerlich auf. Ich hatte ihn auf meiner Seite.

Mein Blick fiel auf die Armbanduhr, ich musste los.

Er blickte zur Decke, eines musste er noch loswerden. „Sollten wir die Vermissten finden, stellen die hier alles auf den Kopf. Hab ich Recht? Ich …" Er stockte, sah mich mit gerunzelter Stirn an. „Scheiße, und wenn die tot sind." Er wurde blass und stammelte: „Philip …"

Langsam stand ich auf. „Darum müssen wir sie finden, vielleicht leben sie noch – bestimmt tun sie das. Und nur, wenn wir sie *nicht* finden, werden Suchtrupps in diesen Katakomben ausschwärmen. Das ist nur eine Frage der Zeit."

Völlig unbeweglich blieb er sitzen, dann, wie in Zeitlupe, begann er zu nicken.

„Ich muss hoch, Peter. Morgen um die gleiche Zeit komme ich wieder." Ich nahm meine Armbanduhr ab und warf sie ihm zu. „Du sollst nicht mehr zeitlos sein. Also, alter Freund."

Aber er nahm mich gar nicht mehr wahr. Wieder wiegte er vor und zurück. Wieder schlug er die Metallhülsen rhythmisch aneinander. Das Klackern folgte mir auf dem Weg nach oben.

Ich musste an Totentrommeln denken.

29

Kühle Nachtluft schlug mir entgegen.

Ich sah in den Himmel. Die dichte Wolkendecke schluckte viel Restlicht, es roch nach Regen. Ich schaltete meinen Funk wieder ein und meldete mich bei Ralle. Dann setzte ich meinen Weg Richtung Kfz-Komplex fort.

Ich war froh, dass Peter mit von der Partie war – ohne ihn würde ich es kaum schaffen. In seinen Augen hatte ich Schmerz, aber auch Hoffnung gesehen. Den Schmerz, damals gegangen zu sein und die Hoffnung, heute etwas für seine Familie tun zu können. Tja, und dann war da noch die Hoffnung, Philip lebendig wiederzusehen. Wie sehr würde ich daran glauben wollen, aber mein Gefühl und meine Erfahrung als Polizist sagten mir das Gegenteil.

Damit waren wir bei meinen Ängsten und Hoffnungen. Nun, ich hatte vor der Begegnung mit Anke Angst. Wieder würde ich nicht ehrlich zu ihr sein. Warum ich *wieder nicht ehrlich* sage? Na ja, meine Flucht nach Malta zähle ich dazu, hatte ich ihr mit meinem überraschenden Verschwinden doch wehgetan – obwohl sie mich verstehen konnte, wie sie sagt. Jetzt hoffte ich, das Richtige zu tun – aber sicher war ich mir keineswegs.

Der Wind hatte zugenommen und brachte feinen Brandgeruch mit sich. Für einen Moment sah ich den blau brennenden Fußboden meines Appartements, meine Diagramme, die vom Feuer verschluckt wurden, tanzende Flammen auf meinem Bett. Die Dunkelheit begann zu flackern – es wirkte allzu real. Ich sah nach vorne. Lichtzungen wischten über die Wand der rechten Halle, malten groteske Figuren an den Putz.

„Was zum Teufel ...", murmelte ich und lief los. Eine dumpfe Explosion erhellte die Nacht. Die Druckwelle ließ die Büsche rauschen. Ich kniff die Augen zusammen, Hitze kroch wie eine Berührung über mein Gesicht. Es folgte ein Augenblick gespenstischer Stille – dann flossen wieder Lichtzungen über die Halle, wandelten sich zischend in orangefarbene Flammen.

„Zentrale, hier Wolf! Explosion und Feuer am Kfz-Komplex! Wir brauchen schnellstens die Feuerwehr, Krankenwagen, Polizei – das volle Programm. Wolf Ende."

„Hier Zentrale. Verstanden. Ende."

Als ich auf 50 Meter ran war, sah ich was da brannte: ein Lkw. Das Führerhaus stand komplett in Flammen, dichter Rauch quoll aus dem Auflieger. Metall knackte, Kunststoff zischte. Menschen sah ich keine, weder im Führerhaus noch in der Nähe des Lkw oder der Halle. Ich lief einmal um die Fackel herum, wollte und musste ganz sichergehen. Von einem Pfosten neben den Garagen riss ich einen Feuerlöscher. Doch genauso gut hätte ich auf die Flammen pissen können – der Effekt war gleich null. Die Hitze trieb mich zurück. Mit dem Arm schützte ich mein Gesicht. Es stank entsetzlich.

Das Quietschen von Reifen ließ mich herumwirbeln, ein Fahrzeug schoss flammenglänzend auf mich zu. Anders als dem Helden im Kino wäre es mir nicht mehr gelungen auszuweichen. Kein Sprung lässig aus der Hüfte. Keine elegante Rolle mit Griff zur Dienstwaffe. Keine Schüsse auf das Fahrzeug, das sich überschlug und kreisend auf dem Dach liegen blieb. Kein Fahrer, der benommen aus dem Wrack krabbelte und sich ergab. Nein, aber ein Außenspiegel, der spürbar über meine Uniform wischte. Keine Zeit die HK zu ziehen. Keine Zeit auf die Reifen zu zielen. Keine Zeit für irgendwas.

Der Wagen schleuderte um die Ecke der Halle und war nicht mehr zu sehen. Mit leicht zittrigen Händen griff ich zum Funk.

„Zentrale, hier Wolf. Ein Fahrzeug entfernt sich schnell vom Tatort. Es hält auf das Haupttor zu! Schnappt ihn euch! Wolf Ende."

Hinter dem Wagen herzurennen, wäre unsinnig gewesen. Ich sollte lieber den Brandort sichern. Zum Glück stand der Lkw auf der Parkfläche ziemlich isoliert. Unter dem Auflieger sah ich einen Benzinkanister Blasen werfen. Dass das Brandstiftung war, war mir längst klar.

Vereinzelte Regentropfen trafen mein Gesicht. Ich sah nach oben.

Gerade rechtzeitig, dachte ich.

Der Wind trug das Aufheulen eines Motors herüber. Schüsse. Reifenquietschen. Geschrei. Stille.

Der Funk knackte.

„Wolf, hier Zentrale. Wir haben ihn. Unverletzt. Gute Arbeit. Wir sind gleich da. Zentrale Ende."

In der Ferne hörte ich Martinshörner. Eine weitere Stichflamme schoss zischend aus dem Dach des Anhängers, zu retten war mit Sicherheit nichts mehr. Ich konnte nur zusehen. Nach einer Weile flatterte Blaulicht durch die Nacht, der Lärm nahender Sirenen war ohrenbetäubend.

Die Feuerwehr hatte den Brand schnell unter Kontrolle. Ein Polizist kam auf mich zu und nahm meine Aussage auf. Kurz darauf trat Ralle zu mir. Er hatte nur gewartet, mich allein zu erwischen.

„Mensch Wolf, was für ein Zirkus! Wir haben den Typen. Zum Glück haben ihn Warnschüsse gestoppt. Einen Ausweis hatte er dabei. Roland Maurer, 27 Jahre alt, freier Mitarbeiter und dem jüngsten Stellenabbau zum Opfer gefallen. Hat gestunken wie ne ganze Tankstelle – eine Zigarette und er wär in seiner Karre verkohlt wie ne vergessene Pizza im Ofen. Der war fix und fertig, hat geflennt wie ein Weib und gesungen wie ein Kanarienvogel. Er war wütend auf seinen Arbeitgeber, wie er sagte. Die Kollegen von der Polizei haben ihn bereits mitgenommen."

Ralle schaute zu dem rauchenden Wrack hinüber. „Aua! Ein Übertragungswagen, das wird teuer. Schätze mal siebenstellig."

Es hatte jetzt leicht zu regnen begonnen, abertausende Tropfen verwandelten den Tatort in eine blau zuckende Welt. Ich blickte zu den Polizisten hinüber, ein Mann in zivil war zu ihnen getreten und diskutierte wild mit den Beamten. Stahl.

Ich sagte: „Der ist aber schnell hier."

„Hab ihn direkt informiert", sagte Ralle. „Vorschrift."

Der Wachdienstleiter winkte uns ungeduldig herbei. Sein Gesicht glänzte blaurot im Regen. Er sagte: „Was ist hier für eine Scheiße passiert, Wolf?! Wofür laufen Sie eigentlich hier herum?"

Was sollte das jetzt? Warum hackte der auf mir herum? Dennoch blieb ich ruhig und sagte vollkommen unaufgeregt: „Ich habe ordnungsgemäß Pause gemacht und war pünktlich wieder auf Streife. Hier war nichts mehr zu retten. Vielleicht sollten Sie einmal darüber nachdenken, mehr Personal einzustellen, Herr Stahl."

Er sah mich an. Seine Halsschlagader pumpte, als wollte sie zwei weitere Liter Blut in seinen roten Schädel pressen. Ich machte mich auf alles gefasst. Doch dann drehte er sich herum und stapfte Richtung Heimat davon.

Ralle legte mir die Hand auf die Schulter. „Der steht unter Druck, Wolf. Nimm es nicht persönlich, aber der hat jetzt einen Berg Papierkram vor sich und Angst um seinen Job."

Wir blieben so lange am Tatort, bis die Feuerwehr

alles zusammengepackt hatte und ohne Tamtam den Rückzug antrat. Das Wrack des Ü-Wagens war mit Flatterband der Polizei abgesperrt. Die Spurensicherung würde sich darum kümmern. Beweise mussten sichergestellt werden, auch wenn der Fall klar schien.

Als wir in der Heimat eintrafen, war von Stahl nichts mehr zu sehen. Wahrscheinlich war er mit zur Wache gefahren. Unsere Ablösung traf gerade ein und war ganz aufgeregt. Ralle gab mir das Formblatt 94 a/ II, *Besondere Ereignisse*. Ich füllte es geduldig aus und legte es in doppelter Ausführung in Stahls Postfach.

Im Aufenthaltsraum traf ich auf den Rest meiner Kollegen. Sie diskutierten wild durcheinanderredend die Ereignisse. Ich schlich unter die Dusche, hatte schlicht die Schnauze voll vom Trubel.

Das Wasser rann mir heiß und wohltuend über den pochenden Körper.

Wie war diese Brandstiftung zu bewerten? Stand sie im Zusammenhang mit dem Verschwinden der Mitarbeiter? Immerhin hatte ein Mitarbeiter (ergänze *ehemaliger*) den Lkw angezündet. Warum war Stahl so schnell hier erschienen? Von seiner Wohnung bis zum *DDR* müsste er doppelt so lange brauchen. Also hatte er sich mitten in der Nacht irgendwo in der Nähe herumgetrieben. Das konnte aber alles und nichts heißen.

Ich schrubbte an mir herum, doch der Brandgestank ließ sich nicht aus meiner Nase vertreiben. Ralle steckte den Kopf zu mir herein. „Ich bin auch weg.

Komm morgen eine Stunde früher, wir müssen alle zum Alten. Tschüss!"

„Gute Nacht", rief ich ihm nach und stellte das Wasser ab. Mit einem Heimat-Handtuch rubbelte ich mich trocken. Ich war alleine, als ich mich im Umkleideraum anzog. Team C hatte seinen Dienst längst angetreten.

Für einen Moment dachte ich daran, mich in Stahls Büro umzusehen und die Spinde meiner Kollegen zu durchsuchen – aber wer weiß, ob der Alte nicht doch zurückkäme. Grund genug hätte er.

Also morgen, dachte ich und ging zu meinem Wagen. Ich fuhr nicht auf direktem Weg zu meiner Pension, sondern achtete auf Verfolger, schlug Haken, wartete in Seitenstraßen, fuhr sogar durch ein Parkhaus. Nichts.

Ich konnte nicht vorsichtig genug sein.

30

Ich saß gerade beim späten Frühstück, als das Telefon klingelte.

„Ja?!"

„Wolf, bist du das? Hier ist Lisa."

„Bin ich, schön dich zu hören. Wie geht es dir?"

„Ehrlich gesagt, nicht allzu gut. Aber ich versuche positiv zu denken. Das klappt mal mehr, mal weniger gut. Hast du schon was erreicht?"

Eine heikle Frage. Ich blickte auf mein angebissenes Brötchen. „Sagen wir mal so, ich habe eine Spur. Was die taugt, wird sich herausstellen."

„Und du willst mir nicht sagen, was es ist, stimmt's?!"

„Ja, Lisa. Es ist nur eine Spur ... Wenn es Ergebnisse gibt, rufe ich Anke und dich sofort an."

Sie atmete schwer. „Okay, Wolf. Das verstehe ich." Sie machte eine kurze Pause. „Du hattest mich doch gebeten, in den sozialen Netzwerken nach den Verschwundenen zu stöbern. Ich bin sie der Reihe nach durchgegangen. Die Redakteurin Nadine Hochmuth und die Reinigungskraft Andreas Zaminski waren weder bei Facebook noch bei Twitter. Jedenfalls bestehen keine Accounts. Ob sie natürlich vor Kurzem gelöscht worden sind, kann ich nicht sehen."

Ich hörte sie in Unterlagen blättern.

„Ah, hier", sagte sie. „Da ist es. Die beiden jüngeren Opfer sind aber sowohl bei Facebook als auch bei Twitter. Also, Michael Winkelmann, der junge Mann aus dem Archiv, und Georg Heuster, der junge Dokumentationsassistent. Die Einträge reißen am Tag ihres Verschwindens ab. Und jetzt kommt es: Winkelmann fühlte sich verfolgt und beobachtet. Er will sogar einen Maskierten gesehen haben – im Bunker! Er hat das zweimal erwähnt und nicht nur positive Kommentare erhalten. Einige haben sich lustig gemacht. Leider bleibt alles etwas vage. Wann und wo das genau war, schreibt er nicht. In den nächsten Beiträgen spielt er das alles herunter. Ist aber verständlich nach den Reaktionen."

Ich hatte Peters Beschreibung von dem schleichenden Unbekannten vor mir.

„Danke, Lisa. Das hilft mir sehr." Ihr Atem ging schneller, ich konnte ihre Unruhe deutlich spüren. Ich musste sie etwas ablenken. „Was hast du über die Heimat und den *DDR* herausgefunden?"

„Oh, einiges. Seit Monaten geht es in dem Sender drunter und drüber. Die Politik macht mächtig Druck. Laut einem Artikel im *Spiegel* von vor zehn Wochen meinen die es ernst, haben mit einer Schließung gedroht, sollte nicht ein rigider Sparkurs gefahren werden. In Zahlen heißt das, der Sender muss in den nächsten fünf Jahren über 275 Millionen Euro einsparen. Und was noch schlimmer ist, der zuständige parlamentarische Ausschuss fordert eine Streichung von 1.500 Stellen. Ich habe nachgesehen, das ist quasi jeder Vierte! Die Hälfte davon binnen sechs Monaten. Wahnsinn …"

Das ging über Ralles Informationen hinaus. Ich wusste, dass der *DDR* unter Druck stand, aber das hier sah nach einer geplanten Demontage aus. Das konnte kein Betrieb so schnell umsetzen, von den Folgen ganz zu schweigen. Kein Wunder, dass unter den Mitarbeitern Angst und Wut herrschten. Ich musste Anke fragen, wie weit der Sender mit der Umsetzung der Vorgaben war – sie hatte gar nicht so besorgt geklungen. Doch wenn ich an den Feuerteufel Roland Maurer dachte, konnte ich mir seine Verzweiflung vorstellen. Existenzangst kann zerstörerisch sein.

„Hier haben also alle Angst um ihren Job", murmelte ich. „Wie sieht es bei der Heimat aus?"

„Viel besser! Bei denen scheint alles gut zu laufen, die expandieren. Allein im Netz sind über 20 freie Stellen ausgeschrieben. Einen Skandal gab es hierzulande noch keinen. Die Geschäftsführung sitzt in den Staaten. Die Heimat ist die deutsche Tochterfirma des Sicherheits- und Militärunternehmens Academi."

Ich stieß einen Pfiff aus. „Das sind die richtig großen Jungs, die spielen auch im Nahen Osten mit – eigentlich überall da, wo die Amis reingehen. Eine milliardenschwere Söldnergruppe. Bestens ausgebildet, alles ehemalige Militärs, Agents und Polizisten. Spezialisten, die Crème de la Crème. Vom Scharfschützen bis zum Sprengstoffexperten. Sozusagen Rambo und der Terminator zusammen."

„Bist du sicher? Also, ich meine Philip ist kein gut

ausgebildeter Experte – und ein Rambo oder Terminator schon gar nicht."

Ich lachte. „Nein, das ist er sicher nicht. Aber wenn die Heimat zu Academi gehört, dann gibt es auch bei uns Spezialisten. Aber ich bezweifle, dass die ihre besten Männer zum Schutz eines Fernsehsenders einsetzen. Das hier ist alles nur positiv fürs Geschäft und bringt einen guten Leumund. Die Musik spielt woanders. Gute Arbeit, Lisa! Deine Recherchen bringen uns ein gutes Stück weiter."

Eine Minute später verabschiedeten wir uns.

Mein Kaffee war kalt geworden. Ich griff nach einer neuen Tasse und der Thermoskanne. Er konnte jetzt nicht heiß genug sein.

Lisa hatte wertvolle Informationen zusammengetragen. Eines unserer Opfer hatte sich verfolgt und beobachtet gefühlt. Und war einem Maskierten begegnet – im Bunker! Vielleicht hatte es bei dieser ersten Begegnung das Glück, was es bei der zweiten nicht mehr hatte. Der Unbekannte schlich maskiert durch die Gänge, das sah regelrecht nach Jagd aus – die Opfer schienen zufällig. Jedenfalls erkannte ich kein Muster. Ich taufte ihn den *Hunter.* Immerhin schienen wir langsam sein Revier einzugrenzen. Was sagte das über ihn aus? Was trieb ihn?

Ich kann Ihre Gedanken lesen: Wieder denken Sie an Peter! Sie schreien: *He Wolf, er treibt sich im Bunker rum! Mach die Augen auf, der ist wahnsinnig.* Aber ich bleibe dabei: Peter ist nicht der Hunter!

Ich dachte an die Situation im *DDR*, die Stimmung der Angestellten, ihre Angst und Verzweiflung. Lag das Motiv des Hunters hier? Nein, das war unlogisch. Warum sollten Mitarbeiter des *DDR* verschwinden? Doch was für mich keinen Sinn ergab, war nicht ausschlaggebend für einen durchgeknallten Psychopathen.

Was wenn es mehrere Hunter gab? Ich dachte an meine Heimat-Kollegen ... Das würde auch ihre Aussage erklären, Philip an dem fraglichen Abend nicht gesehen zu haben. Au Mann, ich sponn mir hier was zurecht ... Der Mutterkonzern der Heimat sprach jedenfalls nicht für Seriosität. Sie müssen wissen, dass die Geschichte von Academi – ich würde mal sagen – schwierig ist. Das private Sicherheitsunternehmen wurde Ende der 90er Jahre unter dem Namen Blackwater USA gegründet und später öfter umbenannt. Nicht erst seit 9/11 florierte das Geschäft mit der Sicherheit, aber der Konzern konnte immer größere Aufträge der Regierung und Justiz an Land ziehen. Unter anderem im Irak. WikiLeaks brachte Blackwater aber in Verbindung mit der Misshandlung und Ermordung von Zivilisten. Es kam zu einer Flut von Gerichtsverhandlungen und zweifelhaften Freisprüchen. Hier vermischten sich Geld, Macht und Skrupellosigkeit – wer sollte ein solches Monster stoppen können?! Das also war mein Arbeitgeber. Na super.

Aber reichte das aus für meine wilden Fantasien? Immerhin wusste ich eines: An bösen Buben mangelte es nicht. Und jeder von denen war mächtig und skrupellos genug, dem Wolf das Fell über die Ohren zu ziehen.

Halleluja, Freunde der Nacht!

31

Es wurde wieder Zeit mir ein anderes Hotel zu suchen.

Nach der einfachen Pension hatte ich Lust auf Luxus und Geschichte. Das Westin Grand Ecke Friedrichstraße/Unter den Linden bot beides im Überfluss. Allein die Eingangshalle war überwältigend. Bestimmt wurde sie durch eine mächtige Freitreppe und dem 30 Meter hohen Atrium mit imposanter Glaskuppel. Ich bekam Zimmer 521. An der Rezeption ließ ich meinen Mietwagenschlüssel zurück.

Als ich im 5. Stock aus dem Auszug stieg, genoss ich den Blick von der Galerie hinunter auf Freitreppe und Sitzgelegenheiten. Soeben begann der Klavierspieler sein Spiel. Glasklare Klänge schwebten zu mir hinauf und fingen sich unter der Kuppel. Ich genoss den Augenblick.

Das Zimmer versprühte den Charme und die Exklusivität längst vergangener Zeiten. Der Teppich war dick, die Möbel schwer. Alles wirkte solide und gesetzt. Ich nutzte den Nachmittag, um mich fit zu halten. In meinem Alter musste Mann gegen den Bauchansatz kämpfen – das war vor Jahren noch kein Thema gewesen. Im Wellness-Bereich schwamm ich 1 000 Meter und ging dann in die Sauna. Ich erntete schiefe Blicke, wahrscheinlich weil mein Körper mittlerweile aussah, als habe man mich großflächig tätowiert.

„Freitreppe", grunzte ich, als es auch mir zu bunt wurde.

Zurück auf dem Zimmer hatte ich drei Anrufe in Abwesenheit und eine SMS. Alle von Anke.

Wolf, man hat mich beurlaubt. Bin zuhause. Ich glaube, sie beobachten mich.

Ich rief sie umgehend an. „Anke, hör gut zu! Du machst jetzt Folgendes: Pack Sachen für eine Woche, ruf dir ein Taxi und fahr zum Hauptbahnhof. Dort nimmst du die U-Bahn nach Spandau. Nach einer Station steigst du aus und fährst vier Stationen in die Gegenrichtung. Am Alex setzt du dich wieder in ein Taxi. Lass dich in die oberste Etage des Parkhauses Apcoa am Sony Center bringen. Steig da aus und nimm die Treppe hinunter in die erste Etage. Warte da auf mich."

Die Dame an der Rezeption schob mir Papiere und Autoschlüssel über den Tresen – auf Mauro war Verlass. Diesmal war es ein unauffälliger, grauer Allerwelts-Golf mit gerade einmal 12 000 Kilometern auf der Uhr und optionalem Kindersitz. Ich war unsichtbar.

30 Minuten später parkte ich den Wagen gegenüber vom Sony Center. Weitere zehn Minuten später sah ich ein Taxi in die Einfahrt des Parkhauses einbiegen. Anke saß auf der Rückbank. Ich wartete minutenlang, konnte aber keine Verfolger entdecken. Zufrieden stieg ich aus dem Golf und betrat das Parkhaus durch einen Seiteneingang. Anke stand

an den Treppen zum 1. Stock. Ich beobachtete fünf Minuten die Umgebung. Als ich mir sicher war, trat ich von hinten an sie heran.

„Anke."

Sie zuckte zusammen, drehte sich um. Wir umarmten uns und sie gab mir wieder einen Kuss auf meine Stoppeln.

„Wolf."

Ich hielt sie mit ausgestreckten Armen von mir. Wenn sie geweint hatte, konnte ich es nicht mehr sehen. Ihre Augen waren nicht gerötet, sondern flackerten eher. Ich erkannte Wut darin.

„Wolf, ich …"

„Später", unterbrach ich sie. „Im Auto."

Wir nahmen den Weg zurück durch den Seiteneingang. Ohne Zwischenfälle erreichten wir den Golf. Ich fuhr. Immer wieder beobachtete ich Seiten- und Rückspiegel.

Halten Sie mich nicht für paranoid – ich tue nur meinen Job.

Ich sah Anke von der Seite an. „Was ist geschehen?"

Ihre Hände strichen über ihre Jeans. Sie sah nach vorne, als sie sagte: „Nach der Mittagspause hat mein Chef mich rufen lassen. Normalerweise nichts Ungewöhnliches, aber diesmal war es offiziell. Er hat mich nach Hause geschickt. Mit sofortiger Wirkung bis auf weiteres beurlaubt. Er hat sich noch bei mir entschuldigt, aber er hätte Anweisungen von ganz oben, den Grund wüsste er nicht. Das glaub ich ihm auch, wir sind gut befreundet. Es war ihm sichtlich unangenehm."

Wir fuhren kreuz und quer durch den dichten Verkehr.

Anke berichtete weiter. „Ich bin sofort zum Betriebsrat. Zuerst wollte mich das Vorzimmer nicht durchlassen, aber ich habe ein ganz schönes Theater veranstaltet. Doch selbst der Betriebsrat konnte mir nicht in die Augen sehen. Nur mit den Schultern gezuckt hat der. Ich solle lieber heimgehen, das wäre bestimmt nur ein Missverständnis und würde sich bald aufklären."

„Sie sind auf dich aufmerksam geworden, Anke. Sie stellen dich kalt. Ab hier wird es zu gefährlich für dich, mehr kannst du nicht tun. Ab jetzt liegt es an mir." Ich sah sie an. „Alles okay mit dir? Hast du Angst um deinen Job?"

Sie lachte gekünstelt auf. „Angst um meinen Job, machst du Witze? Angst habe ich nur um Philip. Der *DDR* macht mich einfach nur wütend. Seit die Politik die Daumenschrauben anzieht, hat sich alles verändert. Es herrscht eine unerträgliche Stimmung der Angst. Alle redeten heute nur von Roland Maurer, der den Ü-Wagen abgefackelt hat. Wie verzweifelt und wütend muss ein Mensch sein?!"

„Ich bring dich aus der Stadt. Nur zur Sicherheit." Ich dachte an den Anschlag auf mich, ich durfte kein unnötiges Risiko mehr eingehen.

Ich merkte, wie sie mich musterte. „Ich komme mit dir“, sagte sie leise. Eine Strähne, die Geste.

Verdammt!

„Anke, ich … Ähmm …“

„Wir sind erwachsen, Wolf. Erinnerst du dich an unser Gespräch? Wir haben alles geklärt. Nimm mich mit, ich will helfen.“

Ich hasse diese Situationen, in denen ich nicht weiß, was falsch und was richtig ist. Kennen Sie das Gefühl, denken zu müssen und nicht zu können? Und dann starrt Sie dabei auch noch einer an!

„Bitte, Wolf. Ich will nicht alleine sein.“

Wir hatten die Innenstadt verlassen, fuhren durch ruhigere Seitenstraßen. Der dichte Verkehr im Zentrum hatte den Vorteil gehabt, darin leichter verschwinden zu können. Der Nachteil war, dass man Verfolger schlechter ausmachen konnte. Das gelingt einem am besten in ruhigen Seitenstraßen. Damals als Jäger hatte ich diese Straßen gehasst. Heute liebte ich sie. Ich fuhr um die nächste Ecke und parkte hinter einem Lieferwagen. Ich war sicher nicht verfolgt zu werden.

„Also gut! Vielleicht auch besser so, dann habe ich ein Auge auf dich. Nimm den Wagen und fahr ins *Westin Grand*. Dort nimmst du dir ein Zimmer in der 5. Etage, da wohne ich auch. Und halt die Füße still. Unsere Gegner sind nervös.“

Sie strahlte. Ich schüttelte den Kopf. „Das ist kein Spaß. Wir werden jede Nacht woanders sein.“

Dann stieg ich aus und klopfte zum Abschied aufs Dach. Sie rutschte auf den Fahrersitz. Mit zu viel Gas fuhr sie davon.

Ich sah mich um und fluchte.

Haben Sie in Seitenstraßen schon mal ein Taxi gefunden?

32

Wie die Schuljungen standen wir vor Stahls Schreibtisch. Hätte man mich, Ralle, Schorsch, Klaus und Marcel der Größe nach aufgestellt, wir wären als die Dalton-Brüder durchgegangen (Bevor Sie nachschlagen: plus einem Cousin – die Brüder waren nur zu viert). Nur war der Typ vor uns nicht Lucky Luke, sondern höchstens Angry Stahl. Sein Kopf war wieder rot wie ein Hydrant und er schlug mit der flachen Hand auf den Bericht der Kripo.

„Ich habe von oben eins drüber bekommen. Es kann nicht sein, dass ein ehemaliger Mitarbeiter samt seinem Auto mir nichts dir nichts aufs Gelände kommt. Was sagt Ihnen das Wort *e h e m a l i g e r*?!"

Ich meldete mich mutig. „Wer sagt denn, dass er während unserer Schicht durchgelassen wurde?"

Verwirrt sah Stahl mich an. „Wer das sagt?! Die gottverdammte Videoaufzeichnung sagt das! Punkt 23:35 Uhr. Er musste noch nicht einmal anhalten." Er sah Schorsch an. „Er hält ein Päckchen Zigaretten hoch! Sieht das aus wie ein beschissener Ausweis?! Ich kotze gleich. Sie schreiben einen Bericht, der geht direkt an die Zentrale. Ich stelle mich nicht vor Sie!"

Schorsch war blass geworden, ließ die Tirade aber über sich ergehen.

Stahl war noch nicht fertig. „Eins noch, meine Herren! Der Nächste, der Mist baut, fliegt hochkant raus. Dann heißt es wieder Schlange stehen beim Arbeitsamt. Und Sie, Herr Wolf, sind in der Probezeit. Was sagt uns das?!"

Er sah erst mich, dann die übrigen Daltons an.

„Das sagt uns, dass die Anderen sich gar nicht erst die Mühe machen müssen, sich Wolfs Nummer zu merken. Und jetzt alle raus hier!"

Was für ein wundervoller Abend.

Die Stimmung war schlecht bis beschissen. Ich klopfte Schorsch auf die Schulter, murmelte ein „Kopf hoch, Alter". Ralle fluchte in einer Tour und verzog sich in die Zentrale. Ich war froh darüber, mich auf meinen Rundgang verkrümeln zu können.

Das Wrack des Ü-Wagens war bereits weggebracht worden, der Platz notdürftig gereinigt. Ich konnte Reste des geschmolzenen Benzinkanisters erkennen. Noch immer hing leichter Brandgeruch in der Luft.

Die Nummer mit dem Päckchen Zigaretten zeigte, wie einfach es war, auf das Gelände des *DDR* zu kommen. Immerhin ließen sich die Türen zu den Gebäuden nur mit den codierten Dienstausweisen öffnen (es sei denn man hieß Peter und kannte einen anderen Weg, immerhin versorgte er sich ja mit Kippen aus den Raucherhäuschen). Doch einmal drin, konnte man machen was man wollte – man musste nur wie Peter die Kameras umgehen.

Die Wolkendecke war aufgerissen, es blieb trocken und windstill. Ich klopfte mir auf die Brusttasche und fühlte das Handy, das ich für meinen Keller-Freund besorgt hatte. Er sollte mich zukünftig erreichen können, wann immer es nötig war. Sicherlich musste ich ihm vorher einen Vortrag in Sachen *mobile Telefonie im 21. Jahrhundert* halten. Und ihm erklären, wieso er zum Telefonieren sein Versteck verlassen und zumindest ins Erdgeschoss musste.

Bis zu meiner Mitternachtspause hielt ich mich so oft es ging draußen auf. Zwar rechnete ich nicht mit weiteren Anschlägen, doch ich wollte Präsenz zeigen. Mit der Dunkelheit hatte sich auch Stille über das Gelände gelegt. Nur vereinzelt sah ich Pkws Richtung Haupttor rollen.

Wie das täglich grüßende Murmeltier saß Peter an seinem Platz. Er sah besser aus. Wahrscheinlich taten ihm die Sachen aus der Tüte gut.

„Hallo, Wolf."

„Peter", begrüßte ich ihn und setzte mich. Das NVA-Messer konnte ich nirgends entdecken, dafür lagen Karten des Bunkers auf dem Tisch ausgebreitet – die Ecken mit diesen Metallhülsen beschwert.

Peter sagte: „Heute Nacht war alles ruhig. Hier, die Karten habe ich noch von meinem Führungsoffizier. Sie sind nicht mehr ganz aktuell, aber ich kann dir immerhin zeigen, wo ich den Unbekannten damals hab rumschleichen sehen."

„*Hunter*", sagte ich.

„Was?"

„Ich habe ihn Hunter, also Jäger getauft", sagte ich.

„O k a y, also unser sogenannter Hunter war genau hier." Er tippte mit dem Finger auf einen Flur in der

Nähe der Kantine. „Und hier in diesem Klimaschacht bin ich abgetaucht. Über diese Schächte kann man sich gut über die Etagen bewegen. Zwischen den Klimarohren sind Tritte, wie bei einer Leiter. Man muss nur vorsichtig sein, weil es in den Dingern hallt, das ist in den Gängen zu hören."

Mir kam ein Gedanke. Der Putzmann. „Peter, wenn du jemanden aus dem 3. Stock verschwinden lassen wolltest, wie würdest du das anstellen? Stell dir vor, du müsstest einen erwachsenen Mann ins dritte Untergeschoss bringen."

Peter rieb sich den Vollbart. Er hatte ihn etwas gestutzt, sah wesentlich gepflegter aus. Was Kleinigkeiten doch ausmachen konnten. „Du meinst, ohne Gefahr zu laufen gesehen zu werden – nehme ich an?!"

Selbstredend.

Er beugte sich über die Karte. „Wenn ich ihn bis zu den Klimaschächten schaffe, ist der Rest ein Kinderspiel."

„Wie komme ich da rein?"

„Nun ja, es gibt natürlich die Wartungszugänge, das wäre am einfachsten. Die befinden sich an zentralen Stellen der Hauptpfeiler. Hier. Mit einem einfachen Schraubenzieher kannst du die Zugänge von innen und außen leicht öffnen. Aber ich weiß, was du wissen willst. Einen Menschen über den Gang zu schleppen, birgt die Gefahr mit ihm entdeckt zu werden. Geht unser Hunter allein und normal, könnte er im Fall der Fälle noch für einen Mitarbeiter gehalten werden." Er strich sich wiederholt durch den Bart. Mein Peter kam endlich in Fahrt. „Ohne Spuren zu hinterlassen, sagst du?!" Er schien sogar zu lächeln, jedenfalls zog sich sein Bart in die Breite. „Komm mit! Ich zeige dir, wie er die Leute mitten im Gang verschwinden lässt."

Das hörte sich gut an.

Wir umgingen die Kameras und gelangten ungesehen in den 3. Stock. Würde uns jemand begegnen, waren wir nur der Wachmann und ein Mitarbeiter. Kurz darauf standen wir mitten im Gang. Der Tatort. Vor und hinter uns der endlos lange Flur mit der Flut an Bürotüren. Ich blickte zur Decke: Gestrichener Beton, alle paar Meter eine Lampe.

Hier konnte man niemanden verschwinden lassen, es sei denn man schleppte ihn in ein Büro, aber das war eine Sackgasse – fiel somit aus.

Peter ging in die Knie. „Sag *Sesam öffne dich,* Wolf!" Die Klinge seines NVA-Messers blitzte im Deckenlicht, als er sie zielsicher zwischen die 50 x 50 Zentimeter großen Filzplatten stieß und daran herumhebelte. Schließlich konnte er mit der anderen Hand die Kante greifen. Vor uns öffnete sich ein Schacht. Vielleicht 30 bis 40 Zentimeter tief. Ich sah eine Menge Kabel und Rohre.

„Ein sogenannter Doppelboden", sagte Peter. „Hier verlaufen Strom- und Wasserleitungen. Und anderer Kram. Platz genug, was meinst du?"

Ich stieß die Luft aus. „Allerdings." Mit meiner

Taschenlampe leuchtete ich in beide Richtungen. Unwillkürlich begann ich zu schnüffeln. Vor meinem geistigen Auge sah ich verwesende Leichen unter dem Fußboden, Maden und Larven, austretende Leichensäfte – die Wolke aus Schmeißfliegen nicht zu vergessen (Die Viecher finden Sie fast immer – als trügen wir die Eier ein Leben lang in uns) – darüber schwatzende Mitarbeiter auf dem Weg zur Kantine. Doch es roch trocken und staubig.

„Du kannst hier keinen länger liegen lassen, Wolf. Unmöglich. Aber du kannst ihn von hier aus zu den Klimaschächten ziehen. Deckel auf, Opfer rein, Deckel zu. Selbst rüber zum Klimaschacht, unter den Doppelboden gekrabbelt und dein Opfer hinter dir hergezogen. Komm mit, ich zeige dir, wo du rein kannst."

Er schloss den Boden wieder, ging mit mir zu einem der Wartungszugänge. Ich trat auf eine wackelige Platte und spürte sie leicht nachgeben.

„Manchmal bricht das Holz, dann müssen die Filzplatten ausgetauscht werden", sagte Peter, als er es bemerkte. „Dann stellen die hier Schilder auf: *Vorsicht! Offener Doppelboden!*"

Mit einem Schraubenzieher öffnete er den Zugang zum Klimaschacht.

„Die Dame zuerst", sagte mein Freund.

Im Licht der Taschenlampe betrat ich den etwa vier Quadratmeter großen Raum. Auf der linken Seite hingen moderne Schaltelemente. Ein Monitor schickte sein blassgrünes Licht in die Dunkelheit und wies diesen Schacht als Klima 3.3 aus. Interessanter aber waren die beiden baumdicken Rohre, die aus dem Boden kamen und in der Decke verschwanden. Zwischen ihnen waren Sprossen, so dass man aus dem Keller bis ganz aufs Dach klettern konnte – wenn sie denn so weit reichten. Ich leuchtete mit der Lampe hinauf und hinab.

Aber hallo, dachte ich. So lief das Ganze also …

„Wolf, die Leiter ist das eine … Schau hier, in der Ecke, da geht's unter den Doppelboden."

Leitungen und drei armdicke Rohre verschwanden in dem Spalt. Ich kniete mich hin. Etwas passte so gar nicht zu den glatten Kunststoffummantelungen der Kabel. Es hatte eine raue Oberfläche und war in sich verdreht.

Ein Seil. Nylon. Etwa fünf Millimeter dick. Meter für Meter zog ich es heraus, bis wir beide dieses Klirren hörten.

„Na los, mach schon", sagte Peter.

Es gab einen Ruck – das Seil hing fest.

„Ich geh da rein", sagte ich und hatte den Kopf bereits unter den Doppelboden geschoben. Trotz der Leitungen kam ich recht gut voran, wenn auch langsam. Robbend schob ich die Taschenlampe vor mir her. Ein heller Striemen auf dem Beton weckte mein Interesse. Hier hatte etwas geschleift.

Eine Gürtelschnalle zum Beispiel.

Ich kroch noch ungefähr zwei Meter, dann sah ich,

warum sich das Seil nicht mehr bewegen ließ. Der Haken daran hatte sich an einem Rohr verfangen. Er blinkte im Licht. Mir wurde schlecht, denn ich wusste wie Fleischerhaken aussahen. Spitz, sehr spitz. Ich musste an Schweinehälften denken. Ich löste ihn.

„Ich komm zurück", rief ich nach hinten.

Bald stand ich neben Peter und klopfte mir den Staub von der Uniform. Mein Freund hatte seine Brille angehoben und untersuchte den Haken auf Spuren.

„Clever", sagte er. „Unser Hunter zieht seine Opfer nicht mühsam hinter sich her, sondern holt sie ein wie einen Anker. Es ist kein Blut daran, das ist die gute Nachricht. Wahrscheinlich hängt er den Haken am Gürtel oder der Kleidung ein. Jetzt wissen wir, dass er es so macht, wie ich es auch tun würde. Aber warum lässt er das Seil hier liegen?"

Ich sah erst meinen Freund an, dann das Loch im Boden. Ich musste das überprüfen. Fast schon bequem kletterte ich ein Stockwerk tiefer. Peter hatte Recht, man musste sich vorsichtig bewegen, denn die Tritte hallten in den beiden Rohren wider. Aber mit geschmeidigen Bewegungen war das kein Problem. Es empfing mich ein identischer Raum. Klima 2.3. Auch hier leuchtete ich unter den Doppelboden.

Ein weiteres Seil. *Scheiße.*

Peter kam mir nach. „Die Tür oben habe ich zugemacht. Nehmen wir mal die Wartungsstrecke nach unten."

Ich hielt das zweite Seil hoch.

Er nickte. „Das habe ich mir schon gedacht. Wetten, dass wir unter dem Doppelboden in jedem Stockwerk eines finden werden?“

Ich schüttelte den Kopf. Ich wettete grundsätzlich nicht.

33

Peter und ich saßen wieder in seiner Bude.

Die Wette hätte er gewonnen. 19 Seile hatten wir gefunden und unberührt liegen gelassen. Wir wollten das scheue Wild nicht gleich vertreiben.

Es wurde Zeit, in zehn Minuten war meine Pause vorbei. Nach dem Vorfall gestern durfte ich mich nicht verspäten. Jeder würde penibel auf die Vorschriften achten. Wenn ich mich nicht pünktlich melden würde, müsste Ralle Meldung machen und nach weiteren fünf Minuten Georg losschicken. Das würde nur unnötigen Ärger geben.

„Ich muss, Peter“, sagte ich und ging zur Tür.

„Und ich mache meinen persönlichen Rundgang, Wolf. Wir kriegen ihn, das weiß ich.“

„Pass auf dich auf, mein Freund“, sagte ich, dabei fiel mir das Handy ein. „Hier, Peter. Ich habe dir ein Telefon besorgt. Für den Notfall. Damit du mich erreichen kannst.“

Geschickt fing er es auf, drehte es zwischen seinen dreckigen Fingern hin und her. „Sehr lustig, Wolf! Und wo ist das Kabel? Soll ich mir hier unten erst noch einen Anschluss legen lassen?“

Ich lachte. Zeit für den prognostizierten Vortrag.

Danach sah er mich skeptisch an. „Ziemlich viel Technik für so einen Steinzeitmenschen wie mich. Aber wenn ich mit dem Ding jedes Mal nach oben muss, dann hätte ich lieber eines mit Kabel.“

Ich grinste. „Vielleicht ist die Menschheit in den nächsten 24 Jahren so weit, auch im tiefsten Keller drahtlos zu telefonieren. Sei froh, dass du dir nicht erst eine Telefonzelle suchen musst." Ich deutete auf das Gerät. „Es ist schon an. Hier, der kleine Hebel sperrt die Tastatur, damit du nicht aus Versehen den Papst anrufst, wenn du es in der Hose trägst. Wenn du diesen Knopf und danach die Eins drückst, hast du mich direkt dran – nennt der Fachmann *Kurzwahl*. Mehr brauchst du nicht. Häng es immer, wenn du hier bist, an dieses Ladekabel. Und nimm es auf jeden Fall mit, wenn du unterwegs bist. Klar?!"

„Zu Befehl, Genosse Boss! Da sitzt man mal ein paar Jährchen im Keller, schon spielt die Welt da draußen verrückt." Er sah wehmütig zu dem Funkgerät an der Wand, aber dann grinste er und drückte besagte Tastenkombination.

„Holla, ich habe sogar Empfang!" Er lauschte. „Du wohl nicht, oder ist dein Handy aus? Was ist eine Mailbox, Wolf?"

„Da kannst du mir eine Nachricht hinterlassen, die ich dann abhören kann. Ziemlich praktisch."

Er starrte das Handy an. „Ja, vielleicht … Klingt aber auch nach perfekter Möglichkeit rund um die Uhr abgehört und überwacht zu werden. Habt ihr da schon mal dran gedacht. Ich mein ja nur, die Stasi hätte sich solche Dinger damals gewünscht. Außerdem klingt das nach ziemlichem Stress, immer erreichbar zu sein. Ich meine die Vorstellung, deine Frau oder dein Chef würden dir die ganze Zeit im Nacken sitzen und du müsstest dich dauernd rechtfertigen, wo du dich rumtreibst. Das ist doch Horror."

War ausgerechnet mein hospitalisierter Freund die positive Gegenprobe zu all den gestressten und überwachten Handy-Besitzern? Ich musste grinsen, weil mir die Uhr auf dem Display meines Handys prompt wieder Dampf machte. *Quod erat demonstrandum* würde der Lateiner sagen. Tatsächlich aber sagte ich: „Bis morgen um die gleiche Zeit, Peter. Benutz es einfach." Ich ließ ihn mit seinem neuen Spielzeug allein.

Als ich vor dem Bunker ins Freie trat, traf mich für einen Moment die Erinnerung an gestern, denn ich nahm Brandgeruch wahr – mit Sicherheit ein Streich meiner Sinne. Oder aber, er stammte von der Zigarette, die in der Dunkelheit vor mir aufglimmte. Warum war ich nicht überrascht?

„Guten Abend, Herr Stahl."

Der Wachdienstleiter trat aus den Büschen ins fahle Mondlicht. Er glänzte vor Schweiß, als habe man ihn frisch mit Zuckerguss überzogen. Die Begrüßung schenkte er sich. „Wolf, wo haben wir uns denn rumgetrieben?"

Das würde mich bei dir auch interessieren …

„Pause, Herr Stahl. Gewerkschaftlich vereinbart und notariell beglaubigt."

Er sah auf die Uhr. „Vor drei Minuten abgelaufen."

Arschloch.

Ich sagte: „So lange dauert unsere Unterhaltung schon."

„Klugscheißer! Ich hab ein Auge auf Sie und Ihre nichtsnutzigen Kollegen. Mit so was soll man den Krieg gewinnen!"

Ich dachte: Welchen Krieg führst du?

Ich sagte: „Rauchen verboten! Gehen Sie in eins von den Raucherhäuschen oder machen Sie die Zigarette aus. Sie wollen doch nicht wieder ein Feuer riskieren?"

Er trat die Kippe demonstrativ vor mir aus. „Seien Sie vorsichtig, Wolf. Beißen Sie nicht die Hand, die Sie füttert." Dann verschwand er in der Dunkelheit.

Diese Drohungen wurden langweilig. Mir war immer noch nicht klar, welche Rolle der Ex-Polizist spielte. Wieder trieb er sich hier auf dem Gelände herum, und auch gestern Nacht konnte er nicht weit gewesen sein.

Ich griff auf meine Schulter. „Zentrale, hier Wolf. Bin wieder online. Und für die kleine Verspätung gibt es einen Grund: Der Chef spielt Sheriff. Wolf Ende."

„Hier Zentrale. Verstanden. Ich dachte, der sei vorhin heimgefahren?! Zentrale Ende."

Das hatte ich auch gedacht.

Den Rest meiner Dienstzeit nutzte ich, um meine im Geiste existierenden Diagramme zu füllen. Die Klimaschächte hatten mich ein Stück weitergebracht. Auch die Doppelböden. Der Hunter konnte seine Opfer also relativ bequem und vor allem unbemerkt vom zahlenden Publikum, im Bunker rauf und runter schaffen. Stockwerk für Stockwerk. Seil für Seil. Er musste nur kräftig genug sein. Ich überlegte, die Erkenntnisse Altmann mitzuteilen, entschied mich aber schließlich dagegen. Er müsste mit der Kavallerie anrücken, das ganze Programm: Spurensicherung, Suchtrupps, Hunde. Außerdem stundenlange Verhöre. Auch die Presse hätte ich am Hals. Für die wäre das Ganze eine Horrorstory erster Klasse. Ich konnte mir die Schlagzeile in der BILD vorstellen: *Bunker des Grauens.* Und Altmanns Truppe wäre noch lange keine Garantie, den Hunter zu stellen. Vielmehr würde ich mein Versprechen Peter gegenüber brechen und sein Versteck in Gefahr bringen. Das kam nicht in Frage. Trotzdem musste ich noch mit Johannes reden, er wollte ja die Aussagen meiner Kollegen überprüfen.

Ich sah mich nach dem Bunker um, der wie ein gigantischer Grabstein in den Himmel ragte.

Ganz schön viel Betrieb hier nachts.

34

Am nächsten Morgen schaffte ich es so eben noch zum Frühstück. Anke wartete auf mich.

„Guten Morgen, Wolf. Ausgeschlafen?"

Ich gab ihr einen Kuss auf die Wange.

„Sechs Stunden müssen reichen." Ich sah mich nach der Bedienung um. Mein ganzer Körper schrie Kaffee.

Anke köpfte ein Ei. „Gibt's was Neues?"

Eine junge Frau kam mit der Kanne. Endlich. Die erste Tasse war immer die beste. Das Leben fühlte sich gleich freundlicher an. Ich sah Anke an und schüttelte den Kopf. „Bis jetzt nicht." Warum sollte ich sie ängstigen? Es würde noch früh genug schlimmer werden. „Ich werde gleich mit Altmann reden, der wollte die Aussagen meiner Heimat-Jungs überprüfen. Lisa hat wahrscheinlich schon mit dir gesprochen?"

Sie nickte betrübt. „Ja … Alles, was wir herausfinden, macht die Sache schlimmer. Es ist ein Albtraum."

Ich nickte nur. „Magst du noch was vom Buffet?"

„Etwas Obst wäre toll."

Als ich wiederkam, sah ich ihr an, dass sie geweint hatte. Doch ich ließ es mir nicht anmerken, schnitt stattdessen mein erstes Brötchen auf. Pläne würden ihr gut tun. „Anke, wir müssen die Unterkunft wechseln. Könntest du dich darum kümmern?"

Sie trank einen Schluck Kaffee, die Tasse stellte sie

zu heftig auf dem Unterteller ab. „Pack mich nicht in Watte, Wolf! Ich weiß, dass du mir nicht alles erzählst. Da ist noch mehr – eine Frau spürt so was. Als wären wir ein Paar und du hättest eine Affäre."

Ich legte ihr die Hand auf den Arm. Sie schloss die Augen. „Sorry, Wolf! Ich wollte dich nicht anfahren. Du hast Recht ... Ich lass dich arbeiten. Aber versprich mir, dass du mir alles sagst, wenn es vorbei ist!"

„Versprochen!" Ich atmete auf, das wäre geklärt.

Sie schob ihren Stuhl zurück. „Ich kümmere mich um die Rechnung. Wir treffen uns in einer halben Stunde an der Rezeption. Schaffst du das?" Sie sah auf meine vier Brötchen. Ich hatte Hunger.

„Locker", ich versuchte ein Grinsen. „Ich spüle sogar noch mit einer Kanne Kaffee nach."

Als ich pünktlich in der Halle erschien, stand Anke mit dem Gepäck bereit. Wir checkten aus. Wieder schob mir die Dame Papiere und Autoschlüssel zu, die alten gab ich ab. Der tägliche Mauro.

Anke hatte ein kleines Hotel in Kaulsdorf ausgesucht. Die Allee dahin versprühte mit dem Kopfsteinpflaster und den alten Kastanien verlorenen Ost-Charme. So hatte ich mir als 18-Jähriger ein Leben mit Anke vorgestellt, wir zwei allein, eine romantische Herberge und ein paar schöne Tage vor uns.

Die Zimmer waren traumhaft, mit Blick auf einen Park. Wir verabredeten uns später zu Kaffee und Kuchen, zunächst wollte ich aber in Ruhe mit Altmann sprechen. Dafür ging ich ein paar Schritte durch die Grünanlage. Die Sonne tat gut.

„Wolf, gut dich zu hören." Er hatte meine Nummer erkannt.

„Hallo Johannes. Störe ich?"

„Nein, überhaupt nicht. Wo treibst du dich rum?"

Ich schwieg kurz. „Hier und da, du weißt doch, immer in Bewegung bleiben – dann lebt man länger."

„Noch ganz der Bulle. Aber da mach ich mir bei dir keine Sorgen. Würde ich nicht deine Handy-Nummer kennen und anpeilen können, wäre es sogar für mich schwierig dich zu finden. Und ich kenne dich und deine Vorlieben."

Ich hatte tatsächlich überlegt, das Handy regelmäßig zu wechseln, aber die Nummer kannten nur Freunde. Johannes, Anke, Lisa, natürlich Mauro – immerhin war es seine (Ich schuldete ihm ein Handy) – und neuerdings Peter. Das würde zu kompliziert. Die Alternative wäre, für jedes Gespräch eine saubere SIM-Karte samt Handy zu benutzen. Immer selbst anrufen. Nur einmal. Danach Gerät und Karte zerstören und zur Sicherheit den Standort wechseln. Ich könnte über das Internet erreichbar sein, dazu müsste man mir auf festgelegten Seiten eine Nachricht hinterlassen. So lief das, dann wäre ich clean. Selbst Altmann und seine Truppe hätten dann ein Problem. Aber wie gesagt, das war aufwändig und kostete Zeit. Und schließlich war ich ja nicht ganz abgetaucht, schlug ich doch täglich beim *DDR* auf. Mich zu finden, war also kein Problem. Mir zu folgen, *das* musste ich verhindern.

Ich konzentrierte mich auf das Gespräch. „Hast du schon die Aussagen meiner lieben Kollegen überprüfen können?"

„Hab ich. Keiner sagt jetzt etwas anderes als beim ersten Mal. Und du kennst unsere Tricks, wenn es darum geht, Verdächtige und Zeugen zu befragen. Vielleicht war Philip im Sender, hat Uniform und Waffe geholt, als noch keiner von ihnen da war. Das könnte auch erklären, warum er die Sachen im Kofferraum hatte."

„Warum hätte er das tun sollen? Selbst wenn er früher da gewesen wäre und noch etwas im *DDR* zu tun gehabt hätte, dann hätte er sich vor Schichtbeginn ganz normal im Aufenthaltsraum umziehen können."

Johannes atmete aus. „Ich mein ja nur. Jedenfalls behaupten alle, ihn an diesem Abend nicht gesehen zu haben. Und ich muss arschvorsichtig sein, *wen* ich hier im Büro *was* frage. Ich bin noch immer nicht dahintergekommen, warum die Sache von ganz oben unter Verschluss steht. Übrigens war Stahl nicht bei der Polizei, er wäre sonst im System. Hast dich geirrt, Kumpel."

Nein, das hatte ich bestimmt nicht, denn da gab es immerhin dieses Foto und nach Karneval sah das nicht aus – wäre ein ziemlich aufwändiges Kostüm, so samt Streifenwagen. Wieder ein Teil, das nicht passte. Wer war dieser Stahl? Er wurde mir immer suspekter. Spätestens jetzt stand er auf meiner Liste der Top-Verdächtigen an Nummer 1. Ich musste unbedingt in sein Büro. Vielleicht würde ich da fündig werden.

Ich setzte mich auf eine Bank und sah in die Wipfel der Bäume. Meine Enttäuschung war groß. Unsere Ermittlungen außerhalb des *DDR* traten auf der Stelle. Was konnten wir noch tun? Die Zeit lief gegen uns.

„Johannes, das ist scheiße. Da läuft ein mieses Ding und ihr Superbullen kriegt nichts auf die Reihe."

Er schnaubte verärgert. „Wie läuft es denn bei dir an der Heimat-Front, Mister Undercover?"

Er hatte Recht, auch ich kam kaum vorwärts. Auch wenn er auf seine Retourkutsche keine Reaktion erwartete, antwortete ich. „Entschuldige, ich sitze im Glashaus und habe mit Steinen geworfen. Bei mir gibt's ja auch nichts Neues." Ich hatte mich ans Lügen gewöhnt. „Ich komm mir vor wie eine Maus im Labyrinth, die den Ausgang nicht findet. Ich sag ja, richtige Superbullen. Warte, eine Neuigkeit gibt's! Anke ist beurlaubt worden. Irgendeinem im *DDR* sind wir auf die Füße getreten."

Seine Stimme war wieder normal, er schien besänftigt. „Warum das denn? Wir stehen doch mit der Geschäftsleitung des Senders in engem Kontakt. Es hätte doch gereicht, sie einfach nur zum Stillschweigen zu verdonnern."

Altmann hatte Recht, das hatte ich nicht bedacht. Wieder ein Puzzleteilchen, das nicht passte – jedenfalls nicht an dieser Stelle.

„Okay Johannes, ruf mich an, wenn es was Neues gibt."

„Warte, vielleicht solltest du darüber nachdenken, ob Anke in ihrer Wohnung sicher ist. Denk an den Anschlag auf dich."

„Längst geschehen, sie ist hier bei mir. Und nein, spar dir deine schmutzigen Gedanken – Anke und ich sind nur Freunde!" Ich legte auf, bevor er eine dumme Bemerkung machen konnte.

Tief atmete ich die frische Luft ein und betrachtete die bunten Blätter. Der Herbst hatte sich lautlos angeschlichen, tropfte von oben durch die Wipfel. So ganz zur Ruhe kam ich nicht, noch immer ging mir Altmanns Einwand zu Ankes Beurlaubung nicht aus dem Sinn.

Es hätte doch gereicht, sie einfach nur zum Stillschweigen zu verdonnern.

Er hatte Recht, wie hatte ich das übersehen können?!

35

Die folgenden zwei Tage verbrachten Anke und ich damit, immer in Bewegung zu bleiben. Ein Auge immer im Rückspiegel, immer unter Anspannung. Das ist ganz wichtig, du darfst nie die Konzentration verlieren. Ein Fehler und alles ist für'n Arsch.

Ich erinnerte mich an meine Ausbildung. Willst du einen Flüchtigen fangen, denke wie ein Flüchtiger! Hinterlasse keine Spuren, löse dich von deinen Gewohnheiten, parke immer in Fahrtrichtung, stell dir stets Schuhe bereit, leg dir Verstecke mit Bargeld und Klamotten an. Das und vieles mehr hatte man mir eingebläut – sonst rennst du immer hinterher, sonst kannst du gleich aufgeben. Als Zielfahnder lernte ich das Unmögliche zu denken, denn Menschen auf der Flucht waren erfinderisch. Jetzt war ich der Flüchtige, also musste ich jetzt denken wie Polizisten. Und keiner wusste besser als ich, wie sie tickten, welche Möglichkeiten sie hatten, wie sie vorgehen würden – ich musste ihnen nur einen Schritt voraus sein.

Finden dich die Zielfahnder nicht, findet dich keiner.

Trotzdem fuhr ich nur das kleine Programm (Denken Sie an die SIM-Karte). Aber die Mietwagen wechselten wie die Unterkünfte.

Flucht ist anstrengend.

Immerhin nutzten wir die Zeit, um viel miteinander zu reden. Über Philip. Und über Peter. Ich hasste mein doppeltes Spiel, aber ich trug Verantwortung für beide Freunde – das hatte ich immer getan und würde es auch weiterhin tun. Komme, was da wolle.

Kennen Sie das: Ein Freund oder eine Freundin (in meinem Fall Anke) erzählt eine gemeinsame Geschichte und Sie wundern sich über die total unterschiedlichen Sichtweisen? Damit meine ich nicht die Einzelheiten der Erinnerung, sondern das emotionale Empfinden der damaligen Situation. Das ist mitunter überraschend und gleichzeitig beängstigend. Schlimmer wird es noch, wenn in der damaligen Situation Enttäuschungen eine Rolle spielten. Manchmal glaube ich, nicht die Aussicht auf eine bessere Zukunft lässt uns einen Schritt vor den anderen machen, sondern die Flucht vor schlechten Erinnerungen und geplatzten Träumen. Bezeichnen Sie das ruhig als zu negativ, ich bezeichne es als semi-realistisch. Trotzdem schließt das für mich nicht aus, die Zukunft ernst zu nehmen. Wie meine Zukunft aussehen könnte, fragen Sie? Ich weiß nicht … Peter im Keller, Philip verschwunden, Anke bei mir – manchmal verwechsele ich die Zukunft mit der Gegenwart.

Flucht ist nicht nur anstrengend, sie ist auch verwirrend.

Die Nächte waren nicht weniger emotional. Zwar verbrachte ich sie mit Dienst nach Vorschrift, aber meine Besuche bei Peter waren verstörend. Nie wusste ich, in welcher Gefühlslage ich ihn antraf. Es war extrem: Entweder wiegte er sich apathisch vor und zurück oder er begegnete mir mit kindlichem Übermut – dazwischen gab es praktisch nichts. Beides machte mich traurig und ließ mich ratlos zurück. Auch zeigte er keinerlei Interesse an meinem Leben. Es kam nicht eine Frage, wie es mir in den letzten 24 Jahren ergangen war. Wahrscheinlich brauchte er Zeit. Ich wollte ihn nicht drängen. Doch er arbeitete wie versprochen mit. Seine Streifzüge hatten leider keine Ergebnisse gebracht. Aber in meinen Pausen lernte ich von ihm eine Menge über den Bunker. Schnell waren wir an dem Punkt, wo unser Wissen endete – da stand dann diese eine zentrale Frage: Wo sind die Opfer? Für mich kam das noch vor der Frage nach der Identität des Hunters.

Was wussten wir? Der Hunter holte sich seine Opfer nachts im Bunker. Punkt! Und dann? Schleppte er sie aus dem Gebäude? Oberirdisch? Bestimmt nicht, viel zu gefährlich. Unterirdisch? Schon eher, aber auch wenn die meisten Tunnel nicht oft genutzt wurden, ein relativ hohes Risiko blieb dennoch. Meiner Meinung nach waren die Opfer noch im Gebäude, hier im Bunker. Tot oder lebendig, das wusste ich nicht – hatte aber so eine Ahnung.

Peter und ich hatten uns die vorhandenen Pläne angesehen und kamen zu dem Schluss, dass alle vom *DDR* genutzten Räume nicht in Frage kamen, auch nicht irgendwelche Wartungsschächte. Viel zu viel Volk überall. Wir konzentrierten uns auf die Untergeschosse drei bis fünf, dafür sprach auch das weggewischte Blut. Hier im 5. UG wollten wir die

Suche beginnen. Verschlossene Räume gab es mehr als genug.

Wir mussten das Risiko eingehen, den Hunter eventuell zu vertreiben – aber einen Tod mussten wir sterben (Ich gebe zu, nicht die glücklichste Wortwahl). Nur in meiner Mitternachtspause, machte eine solche Suche keinen Sinn. Die Nächte am Wochenende waren wie dafür gemacht: einsam und lang.

Ich brachte alles mit, was wir brauchten: Meinen Generalschlüssel (Ich war gespannt, wie *weit* er uns diesmal brachte), das Spezialwerkzeug für den kleinen Einbrecherkönig, sogar flüssigen Stickstoff (Mauro war wie immer ein Schatz) und ein Brecheisen, wenn gar nichts mehr ging.

Männerabende machten Spaß.

Aus dem Heimat-Gebäude hatte ich Dienstklamotten und Pistole geholt. Die Uniform für harmlose und verirrte Mitarbeiter, die in mir einen Mann von Recht und Ordnung erkennen sollten – falls sie uns über den Weg liefen – die Pistole für den Rest der Bevölkerung, also für alle bösen Buben dieser Welt.

Mit Kreide würden wir kontrollierte Räume unauffällig kennzeichnen. Wir begannen an dem Fahrstuhl, in dem ich das Blut der Frau gefunden hatte, und nahmen uns zunächst nur die rechte Seite des Gangs vor. Die linke sparten wir uns für den Rückweg auf. Zunächst probierten wir es mit dem Generalschlüssel und hatten Glück. Raum 1 empfing uns vollgestellt mit Stühlen und Regalen. Ansonsten Fehlanzeige. Raum 2 machte mehr Zicken. Doch nach ein paar Minuten schwang auch dessen Tür auf. Hier waren die Wände relativ schwer beschädigt, sahen aus, als hätten Kupferräuber nach alten Leitungen gesucht. Die Schmutzschicht auf dem Boden zeigte, dass Jahrzehnte niemand hier gewesen sein konnte.

Wir öffneten ergebnislos drei weitere Türen. Ich rechnete hoch: Für fünf Räume hatten wir 20 Minuten gebraucht. Laut Plan hatte dieses Stockwerk etwa 110 Zimmer. Jetzt müsste man Dreisatz können (nicht gerade meine Stärke) ... Berichtigen Sie mich, aber ich kam auf eine Zeit von über sieben Stunden, um alle Schlösser zu öffnen – ohne Pausen. Und dann hatten wir nicht einmal hineingesehen.

Es war frustrierend, aber was war die Alternative? Wochenlang in den Gängen herumzustolpern?! Gut, ich könnte auch in der Zentrale sitzen, Monitore beobachten und wieder auf einen Glückstreffer warten, aber erfolgsversprechender wäre das nicht. Also arbeiteten wir konzentriert und schweigend.

Raum 13 unterschied sich von den anderen durch eine weitere Tür, die in das benachbarte Zimmer führte. Beide Räume waren absolut leer, sah man von dem Fliesenspiegel und dem Waschbecken an der hinteren Wand ab. Raum 17 barg die erste Überraschung, denn er hatte auf der gegenüberliegenden Seite einen Durchbruch.

Peter stöhnte auf. „Nicht noch ein Gang."

Ich leuchtete hinein. Nach 20 Metern war Schluss, am Ende rechts und links eine Tür.

Ich sagte: „Dieser Gang geht über den Grundriss des Bunkers hinaus. Kann mich nicht erinnern, das auf der Karte gesehen zu haben. Aber du wohnst ja auch tiefer als in den Plänen verzeichnet."

Überraschenderweise waren die beiden Türen keine DDR-Standardware, sondern aus massivem Metall. Ich drückte die Klinke nach unten, das Blatt bewegte sich keinen Millimeter. Stirnrunzelnd betrachtete ich das Sicherheitsschloss.

„Ziemlich kompliziert. Gib mal das Eisen rüber, Peter."

Es war eine Plackerei. Wir brauchten gute 15 Minuten, bis das Schloss krachend nachgab. Ich weiß nicht, was ich erwartet hatte, aber der Raum war bestimmt 60 Quadratmeter groß – den hinteren Teil bestimmten drei vergitterte Zellen. Jede enthielt eine Pritsche und hatte in der Ecke ein Loch im Boden – für die Notdurft. Der Boden war fleckig – sicherlich kein Kaffee. Vorne im Raum standen zwei Tische, die mich stark an Gerichtsmedizin erinnerten. Ich sah Abläufe für Blut, die an den Stirnseiten zusammentrafen und in dunklen Löchern endeten. Während es in den anderen Räumen nur staubig roch, würde ich es hier als faulig bezeichnen.

Ich sah Peter an. „Was habt ihr hier gemacht?"

Wenn ich ihn verletzt haben sollte, zeigte er es

nicht. Ruhig antwortete er: „Ich gar nichts, aber die Stasi bestimmt. Und bevor du fragst, Wolf: Nein, ich war nie aktiv im eigentlichen Sinne, sondern bin nur zum Schläfer ausgebildet worden. Als ich im Bunker ankam, drückte mir quasi der Letzte den Schlüssel in die Hand, mit den Worten: *Das ist jetzt dein Schloss! Grab dich im Keller ein, Genosse Komarek.*"

Amen.

Wieder wurde mir bewusst, wie absurd die ganze Geschichte sich anhörte. Aber als mein Blick wieder auf die Tische fiel, verkehrte sich die Absurdität in einen Schauer. Ich schüttelte mich und wandte mich ab. „Lass uns in den anderen Raum sehen, es kann nur besser werden."

Gleiche Tür, gleiches Schloss – aber ich brauchte nur die Hälfte der Zeit, wusste jetzt, worauf es ankam. Sagte ich, es konnte nur besser werden? Langsam sollte ich wissen, dass solche Wünsche nie in Erfüllung gehen. Es wurde noch bizarrer. Von der Decke hingen Ketten und alte Stromleitungen. Stühle aus massiven Doppelrohrrahmen standen wie bei einem Frisör in einer Reihe. Ausgehärtete Lederriemen an den Lehnen und den vorderen Beinen sahen aus wie verkümmerte Arme.

Peter trat in den Raum und sprach in die Stille hinein, trotzdem konnte ich ihn kaum verstehen. „So einen Stuhl habe ich schon einmal gesehen, auf Fotos. Der arme Kerl darauf war tot. Ich habe die Wahl, hat Stasi-Beck mir gedroht, ich könne entscheiden, auf welcher Seite ich stehen wolle." Er drehte sich zu mir um, Tränen glitzerten im Schein der Lampe. „Gibst du mir einen Augenblick, Wolf?!"

Ich nickte. Konnte ich mir im Entferntesten vorstellen, was er durchgemacht hatte? Manchmal sollte man verschlossene Türen lieber nicht öffnen. Ich zögerte. „Du hast kein Licht."

„Das ist gut so", sagte er und versank in Finsternis.

Ich packte die Sachen und ging zurück in den Hauptgang. An der nächsten Tür scheiterte ich mal wieder mit dem Generalschlüssel. Mit diesem General ließ sich wahrlich kein Krieg gewinnen … Leicht angenervt ging ich in die Knie und betrachtete das Schloss aus der Nähe. Zeit für des Wolfes kleine Helferlein, dachte ich und griff nach Schneemann und Hook. Beides Spezialwerkzeuge fürs Lockpicking. Auf der Polizeischule gab es eine Rangliste im Schlösserknacken – ich war nicht der Schnellste, aber ziemlich gut – oberes Mittelfeld, würde ich sagen.

Ich spürte wie Peter hinter mich trat, brauchte aber Augen und Hände für das Schloss. Konzentriert arbeitete ich mit dem Schneemann, versuchte ihn in die perfekte Position zu bringen. Ich schob den Hook nach, drehte das Werkzeug vorsichtig nach links, hörte es klicken und spürte das kalte Metall einer Waffe, deren Lauf sich in meinen Nacken drückte. Ich erstarrte und vergaß zu atmen. Ein Hahn wurde gespannt.

Scheiße!

Jemand kicherte leise.

Nicht Peter, dachte ich. Gar nicht gut.

„Sag auf Wiedersehen." Nein, auch nicht Peters Stimme.

In einem solchen Augenblick ist es schwierig, seine Gedanken zu fassen zu bekommen. In einem solchen Augenblick spielen ganz andere Dinge eine entscheidende Rolle, nämlich die perfekte Mischung aus Reflexen, Training und Erfahrung. Ich riss den Kopf zur Seite und lenkte den Schwung in eine kontrollierte Drehung.

Wo eben noch mein Gesicht war, stanzte eine Kugel ein faustgroßes Loch in die Tür. Vergessen Sie das sanfte Ploppen eines Schalldämpfers – schönste Kino-Mythologie. Zwar platzen Ihnen nicht gleich die Trommelfelle, wenn die Waffe neben Ihrem Ohr abgefeuert wird, aber es ist dennoch unglaublich laut. Die Welt begann zu pfeifen.

Ich vollendete die Drehung, wobei der gefürchtetste Knochen meines Körpers seine maximale Geschwindigkeit erreichte – mein Ellenbogen. Zwar geriet ich etwas aus dem Gleichgewicht, dennoch traf ich dort, wo jeder Mensch äußerst verwundbar ist – an seinem seitlichen Knie. Ich spürte es wegknicken, hoffte auf einen schicken Kreuzbandriss und wollte schon feiern, als der Griff der Pistole an meinen Hinterkopf donnerte und mich auf die Bretter schickte. Ein typischer Fall von *zu früh gefreut.* Ich sah zwei Paar Füße vor mir tanzen, wusste nicht, ob ich doppelt sah. Wie durch Watte hörte ich Peters Stimme. Eine Klinge blitzte. Ein Keuchen. Ein Poltern. Ich griff nach meiner Waffe. Jemand fiel. Ein Messer wischte an meinem Auge vorbei. Peter fluchte. Die HK sprang in meine Hand. Schritte. Rotierendes Licht. Jemand lief davon. Ich zielte. Druckpunkt. Ich wurde geblendet. Rotierendes Licht. Der Gang. Jetzt leer. Offenbar war der Hunter gegen das Gehäuse der Lampe getreten, es drehte sich um die eigene Achse, als spielten wir Flaschendrehen wie die Kinder. Auf uns gerichtet kam sie zum Stehen.

Wir waren am Zug.

Wahrheit oder Pflicht?

Bittere Wahrheit, versäumte Pflicht.

„Peter, bist du okay?" Er saß neben mir. Zwei Deppen im Rampenlicht – so fühlten wir uns auch. Applaus gab es keinen. Wir hatten uns überrumpeln lassen wie blutige Anfänger, konnten von Glück reden, dass unser Gehirn nicht die Wände schmückte.

„Scheiße, Wolf! Der ist weg!" Peter schnappte sich die Taschenlampe, leuchtete in den leeren Gang. Dann half er mir hoch. Ich steckte meine Waffe zurück ins Holster, der würde nicht wiederkommen. „Geht's?" Mein Schädel dröhnte. Ich sagte: „Alles gut, danke für die Hilfe. Ich dachte, du wärst das. Wir waren zu leichtsinnig. Es sollte immer nur einer arbeiten und der andere aufpassen."

„Schau mal, Wolf. Er hat uns ein Souvenir dagelassen." Peter hatte eine Pistole aufgehoben. Zwischen zwei Fingern hielt er sie mir am Griff entgegen. Der Schalldämpfer zeigte nach unten. „Er hat Handschuhe getragen, Spuren werden wir keine finden."

Also nahm ich sie ihm einfach ab, betrachtete den schwarzen Körper und sagte: „Eine Glock 17, sehr leicht, zu 40 Prozent aus Kunststoff." Ich überprüfte das Magazin, eine Patrone fehlte. „Jetzt noch 18 Schuss. Kann aber auch ein 33er aufnehmen. Benutzen die Jungs von der GSG 9 und einige beim SEK." Ich sah Peters fragenden Blick. „Damit will ich nicht sagen, dass das einer von denen war, das ist eine beliebte Waffe. Wegen des Safe-Action-Abzugssystems. Nach dem Fertigladen ist die Waffe stets teilgespannt, das garantiert ein flüssiges und schnelles Abdrücken."

„Krieg dich mal wieder ein, Wolf. In erster Linie macht das Ding hässliche Löcher. Und wer weiß, was der Hunter noch alles für Überraschungen bereithält."

Ich zog wieder meine HK, die Glock gab ich Peter. „Die nimmst du! Wir gehen jetzt einmal im Carré. Zusammen. Ich glaube zwar nicht, dass er hier noch irgendwo ist, aber wir sollten nachsehen".

Eine viertel Stunde später standen wir wieder bei unseren Sachen. Keine Spur vom Hunter. Wir packten zusammen und brachten alles in Peters Keller. Das Bier hatten wir uns verdient. Wir stießen nicht an, dazu gab es absolut keinen Grund. Wir saßen da und schwiegen. Schließlich deutete ich mit der Dose auf ihn.

„Du lässt deine nächtlichen Rundgänge, das ist zu gefährlich."

Er sah mich nicht an, nahm stattdessen einen Schluck von seinem Bier. Sein Gesicht war wie in Stein gemeißelt, die Lippen bewegten sich kaum. „Vergiss es, Wolf. Ich geh da raus. Und du kannst mich nicht aufhalten." Jedes Wort scharf, jedes Wort kalt – eine glasklare Ansage. Er duldete keinerlei Widerrede.

Nein, ich würde ihn nicht stoppen können – er würde tun, was er für richtig hielt. Er hat 24 Jahre getan, was er für richtig hielt – wieso sollte er jetzt damit aufhören?

Ich sagte: „Aber sei vorsichtig, ich möchte dich nicht schon wieder verlieren."

Er schnaubte. „Als ob das einen Unterschied machte. Willst du den Rest deines Lebens deinen alten Freund im Keller besuchen? Bring mir doch sonntags immer ein Grablicht mit und bete für mich."

Schwarz und weiß – kein grau. Peters Stimmung war ins Gegenteil gekippt.

„Ich bin ein Monster, Wolf."

Was sollte das jetzt? Immer mehr wurde mir klar, dass ich mit der Situation genauso überfordert war wie er. Ich war kein Psychologe. Ich hoffte nur, nichts falsch zu machen. Und jetzt überließ ich ihm auch noch eine Waffe … Aber wenn er sich umbringen wollte, bräuchte er die mit Sicherheit nicht. Der Bunker war hoch genug … Aber wie gesagt, ich war kein Psychologe.

„Red' dir das nicht ein, Peter. Man ist nur ein Monster, wenn man sich wie eines verhält. Verstehst du das?"

Er antwortete nicht. Seine Augen waren geschlossen und er murmelte in einer Tour unverständliches Zeug vor sich hin. Die Glock lag vor ihm auf dem Tisch, seine rechte Hand daneben. Die Finger zuckten.

Hilflos sah ich ihn an. Vielleicht setzte ihm die Folterkammer zu. Ich stand auf. „Wie gesagt, pass auf dich auf. Morgen machen wir weiter. Bis dann, Peter."

Ich ging. Nein, ich lief fast.

Manchmal ist Flucht ein Reflex.

36

Ich hatte ein paar Stunden schlafen können, verpasste aber das Frühstück. Anke und ich hatten ein kleines Hotel in Mitte bezogen. An der Rezeption hinterließ ich ihr die kurze Mitteilung, dass ich etwas zu erledigen hätte, die Zimmer bezahlt seien und sie uns etwas Neues suchen solle.

Flucht nimmt keine Rücksicht aufs Wochenende.

Gegen 14:00 Uhr kam ich bei Mauro in der Werkstatt an. Ein Container stand vor der Garage, halb gefüllt mit den spärlichen Resten meines Appartements. Jemand hatte eine Leiter an die Wand gestellt. Ich stieg hinauf, konnte durch eines der Fenster einsteigen. Aus der Nähe betrachtet sah alles noch trostloser aus. An einigen Stellen fehlte der Fußboden und ich blickte in die Schwärze meiner ehemaligen Garage. Ein falscher Schritt und Dr. Vollbart würde mich ein weiteres Mal mit seinem Seelenfänger abholen müssen. Ich blickte nach oben, der Dachstuhl war völlig ausgebrannt und was das Feuer nicht geschafft hatte, hatte das Löschwasser erledigt. Alles musste von Grund auf renoviert werden. Was sage ich – alles musste abgerissen und von Grund auf neu aufgebaut werden.

„Es wird schöner als vorher werden."

Ich drehte mich um. Mauro stand auf der Leiter und sah mir dabei zu, wie ich mit der Fußspitze verkohlte Bücher bewegte.

„Die wollte ich noch lesen“, sagte ich. Jetzt lagen sie da wie gefallene Soldaten nach einem Napalm-Angriff.

Er kletterte zu mir herauf. „Du willst es doch wieder aufbauen, oder? Ich habe den Container bestellt und schon mal angefangen.“

„Morgen kommen ein Architekt und eine Baufirma. Ich habe sie hierhin bestellt und ihnen gesagt, dass du der Chef bist. Die sollen das ordentlich machen, Geld spielt keine Rolle. Es ist eh für dich.“

Mauro sah mich an. „Wie soll ich das jetzt verstehen?“

„Genau so, mein Freund. Ich habe dir die Werkstatt mit allen Gebäuden und Grundstück überschrieben, die Sanierung gehört selbstverständlich dazu. Die Papiere liegen fix und fertig bei meinem Notar. Ich schulde dir was.“

„Freunde schulden sich nie etwas, Wolf. Aber weil ich deinen verdammten Dickschädel kenne, bleibt mir sicher keine Wahl. Mein Vater hat immer gesagt: *Junge, wenn dir einer etwas schenkt, dann nimm es, bedank dich artig und frag nicht nach. Freu dich lieber.* Also danke, Wolf. Aber den Neubau übernehme ich. Du bekommst eine große Garage und ein schickes Appartement. Keine Widerrede, hörst du?! Die Fenster verstärken wir, falls du wieder einmal Luftpost bekommen solltest. Eine neue Höhle für den Wolf – sie wird immer auf dich warten. Nur Bücher musst du dir selbst mitbringen, davon habe ich keine Ahnung.“

Ich lachte. „Einverstanden."

„Du gehst zurück nach Malta, stimmt's?!"

„Wenn ich hier fertig bin, ja."

Mauro nickte. „Nimmst du deine Anke mit?"

Mein Blick flog in den Himmel. Ich atmete tief durch. „Das ist kompliziert, Mauro. Da sitzt ein verschollener alter Freund wie ein gefangenes Tier im Keller und ich darf seiner eigenen Ehefrau nichts davon sagen. Wie kann ich sie so mit nach Malta nehmen? Falls sie überhaupt aus Berlin weg will – solange Philip ja noch verschwunden ist. Der Blick in den Spiegel fällt jetzt schon schwer. Ich gehe alleine. Wenn ich Heimweh habe, rufe ich an oder komme vorbei."

„Das ist gut. Die Kinder fragen dauernd nach dir, einsamer Wolf. Bevor du fährst, kommst du zum Essen vorbei. Mit oder ohne Anke."

Einsamer Wolf. Jetzt fing auch Mauro damit an. Ich sollte mir wirklich Gedanken über meine Zukunft machen.

Wir stiegen die Leiter hinunter und blieben im Hof stehen. Ich erzählte ihm vom Hunter, Ankes Beurlaubung, Altmanns krummer Tour und dem Brandanschlag des *DDR*-Mitarbeiters – auch wenn er einiges schon wusste, war es gut alles zusammenzufassen.

„Was hältst du davon?", fragte ich zum Schluss.

Mauro sagte: „Wenn ich das so höre, denke ich, da vermischen sich mehrere Sachen. Als ob du mir verschiedene Geschichten erzählst. Das eine sind die

Probleme des *DDR* mit den Entlassungen und den sich daraus ergebenden Problemen, wie der Brandanschlag des ehemaligen Mitarbeiters. Dann ist da dein Hunter auf der Jagd, und nicht zuletzt jemand Mächtiges, der dich und Altmanns Ermittlungen sabotiert und deinen Kopf will." Er deutete auf die Ruine hinter uns. „Denk mal darüber nach. Was hast du jetzt vor?"

„Mit Peter weiter die Räume absuchen und mir was ausdenken, wie ich Bewegung in die Sache bekommen kann. Bei meinem Chef Stahl komme ich auch nicht weiter, ständig schleicht der um mich rum."

Mauro musterte mich. „Ich habe kein gutes Gefühl bei der Sache."

Ich zuckte mit den Schultern. Da war er nicht alleine.

Wir gingen auf einen blauen Audi A4 Kombi zu. „Dein neuer Dienstwagen, Wolf."

Wir tauschten Schlüssel und Papiere. Als ich vom Hof fahren wollte, hielt er mich zurück.

„Schon mal daran gedacht, Köder zu legen?", fragte er.

37

Köder.

Ja, ich hatte daran gedacht, zögerte aber. Ich wusste aus der Erfahrung hunderter Einsätze, was alles schiefgehen konnte. Man kann noch so gut planen und taktieren, es bleiben immer genug unberechenbare Faktoren – allen voran der Zufall. Man kann noch so gut sein, ein Restrisiko bleibt und kann die Angelegenheit zu einem tödlichen Unterfangen machen. Dafür sorgt schon Murphy's Law. Was schiefgehen kann, geht schief – im schlimmsten Fall.

Außerdem sprechen wir vom Hunter (Zunächst – über die Männer im Hintergrund machen wir uns später Gedanken), zu was der bereit war, hatten Peter und ich letzte Nacht am eigenen Leib erfahren. Denken Sie an die Glock mit Schalldämpfer, so etwas bekam man nicht am Kiosk um die Ecke – nicht mal bei Amazon.

Für eine Art Treibjagd fehlte mir das Personal. Gut, ich war ein Profi, aber nicht umsonst arbeitete die Polizei in ausgebildeten Teams mit entsprechender Ausrüstung. Wer sollte mir helfen?! Peter? In seiner geistigen Verfassung war er unberechenbar und 24 Jahre im Keller haben seiner Stasi-Kampfausbildung auch nicht gut getan (Ich hatte ihn nicht danach gefragt, aber sie werden ihre Schläfer gut ausgebildet haben). Mauro? Unmöglich, der konnte mir vielleicht den schnellsten Fluchtwagen Berlins bauen, aber das war's auch. Außerdem hatte er Familie. Altmann? Schon eher, er war Profi und hatte keine Familie. Aber ich merkte, dass ich noch immer misstrauisch war. Vielleicht würde er seine Dienststelle einweihen, um dort weiter nach oben zu kommen, beziehungsweise überhaupt wieder mitspielen zu dürfen. Nein, bei Johannes waren zu viele Fragezeichen – ich hatte ein ungutes Gefühl.

Und das Wichtigste hatten wir noch nicht durchdacht: Wer oder was könnte als Köder dienen? Klar: Wachmänner, Putzkräfte, Redakteure, Dokumentationsassistenten, Archivmitarbeiter und sonstige Bunker-Nachtschwärmer. Doch wie wollte man einen solchen Köder schützen (mal angenommen ich fände einen dummen Freiwilligen)? Den Personalmangel hatte ich zur Genüge erwähnt … Das Problem bei einer Kameraüberwachung kennen wir bereits – zu weit weg. Da ist man aus dem Spiel und der Köder schneller geschluckt als ich *DDR* sagen kann. Ich hatte daran gedacht, selbst den Köder zu geben (Nichts anderes waren ja meine beziehungsweise Peters nächtliche Rundgänge). Ein Duell auf Augenhöhe mit dem Hunter (hoffte ich!), aber mit dem Überraschungsmoment auf seiner Seite, denn es war *sein* Revier – ich musste mir was Besseres einfallen lassen.

Nach heute Nacht würde man Peter und mich jedenfalls nicht mehr übertölpeln können, die Chance hatte unser Gegner vertan. Auch wir lernten dazu.

Ich kurvte schon eine Weile durch Berlin, bis mir

einfiel, dass Anke sich noch nicht gemeldet hatte. Wie aufs Stichwort meldete mein Handy eine eingehende SMS.

Hallo Wolf, wir wohnen im Hotel Honigmond, Invalidenstr. 122, in Mitte. Bin bei Lisa. Mach dir keine Sorgen. Anke

Eine gute Wahl, dachte ich, als mir 30 Minuten später der Zimmerschlüssel ausgehändigt wurde und ich mich umsah. Von außen recht unscheinbar, entpuppte es sich von innen als echtes Juwel. Ich hatte sogar das Glück eines der Zimmer zu bekommen, die vom begrünten Innenhof abgingen. Der Raum war klein, aber geschmackvoll eingerichtet. Durch ein Oberlicht kam zusätzlich Sonne herein, es war absolut still. Ich genoss ein paar Stunden der Ruhe.

Gegen 20:00 Uhr rief ich Anke an.

„Wolf! Schön dich zu hören, bin mit Lisa bei ihren Eltern. Es gibt zwar bessere Gelegenheiten sich kennenzulernen, aber sie sind ganz reizend. Es wird spät werden, ist ein Stück außerhalb."

So gelöst hatte sie sich lange nicht angehört.

Ich sagte: „Genieß es, aber denk daran, was ich dir gesagt habe. Wenn du dich verfolgt oder beobachtet fühlst, ruf Altmann an. Versprich mir das! Ich bin heute Nacht wieder in den Katakomben des Bunkers unterwegs und per Handy schlecht zu erreichen."

„Versprochen! Sei vorsichtig, ich brauche dich noch."

Sie schaffte es wieder, mich aus dem Gleichgewicht zu bringen – jedenfalls wusste ich nicht mehr, was ich sagen wollte.

„Wolf? Bist du noch da?"

„Ja, entschuldige, ich war abgelenkt." Ich wechselte das Ohr, meine Handfläche war feucht geworden. „Grüß Lisa und ihre Eltern, unbekannter Weise." Ich legte auf, kam mir vor wie ein Schuljunge – lieber flog ich mitten in der Nacht brennend aus Fenstern.

Zu Fuß verließ ich das Hotel Richtung Unter den Linden/Brandenburger Tor. Bewegung würde mir guttun. Am S-Bahnhof Friedrichstraße kaufte ich wieder für Peter ein. Auch an eine Taschenlampe dachte ich. Außerdem gönnte ich mir eine neue Armbanduhr, das andauernde Handygegucke wegen der Uhrzeit ging mir auf den Geist.

In dem riesigen Komplex wimmelte es nur so von Menschen. Hauptsächlich junge Leute waren unterwegs – und alles unter 40 ist für mich jung. Ich setzte mich auf eine Bank und betrachtete Gesichter, sah Hoffnung, Freude, Schmerz und Zweifel – sah das wahre Leben, spürte den Puls der Stadt. Schon beim Betreten des Bahnhofs war ich in alte Bullenmuster verfallen, hatte sofort die Ein- und Ausgänge erfasst, Fluchtmöglichkeiten gecheckt und mir die Position von Kameras und Wachpersonal gemerkt.

Sie müssen nicht denken, dass das ein Zwang geworden ist, nein, es machte mir Spaß – es war eher eine Art Gehirntraining, auch wenn ich manchmal nicht wusste wofür.

Ein Obdachloser versuchte mir auf freundliche und charmante Art den *Straßenfeger* zu verkaufen. Ich nahm ihn gern. Zwei übel aussehende Typen streiften mich mit einem Blick, um dann Richtung Gleise abzuschieben. Eine alte Frau kam gebückt auf mich zu, allein die Handtasche schien sie zu Boden zu reißen. Sie setzte sich neben mich und wir wechselten ein paar nette Worte über das Wetter. Für einen kurzen, wertvollen Moment fühlte ich mich dem wahren Leben zugehörig.

Ich ließ mir Zeit, trank Kaffee an einem Stehtisch, bummelte an den Schaufenstern vorbei, betrachtete die Auslagen. Dabei nutzte ich die Spiegelungen der Scheiben, um nach Verfolgern Ausschau zu halten – damit hatte ich das wahre Leben wieder verlassen.

Außerhalb des Bahnhofs, direkt unter der Brücke mit den Gleisen, gönnte ich mir eine Currywurst. *Die Beste der Stadt* stand auf dem Schild. Sie war wirklich gut, soweit ich das beurteilen konnte. Es herrschte dichtes Gedränge, was meine Meinung zu bestätigen schien.

Ich stand neben anderen Gästen in dem Büdchen, direkt an der Theke am Fenster und schaute hinaus. Die Scheinwerfer der vorbeifahrenden Autos huschten über Passanten und ließen ihre Schatten länger werden, bis sie sie wieder auffraßen. Ich kaute auf dem letzten Bissen herum, als ich sie wiedersah – die beiden üblen Typen von eben. Meine Alarmglocken schrillten. Ich glaubte nicht, dass sie ihren Zug verpasst hatten. Ich glaubte auch nicht an den Weihnachtsmann. Sie standen auf der anderen Straßenseite, sprachen kein einziges Wort miteinander und rauchten. Beide trugen Bomberjacke, Jeans, Stiefel und Basecap. Bestimmt hatten sie *Arschloch* und *Schläger* auf der Stirn tätowiert. Ab und zu warfen sie verstohlene Blicke rüber. Ihre Aufmerksamkeit galt ganz eindeutig mir. Dilettantisch. Auffälliger ging es kaum. Da ich mit meinem kahlen Schädel, den 1,85 Meter und der selbstbewussten Haltung nicht wie das klassische Opfer aussah, konnten es nur Auftragsschläger sein. Fast war ich beleidigt. Wofür hielt man mich, mir zwei solche Typen zu schicken?! Ich wurde ganz zappelig, wäre am liebsten zu ihnen rübergegangen und hätte ihnen einen Crashkurs in Beschattung und notwendiger Unauffälligkeit angeboten – natürlich unentgeltlich. Ich seufzte. Jetzt schnippte der eine seine Kippe weg, kramte etwas aus der Innentasche seiner Jacke, betrachtete es und schielte wieder zu mir rüber. Ein Foto – das wurde ja immer besser. Vielleicht sollte ich lächeln und mich von meiner besten Seite zeigen.

Ich zahlte die Wurst und schnappte mir meine Tüte. In einem Schaufenster sah ich, dass sie mir folgten. Sobald es ging, verließ ich die belebte Friedrichstraße. Ich hatte gefunden, wonach ich Ausschau gehalten hatte: Die Claire-Waldoff-Straße war ideal. Ruhige Plattenbauten, dunkle Geschäftshäuser, wenige Wohneinheiten – wie abgeschnitten von der

Hektik und Hast der Hauptstraße. Dazu schlecht beleuchtet.

Ich fand eine geeignete Stelle an einer Mauer zwischen zwei Gebäuden. Die Tüte hatte ich abgestellt, meinen Mantel ausgezogen. Am Kragen hielt ich ihn in der Linken. Ich stand mit dem Rücken an der Wand – nicht im übertragenen Sinne – im Gegenteil, sie gab mir von hinten Schutz. Ich wartete. Als bräuchte es noch einen Beweis, dass die zwei keine Profis waren, kamen sie im Laufschritt um die Ecke getrampelt – fehlte nur noch ein Fanfarenzug.

Was hatte ich über Köder gesagt? Aber manchmal musste es sein und sei es aus rein pädagogischen Gründen.

„Guten Abend, meine Herren“, begrüßte ich sie.

Sie stoppten, schienen kurzzeitig verwirrt. Indem sie mich in die Zange nahmen, glaubten sie ihre Chance zu erhöhen. Theoretisch richtig.

Ich sagte: „Kann ich Ihnen helfen, wenn Sie mir schon hinterher rennen? Habe ich was verloren? Wollen Sie es mir zurückgeben? Das wäre sehr freundlich. Oder wollen Sie mich kennenlernen? Ich gehe aber grundsätzlich nicht mit zwei Männern gleichzeitig aus, das sage ich Ihnen lieber sofort.“

Sie blieben stumm, sahen mich lauernd an. Jetzt sah ich den Gegenstand in ihren Händen. Mit einer schlagenden Bewegung rasteten die Stahl-Elemente der Teleskopschlagstöcke ein. Meine Gäste schafften das so herrlich synchron, dass ich fast versöhnt war.

Wahrscheinlich waren sie es gewohnt, dass sich die Mehrzahl ihrer Opfer jetzt vor Angst in die Hosen machte – verständlicherweise. Ich hingegen lächelte – immer freundlich sein, hatte mir meine Mutter eingebläut. Idioten sind auch nur Menschen, hatte sie stets hinterhergeschickt. Wenn es kein Crashkurs in Beschattung sein durfte, so sollte es sich dennoch für sie lohnen. Schließlich war ich ein anständiger Gastgeber. Etwas unsicher wechselten sie untereinander einen Blick.

Ich wollte sie nicht hängen lassen. „Wer bezahlt euch?"

Die Frage schien sie daran zu erinnern, dass sie für ihr Geld was tun mussten. Sie waren erfahren und griffen gleichzeitig an. Doch, die Synchronität hatte Klasse. Aber Schluss mit lustig, es wurde ernst. Zwei Bemerkungen noch, bevor es richtig losgeht: Überlegen Sie sich vorher, welchen Gegner Sie als Erstes angehen wollen – so verschwenden Sie in den entscheidenden Bruchteilen von Sekunden keine wertvolle Zeit. Und seien Sie nicht zimperlich. Ihre Gegner werden auch keine Rücksicht nehmen. Ein Straßenkampf ist eine schmutzige und üble Sache. Denken Sie daran, es geht um Ihr Leben – um nichts anderes!

Ich genoss den Tanz. Ein Kreuzschritt in Richtung meines linken Gegners. Mein Mantel wischte durch die Luft und verstellte ihm die Sicht. Die Entfernung war ideal. Ein weiterer Kreuzschritt, diesmal mit Drehung für den richtigen Schwung.

Den trockenen Round-Kick sah er nicht kommen. Mein Stiefelabsatz traf ihn eine gute Handbreit über der Gürtellinie. Hart und präzise. Sein Solarplexus funkte SOS. Nummer 1 klappte zusammen wie ein Schweizer Taschenmesser. Der Schlagstock klapperte auf den Asphalt.

Nicht übel! Ich gab mir eine saubere 5,9.

Mit Schwung und erhobenem Arm stürzte Nummer 2 auf mich zu. Die Metallrute zerschnitt die Nacht.

Es gab jetzt drei Möglichkeiten: Er trifft und das war's. Ein Stahlrohr mit dieser Wucht zertrümmert Ihnen den Schädel, zerfetzt die Muskulatur und lässt Knochen brechen wie trockenes altes Holz. Oder Sie weichen zurück, in der Hoffnung außer Reichweite zu kommen. Oder aber – und diese Möglichkeit lege ich Ihnen an dieser Stelle ans Herz – Sie gehen auf den bösen Buben zu (damit wir uns nicht missverstehen, das ist räumlich gemeint) …

… die Stahlrute sauste zischend über mich hinweg, als ich auch schon vor ihm stand, als bäte ich um den letzten Tanz des Abends. Meinen Schwung nutzte ich für einen klassischen Aufwärtshaken. Dabei bewegt sich der Arm nicht aus dem Schultergelenk heraus, sondern der ganze Oberkörper feuert eine starre Einheit aus Arm, Schulter und Rumpf nach oben wie eine Dampframme. Entscheidend dabei sind die richtige Entfernung zum Kinn des Gegners und das perfekte Timing. Jetzt war es *sein* Kiefer, der wie trockenes altes Holz brach. Blut spritzte mir ins Gesicht, ein Stück seiner Zunge landete auf meinem Hemd.

Ein höherer Schwierigkeitsgrad. Das war eine klare 6,0.

Typischer Zungenzeiger, dachte ich. Es gibt Menschen, die bei Anstrengung ihre Zunge herausstrecken. In der Ausbildung gewöhnen Sie sich so etwas schnell ab.

Ich betrachtete meine Gegner. Zunge lag neben der seinen auf dem Rücken, blutete aus dem Mund und war nicht bei Bewusstsein. Taschenmesser stöhnte und hielt sich den Magen. Ich sammelte die Teleskopschlagstöcke ein und warf sie über eine Mauer. Seufzend betrachtete ich Zunge und schüttelte den Kopf. Dann kniete ich mich zu ihm herunter, befreite seinen Mundraum von Blut und ausgeschlagenen Zähnen. Schulbuchmäßig legte ich ihn in die stabile Seitenlage. Ich war einfach zu gut für diese Welt.

Ich wandte mich Taschenmesser zu. „Du hast meine Frage immer noch nicht beantwortet: Wer bitte bezahlt euch?"

Er kroch auf allen Vieren von mir weg, bis mein Fuß ihn erbarmungslos auf den Asphalt nagelte. Ich stellte mein ganzes Körpergewicht auf ihn. Hilflos ruderte er mit den Armen. Dann ruckte sein Kopf mehrmals komisch nach oben, er würgte und übergab sich. Ich hörte ein gekeuchtes, unfreundliches, aber eindeutiges „Fick dich!".

Er gab ein erbärmliches Bild ab. Aber mir war jedes Mittel recht, um an Informationen zu kommen. Er hätte mich auch nicht geschont. Ich griff in seine Haare, zerrte ihn zu mir herauf. Der bittere Geruch von Kotze stieg mir in die Nase, meine Lippen berührten sein Ohr. „Sag deinem Boss, er soll keine Mädchen schicken, sondern selbst den Arsch in der Hose haben. Er findet mich beim *DDR* – aber ich bin sicher, das weiß er."

Taschenmesser war freundlich, Taschenmesser war dumm. Er tat mir den Gefallen. Taschenmesser versuchte einen Fuß-Feger. Gar nicht unbegabt, betrachtete man seine ungünstige Position und seine angeschlagene Konstitution. Genug gelobt. Ich riss mein Knie hoch, gleichzeitig seinen Kopf nach unten. Bewegung und Gegenbewegung. Maximale Aufprallenergie. Einfache und effektive Physik. Bewusstlos landete er neben seinem Kumpel.

Ich seufzte.

Gleiches Recht für alle.

Stabile Seitenlage.

Das reichte aber auch an guten Taten – schließlich hatte ich einen Ruf zu verlieren.

Ich durchsuchte sie gründlich. Papiere hatten sie nicht dabei, keine Schlüssel, kein Handy – sie waren clean. Taschenmesser hatte nur dieses Foto in der Innentasche seiner Jacke, keine besonders schöne Aufnahme, aber eindeutig ich. Ich steckte es ein, würde es als Andenken behalten.

Ich zückte mein/Mauros Smartphone, schoss ein Foto von diesem Arrangement, taufte es liebevoll *Löffelchen* und schickte es an meinen E-Mail-Account. Dann löschte ich alle Daten im Speicher, zerbrach die SIM-Karte, wischte mir mit meinem Hemd das Blut von Zunge aus dem Gesicht und knöpfte meinen Mantel bis oben zu. Ich war zufrieden. So konnte ich wieder unter die Menschheit. Mit der Tüte in der Hand sah ich aus wie der typische Berliner (Das soll keine Beleidigung sein). Auf Höhe der Spree zertrat ich das Telefon und warf die Trümmer in die dunklen Fluten.

Meine Gegner hatten mich über das Handy geortet. Zu Ihrer Info: Auch wenn Sie Ihr Handy ausschalten, kann man gegebenenfalls Ihre Position ermitteln (das hängt zum Beispiel vom Handy-Typ ab). Das hat etwas mit der IMEI-Nummer und Kreuzpeilung zu tun. Das funktioniert zwar nicht immer, aber Sie sollten auf Nummer sicher gehen. Auch eine *stille SMS* kann Sie verraten. Die wird unsichtbar zugestellt, wenn Sie Ihr Handy einschalten und es sich wieder einloggt. Dann geht bei dem Absender ein rotes Alarmlämpchen an – im übertragenen Sinne und schon weiß er, wo Sie sind.

Doch woher konnten meine Gegner wissen, dass ich Mauros Smartphone benutzte? Stellte sich also eine weitere Frage: Wie nah waren sie mir wirklich?

Ich war ein Idiot. Die Schlamperei nie saubere Handys zu benutzen (Ich musste das Kind beim Namen nennen) war mir fast zum Verhängnis geworden. Man sollte keine halben Sachen machen.

Ich versuchte weitere Verfolger auszumachen, entdeckte aber niemanden. Das *Honigmond* konnte ich vergessen. Ein Tänzchen am Tag reichte mir, auch wenn ich einen Heidenspaß gehabt hatte ... Kurz dachte ich an meinen Mietwagen – verwarf aber auch den Gedanken. Auch der war *verbrannt*. Blieb die S-Bahn. Ich ging auf Nummer sicher, wechselte vier Mal den Zug, nutzte das Gewimmel frequentierter Bahnhöfe. Schließlich nahm ich ein Taxi und ließ mich raus zum Flughafen bringen. Ich brauchte neue Kleidung und eine Zahnbürste. Ich zahlte alles bar, was ich auch getan hätte, wenn man mir meine Kreditkarte nicht in Asche verwandelt hätte. So zog ich keine elektronische Spur hinter mir her. In der Ankunftshalle fand ich einen Münzfernsprecher. Ich rief Anke an.

„Wolf, alles okay?"

„Wo seid ihr?", fragte ich stattdessen.

„Auf dem Weg zurück zu Lisa. Was ist denn los?"

„Eventuell wird dein Telefon abgehört. Du tust jetzt folgendes: Zerstör deine SIM-Karte, nimm den Akku aus dem Handy und wirf alles aus dem Fenster. Dann such dir einen Automaten und heb so viel Geld ab wie möglich. Danach benutzt du keine Karten mehr, nicht mal mehr Payback. Das Gleiche soll Lisa auch machen. Ihr müsst aus der Schusslinie. Verlasst Berlin, sucht euch ein Hotel irgendwo weit außerhalb. Erinnerst du dich noch, woher Herr

Schmidt kam? Sag es jetzt aber nicht." Herr Schmidt war der Name des Dackels, den wir vor 20 Jahren für Philip aus dem Tierheim geholt hatten.

„Äh ... Ja sicher, ich verstehe nicht ..."

„Über das Gästebuch können wir Nachrichten austauschen. Ich benutze den Namen von Herrn Schmidts bestem Freund." Herr Schmidts bester Freund war ein Schäferhund namens Cognac gewesen. Sie hatten sich heiß und innig geliebt.

Sie schnaubte. „Ja, kapiert. Was ist geschehen?"

„Ich hatte Besuch von zwei freundlichen, aber etwas anhänglichen Herren. Es sollte wie ein Raubüberfall aussehen, wenn man mich am nächsten Tag mit eingeschlagenem Schädel gefunden hätte. Die Hornissen werden wilder. Taucht ab."

Anke flüsterte Lisa was zu, verstehen konnte ich nichts. Dann war sie wieder da: „Mach dir keine Sorgen, mein bester Freund war ein Bulle." Den Humor hatte sie jedenfalls nicht verloren. „Wolf, pass auf dich auf und meld dich."

„Versprochen", sagte ich und wollte das Gespräch beenden.

„Ach Wolf", sagte sie noch.

„Ja?"

„Viel Glück! Und denk dran, ich brauche dich noch."

Ich hängte ein. Erstaunlicherweise hatte sie mich diesmal nicht aus dem Gleichgewicht gebracht. Im Gegenteil, ich fühlte mich so gut wie lange nicht.

Ein Gespräch musste ich noch führen. Als hätte er auf mich gewartet, meldete er sich beim ersten Freizeichen.

„Mauro, ich bin's. Hör einfach nur zu, eventuell hören sie auch dein Telefon ab. Du weißt noch, wo wir uns damals immer getroffen haben? Du, Philip und ich. Wir hatten unsere Rituale und haben mit Philip immer dieses eine Spiel gespielt. Sonntags. Weißt du was ich meine?"

Er dachte nach. „Und Philip hat immer gewonnen … Ja, ich weiß noch, wo das war. Dort treffen wir uns, richtig?!"

„Absolut, aber nicht jetzt. Morgen reicht. Zur üblichen Zeit. Okay?!"

„Verstanden. Pass auf dich auf, Wolf."

„Und Mauro! Geh kein Risiko ein, das ist es nicht wert. Im Zweifel gehst du zur Polizei."

„Ja, Papa." Damit hängte er ein.

Das war erledigt, mehr würde man von mir nicht zu hören bekommen. Jetzt hatte ich nur noch eine Nabelschnur – den *DDR*. Nur die konnte und wollte ich nicht kappen. Es lief also doch darauf hinaus, dass ich weiter den Köder spielen musste. Aber ich war eindeutig wütend genug, mich darauf zu freuen.

37

Es wurde Zeit.

Im Taxi zum Sender entspannte ich mich und rieb mir die schmerzenden Knöchel. Ich lehnte meinen Kopf ans Polster und schloss die Augen. In aller Ruhe dachte ich über Zunge und Taschenmesser nach. Ich war endlich einen Schritt weiter. Vielleicht konnte das *Löffelchen*-Foto helfen. Mauro würde sagen, da vermischt sich etwas. Es war klar, dass ich unterscheiden musste zwischen dem Hunter, und – ich nenn ihn mal – Mister X. Das hier war eindeutig die Handschrift von Letzterem.

Ganz wohl war mir bei dem Gedanken nicht, mit dem Hunter und Mister X gleich zwei Fressfeinde anzulocken – aber wie hatte mein geliebter Großvater gesagt: *Wenn Armeen verwundbar sind, spielt Größe keine Rolle. Denke immer an David gegen Goliath.* Jetzt musste ich ihre wunden Punkte finden – und jeder hatte welche.

Vor dem Tor stieg ich aus und gab dem Fahrer ein anständiges Trinkgeld. Ich sah den roten Lichtern des Taxis nach, bis es auf den Zubringer abbog und verschwand. Ein Heimat-Kollege ließ mich passieren. Auf dem Parkplatz stand kein bekannter Wagen. Ich ging in den Aufenthaltsraum, zog mir einen Kaffee und gab vor, einen Bericht auszufüllen.

Es war ruhig, meine schichtfremden Kollegen – ich glaube, Team C war eingeteilt – auf ihren Posten.

Ich trat auf den dunklen Gang und ging zügig auf Stahls Büro zu. Obwohl kein Licht unter der Tür hindurch schien, klopfte ich an. Niemand antwortete – natürlich nicht. Wie vermutet war abgeschlossen, aber ich brauchte keine fünf Sekunden und war drin. Auf Licht musste ich verzichten, doch die Laterne vor dem Fenster reichte aus, um alles zu erkennen.

Da ich schon zwei Mal hier gewesen war, fiel mir die Orientierung leicht. Vor mir stand Stahls Schreibtisch, dahinter sein ausladender, weicher Chefsessel, davor ein einfacher, harter Holzstuhl – klare Verhältnisse.

Die linke Wand bestand komplett aus Fenstern, mit Blick auf das Kleeblatt und ein Raucherhäuschen. Wahrscheinlich saß hier mein lieber Chef und führte genüsslich eine schwarze Kippen-Liste, womöglich steckte er sich dabei selber eine an. Jedenfalls roch es nach Rauch hier drinnen.

Die rechte Wand war vollgestellt mit Schränken für Hängeordner und einem Regal mit irgendwelchen Heimat-Trophäen, wie Pokale, Schießkarten und Fotos. Ich zog die oberste Schublade auf, griff hinein und hatte Personalakten in der Hand, akribisch und sauber geführt. W fand ich in der zweiten Schublade. Ich blätterte die Ordner durch, stutzte, sah genauer hin.

Meine Akte fehlte.

Zurück zur ersten Schublade. Unter K fehlte Ralf *Ralle* Kramers Personalmappe. Ich machte mir gar nicht erst die Mühe, die meiner anderen Schicht-Kollegen zu suchen, sondern ging zu Stahls Schreibtisch hinüber – hier lagen sie auch schon, gleich neben der Tastatur seines Computers. Schorsch zuoberst, dann ich, Marcel, Klaus, zu guter Letzt Ralle – die Daltons und ihr Cousin, der Größe nach aufgereiht.

Auf allen Deckeln klebten gelbe Post-its mit freundlichen Bemerkungen, wie *so doof wie lang* bei Schorsch, *frisst den ganzen Tag Schokolade (bald zu fett für den Job)* bei Marcel oder *hat ein Problem mit Autoritäten* bei mir. Ich grinste, die reinste Inquisition, aber ich wäre enttäuscht, wäre es anders gewesen. Das Gute an Arschlöchern ist, man weiß woran man ist.

Stahls PC schlummerte im Standby-Modus. Als ich die Maus berührte erwachte er summend zum Leben.

Dieser Computer wird gerade von H. Stahl verwendet und kann nur von diesem User oder einem Administrator entsperrt werden.

„Wär ja auch zu schön gewesen." Ohne Passwort kam ich nicht weiter. Hatte er es vielleicht aufgeschrieben? Ich kannte genug Menschen, die das machten.

Die Schreibtischunterlage war komplett jungfräulich, darunter nur eine Sammlung alter und aktueller Speisepläne der Kantine. Pits Specials waren jeweils umkringelt.

Sollte er womöglich Geschmack haben? Dabei sieht er aus, als stopfe er den ganzen Tag normalen Kantinenfraß in sich rein.

Der Schreibtisch war mir entschieden zu clean für einen Chef.

Blieb der Rollcontainer zur Rechten. Abgeschlossen. Mein Blick fiel auf den Hefter. Wenn schon kein Passwort, dann vielleicht der Schlüssel? Kaum jemand nahm den Schlüssel seines Rollcontainers mit, so etwas musste schnell greifbar sein. Ich hob den Hefter hoch, hatte ihn tatsächlich gefunden. Gleich in der ersten Schublade fielen mir vergilbte Karten in die Hand. Mit ihnen trat ich ans Laternenlicht vor dem Fenster.

Lagepläne des Bunkers. Stockwerk für Stockwerk. Vom Dach bis ins 5. UG. Ich sah genauer hin und fand die Räume, die Peter und ich geöffnet hatten. Auch die Folterkeller waren eingezeichnet, Peters Verließ hingegen fehlte. Ich suchte die Legende, es wurde interessant. Ich las: *Untersuchungshaftanstalt (UHA), 1971 Ministerium für Staatssicherheit, Deutsche Demokratische Republik.*

Jetzt hatte ich es schwarz auf weiß. In den Räumen hatte man politische Gefangene festgehalten und verhört. Über mehr wollte ich nicht nachdenken – die Stühle sprachen Bände.

Fragt sich nur, warum Stahl die angeblich verschollenen Karten, von denen Ralle gesprochen hatte, in seinem Schreibtisch hatte. Schlich mein Chef mit ihnen nachts im Bunker rum? Stahl, der Hunter?! Warum nicht, zutrauen würde ich es ihm.

Ich überlegte nicht lange und nahm die Karten an

mich. Sollte Stahl der Hunter sein, waren wir uns längst da unten begegnet. Wenn nicht, konnte ich vielleicht Leben retten – warum also falsche Bescheidenheit.

Und jetzt raus hier!

Ich konnte es nicht erwarten, die Karten Raum für Raum durchzugehen – das könnte uns eine Menge Arbeit und Zeit sparen.

Ich hoffte nur, nicht die Büchse der Pandora gefunden und geöffnet zu haben.

38

Uniform, Dienstwaffe und Karten hatte ich in eine Sporttasche gepackt. Auch an die obligatorische Wohlfühl-Tüte für Peter hatte ich gedacht. Gedankenverloren ging ich auf den Bunker zu. Eine Zigarette glomm in den Büschen auf.

Scheiße, Stahl!

Unwillkürlich versteifte ich mich.

„Der feine Herr kommt auch noch vorbei", sagte Peter und trat aus dem Schatten. „Es sei dir verziehen, wenn du mir wieder etwas Gutes mitgebracht hast. Mit dem *Playboy* bin ich durch." Er grinste – war wieder übermütig wie besagtes Kind.

Ich atmete hörbar aus, packte ihn am Arm und zog ihn zurück in die Büsche. „Bist du verrückt, hier draußen rumzuspringen?! Erstens geht hier ein Wachmann Streife, zweitens hat mein Chef senile Bettflucht!"

„Reg dich ab, Wolf. Der Wachmann ist hier vor 30 Minuten durch und so ein übergewichtiger Mensch mit würziger Note im Abgang, ist vor einer Stunde vorbeigeschlurft, zu seinem Wagen gestiefelt und ab."

Ich hatte Stahl nur knapp verpasst, beziehungsweise er mich – man musste auch mal Glück haben.

Trotzdem war Peter leichtsinnig. Ich sagte: „Los rein! Ich habe neben Leckereien auch noch eine weitere Überraschung."

Er grinste. „Wolf, du bringst Farbe in mein graues

Leben. Ich geh vor!" Fehlte nur, dass er wie ein Zehnjähriger vor mir her hüpfte.

Über seine Stasi-Geheimtür im Abstellraum des Fluchtturms gelangten wir in sein Versteck. Peter hatte tatsächlich aufgeräumt, leere Dosen aus der Spüle geräumt, sogar sein Bett gemacht. Vielleicht finden Sie das albern, aber diese Kleinigkeiten machten mich glücklich – es ging vorwärts. Die Tüte stellte ich neben dem *DDR*-Herd ab. Peter begann direkt darin zu wühlen.

„Zigaretten! Gott sei Dank. Fleischwurst. Käse. Seife. Was ist das?" Er hielt lächelnd eine Dose Instant-Kaffee hoch.

„Kaffee. Nichts Dolles, aber ich weiß nicht, wann du das letzte Mal welchen getrunken hast. Zwei Löffel in eine Tasse, heißes Wasser drauf, fertig. Milch und Zucker sind auch in der Tüte." Es war schön, ihn so zu sehen und nicht in der Stimmung, in der ich ihn zurückgelassen hatte. Ich stellte die Sporttasche auf den Boden und kramte die Karten raus. Nebenbei sagte ich: „Du kannst mich übrigens nicht mehr auf dem Handy erreichen, ich musste es loswerden. Morgen kann ich dir eine neue Nummer einspeichern."

Ich wusste nicht, ob er mir zugehört hatte, er war in die Rückseite der Kaffee-Dose vertieft, holte wortlos zwei Tassen hervor, schaufelte Pulver hinein und wartete ungeduldig darauf, dass das Wasser kochte.

„Hast du verstanden, Peter?"

Er sah mich verloren an. „Wie? Ja, äh du hast dein Handy nicht mehr. Schon kapiert." Endlich war es so weit, er konnte das Pulver aufgießen, kippte in seine Tasse viel Zucker und noch mehr Milch. Fragend sah er mich an, ich schüttelte den Kopf, er zuckte mit den Schultern. „Hier, Wolf. Ich glaube, du musst mich doch öfter besuchen und mit mir Kaffee trinken. Kleiner Tipp: Kuchen ist auch erlaubt." Er kramte einen Löffel aus der Küchenschublade und rührte in seiner Tasse. Wasserdampf stieg daraus empor und verschmolz mit der Luft.

Ich spürte Hoffnung in mir aufkeimen, ihn vielleicht doch hier rauszubekommen. Aber da dies ein zartes Pflänzchen war, richtete ich meine Konzentration auf die Gebäude-Karten – eins nach dem Anderen. „Die eigentliche Überraschung sind die hier. Lies mal, was da steht!" Ich tippte auf die Legende.

Peter kam zu mir an den Tisch, fuhr mit den Fingern über die Wörter. Er kniff die Augen zusammen und ging näher heran. Bestimmt brauchte er eine neue Brille – kein Wunder nach 24 Jahren. Dann grunzte er. „Ich wusste es, als ich die Folterstühle gesehen habe. Ein ehemaliger Stasi-Knast." Er hob den Kopf, blickte ins Leere. „Diese Karten sind ganz andere, als die, die sie mir dagelassen haben. Wo sind die her?"

„Aus dem Büro meines Chefs", antwortete ich.

„Und wie kommt der daran?"

Ich zuckte mit den Schultern. „Keine Ahnung."

Peter sah mich an. „Meinst du, er ist der Hunter? Würde seine gute Ortskenntnis erklären."

Der Kopfschmerz hinter dem Auge meldete sich wieder. Kirschkerngroß. Heiß. Als würden sich dunkle Ahnungen körperlich manifestieren – mein persönliches Frühwarnsystem. „Auf jeden Fall nicht auszuschließen. Aber eins weiß ich ganz sicher, die Pläne können uns eine Menge Arbeit ersparen. Schau hier, die Folterräume von gestern. Ich bin das 5. UG noch einmal durchgegangen, hier im Quergang ist ein weiterer Raum versteckt. Der kommt auf unsere Prioritätenliste. Lass uns das 3. und 4. UG prüfen."

„Scheiße!" Peter stieß mich beiseite. Hektisch suchte er auf der Karte rum.

„Beruhig dich, Peter! Ich habe schon nachgesehen, dein Keller ist nicht verzeichnet. Du bist hier sicher."

Er zitterte, konnte kaum die Tasse zum Mund führen. Ich legte meine Hand auf seine Schulter, er zuckte zusammen.

„Schon gut, schon gut – ich pack dich nicht mehr an. Rück mal ein Stück, wir schauen uns jetzt den 3. und 4. Stock gemeinsam an. Einverstanden?"

Er schien sich gefangen zu haben, er atmete ruhiger und nickte. Gemeinsam begannen wir mit der Suche. Einige Stellen waren verwischt oder ausgeblichen, doch man konnte so ziemlich alles erkennen oder zumindest erahnen. Peter zeigte auf einen zusätzlichen Trakt im 4. UG, der aus zwei Räumen zu bestehen schien. *Küche und Kühlung* stand daran.

„Könnte auch interessant sein.“ Er kramte nach einem Bleistift, kringelte die Stelle ein. Dann faltete er ein weiteres Blatt auf, das 3. UG. Auch hier wurden wir fündig. Ein relativ großer Raum grenzte an ein normal erscheinendes Zimmer, versehen war er mit dem Symbol einer Flamme. Auch der wurde markiert.

Ich fragte: „Küche oder Flamme? Was zuerst?“

„Dumme Frage! Flamme natürlich, was soll schon in der Küche sein, außer Töpfe und Teller?“

Dieser bestechenden Logik wollte ich mich nicht entziehen. Wir machten uns bereit. Ich zog die Uniform an, nahm die HK in die eine und die Lampe in die andere Hand. Peter steckte sich die Glock vorne in den Hosenbund, der Schalldämpfer fehlte. Er sah meinen Blick. „Musste runter, sonst klemm ich mir die Eier“, sagte er schulternzuckend.

Ich rollte die Augen. „Ich habe dir übrigens auch eine Lampe besorgt, schau mal in der Tüte nach.“

Er kramte. „Hübsch, in rosa! Gab's kein passendes Kleid dazu?“

Ich lachte und schnappte mir die Karten. „Nicht in deiner Größe, aber da müssen noch irgendwo Strumpfhosen sein.“

Die gegenseitige Sicherung nahmen wir sehr ernst. Wenn wir schon Feindkontakt haben sollten, dann wollten wir uns nicht wieder überraschen lassen. Schweigend gelangten wir ins 3. UG. Wir sahen noch einmal auf der Karte nach, gingen nach rechts bis ans

Eck, folgten weiter dem Gang, zählten dabei die Türen ab. Nichts unterschied diese Tür von den anderen – das gleiche *DDR*-Beige, die gleiche abgenutzte und angelaufene Metallklinke, die gleichen billigen Beschläge. Wie fast alle, war auch diese Tür abgeschlossen. Diesmal zeigte Peter, wie geschickt er mit dem Dietrich war, aber nach fast 25 Jahren Bunker-Training, sollte das ein Kinderspiel sein. Er brauchte 21 Sekunden – Respekt.

Wir leuchteten in einen leeren, kalten Raum. Ich ging bis ans Stirnende. Enttäuscht drehte ich mich im Kreis. Überall glatter, grauer Beton. Ich sagte: „Wir sind nicht richtig, wir müssen etwas falsch gemacht haben. Hier geht kein weiterer Raum ab."

Zu zweit beugten wir uns wieder über den Plan. Hatten wir uns in der Richtung vertan? Bei den Türen verzählt? Im richtigen Stockwerk waren wir auf jeden Fall. Wir gingen zurück zum Treppenhaus – unserem Ausgangspunkt. „Noch mal. Also los", sagte Peter und übernahm die Führung, ich sicherte. „Eins, zwei, drei, vier …", er zählte laut die Türen. Wir kamen an die Ecke – so weit so gut. „… 47, 48, 49. Das ist die Tür."

Wieder standen wir vor dem Raum, den wir geöffnet hatten.

„Dann stimmt die Karte nicht", murmelte Peter.

Ich machte einen Schritt in das Zimmer, betrachtete die Wand auf der Stirnseite. „Oder, man hat unseren Raum gut versteckt."

Peter holte sein NVA-Messer hervor, klopfte mit dem Knauf am Griff an den Beton.

Tack, tack, tack, tock. Das klang gut.

„Stimmt, Wolf! Gute Arbeit." – Wobei ich nicht wusste, ob er meine detektivischen Fähigkeiten meinte oder die handwerkliche Kunst der Maurer und Verputzer.

Ich nahm das Brecheisen in die Hand und holte aus, zögerte dann aber und ließ den Arm sinken. „Mach die Tür zu und schließ ab, ich will den Rücken frei haben."

Keine Minute später ließ ich das Brecheisen auf die Wand sausen. Kleine Stücke brachen heraus und spritzten mir ins Gesicht.

„Scheiße!", sagte ich und rieb mir die Lider. Die Augen begannen zu tränen, sehen konnte ich damit nichts mehr.

„Gib her, als überzeugter Vollbartträger ist mein Gesicht gepolstert. Außerdem schützt die Brille meine Augen." Er grinste und stellte sich breitbeinig auf. „Licht für den Maestro, bitte!"

Für einen schlaffen Schläfer war er erstaunlich fit. Nach ein paar Minuten ließen sich größere Brocken herausbrechen und gaben Holz frei.

Peter war zufrieden. „Da haben wir unsere Tür!"

Tür war vielleicht die falsche Bezeichnung, denn auch nach weiteren 20 Minuten hatten wir weder Scharniere noch Klinke oder einen anderen Schließmechanismus gefunden – es blieb eine 2 x 2 Meter große, glatte Platte. Peter fand eine Fuge und nutzte die Hebelkraft des Eisens, bis das Holz nachgab. Er korrigierte den Ansatz und bald konnte ich mit den Händen dazwischen greifen. Zu zweit schafften wir es, knirschend gab die Platte nach und kippte in den Raum. Staub stob auf wie ein bleiches Gespenst und krallte sich in die Luft und unsere Lungen. Ich musste husten.

„Dann gehen die Pink Lady und ich mal vor", verkündete mein Freund.

Wie auf der Karte beschrieben, war es ein großer Raum. Trotz der dicken Luft sah ich gleich, dass er alles andere als leer war. In der Mitte standen fünf riesige Paletten mit unzähligen Päckchen, jedes so groß wie ein Schuhkarton. Ich nahm eins der Dinger in die Hand. Auf gelbem, schmierigem Papier war ein Totenkopf gedruckt, darunter eine achtstellige Zahl, wahrscheinlich eine Registriernummer. Ich wog es in der Hand. „Was meinst du, Peter? Zwei, drei Kilo?" Ich roch daran. „Was ist das überhaupt?"

Peter und seine Pink Lady untersuchten eine andere Palette.

„Trinitrotoluol." Auch er wog ein Päckchen in der Hand.

„Tri… was?" Ich verstand nur Bahnhof. Der Menge nach zu urteilen und vom Gewicht des einzelnen Päckchens ausgehend, schätzte ich alles auf mehrere Tonnen – vielleicht sechs oder sieben.

„Na Trinitrotoluol, besser bekannt als TNT. Die

NVA hat es auch Trotyl genannt." Er fuhr sich durch die Haare, schüttelte den Kopf. „Da brat mir doch einer nen Storch! Da warte ich Jahrzehnte auf die Lieferung, dabei liegt das Zeug hier tonnenweise rum. Sieh nur, wie hübsch es gegossen ist."

Scheiße! Was redete Peter da?! Mit leicht zittrigen Händen wurde ich das Ding los, Sprengstoff war mir schon immer suspekt. Ich schluckte, räusperte mich und sagte: „Hier arbeiten täglich tausende Menschen und unter ihrem Arsch tickt ne Zeitbombe?! Ist das so in etwa richtig ausgedrückt?"

„Reg dich ab, Wolf."

„Reg dich ab?!" Ich schrie fast.

„Ich meine, so gefährlich ist das nun auch nicht. Ohne Sprengkapseln ist es nicht ganz so leicht, die Dinger zu zünden."

Sollte mich das etwa beruhigen?!

„Wolf, schau her. So ein Ding hier steckst du in die Masse." Er hatte eine von diesen Metallhülsen in der Hand, die er in seinem Keller rhythmisch aneinander geschlagen hatte. Er versenkte sie zur Hälfte in der Mitte des Päckchens. Jetzt sah es aus wie ein Geburtstagskuchen.

„Tara …", sagte er, als habe er soeben den größten Zaubertrick aller Zeiten vorgeführt.

Ich schiss mir fast in die Hose.

Die Show ging weiter. „Von den Dingern haben sie mir genug dagelassen. Deshalb habe ich auch geglaubt, sie liefern noch. Also, wie gesagt, um das

TNT zu zünden, brauchst du diese Sprengkapseln. Im inneren der Hülse ist ein wesentlich empfindlicherer Sprengstoff, ein sogenannter Initialsprengstoff. Wird der gezündet, gibt's eine nette Kettenreaktion. Faszinierend, nicht?!"

„Bitte Peter, nimm das Ding da raus!"

„Ist ja schon gut! Wollte dir nur zeigen, wie es funktioniert. Keine Angst, ich hab alles im Griff." Er nahm die Sprengkapsel aus dem TNT.

Das Leben konnte so schön sein! Trotzdem wollten meine Beine weg. „Okay, jetzt noch mal ganz langsam für Hilfsschüler wie mich: Wie akut gefährlich ist das Zeug?"

Er rieb sich den Bart. „Gegossenes TNT. So gelagert auf den Paletten passiert nicht viel, aber Fußball spielen würde ich damit nun auch nicht gerade. Von der Sprengwirkung her wird das ganze Gebäude in Schutt und Asche gelegt, würde ich sagen. Also, wenn man es richtig zündet."

Ich rang mit mir. Normalerweise müsste ich den Fund sofort melden. Nachdem man das Gebäude evakuiert und das Gelände großräumig abgesperrt hatte, müsste man mit Sprengmeistern und Spezialisten anrücken. Aber ich zögerte …

Peter sagte: „Vielleicht ist der Hunter ja hinter dem TNT her und die Mitarbeiter sind ihm zufällig in die Quere gekommen, da hat er sie verschwinden lassen."

Ich schüttelte den Kopf. „Warum sollte denn dann

der Putzmann im 3. Stock verschwinden?! Und denk an die ganzen Seile. Das ist alles zu durchorganisiert, um ein Zufall zu sein. Das passt nicht zusammen."

Wir waren auf der Suche nach Antworten und stießen nur auf weitere Fragen.

Meine Bedenken standen mir ins Gesicht geschrieben.

„Ich weiß, was dir durch den Kopf geht, Wolf. Aber das Zeug liegt seit Jahrzehnten hier rum, da kommt es auf ein paar Tage mehr oder weniger nicht an."

Sein Wort in Gottes Ohr! Ich schloss die Augen, hatte eine Entscheidung getroffen. „Drei Tage! Wir haben drei Tage, dann grab ich dich irgendwo ein und ruf Altmann und die Kavallerie."

„Drei Tage Jagd", sagte Peter.

Es klang wie der Titel von einem beschissenen Film, mit einem noch beschisseneren Drehbuch.

39

Wir hatten die Sprengstoffkammer mit der Platte provisorisch verschlossen, den Raum davor abgeschlossen, alle möglichen Spuren beseitigt – soweit das möglich war. Ich hatte mich beruhigt und gab mich kämpferisch. Doch ganz wohl fühlte ich mich nicht. Peter hingegen wirkte wie ein kleiner Junge, der einen großen Schatz gefunden hatte. Vielleicht war es ja für ihn auch so.

Wir nahmen die Treppe ins 4. UG. Unser nächstes Ziel: der vorletzte geheime Raum.

Küche und Kühlung.

Wieder zählte Peter die Räume ab, bis wir an der richtigen Tür sein mussten. Sie war aus Metall und hatte zu unserem Erstaunen weder Klinke noch Schloss. Ich fuhr mit den Fingern über die Oberfläche – sie war runzlig wie ein Greisenarsch. Das Türblatt ließ sich keinen Millimeter bewegen, weder nach innen oder außen, noch zur Seite.

Peter sprach aus, was ich dachte. „Wer versteckt denn eine Küche hinter einer Sicherheitstür ohne Klinke?!"

„Trotzdem muss es irgendwo eine Art Schloss geben …" Ich untersuchte die Wand rings um den Rahmen, vielleicht war hier ein Schalter, eine Klappe – irgendetwas in der Art. Aber ich fand nichts. Dann sah ich eine auffällig helle Stelle, die sich von links nach rechts über die Tür zog. Der Lack hatte sich hier gelöst. Ich fuhr mit zwei Fingern über den Boden – und fand Krümel.

„Wir könnten sie aufbrechen."

Ich schüttelte den Kopf. „Dann hinterlassen wir Spuren direkt im Gang, das würde ich gern vermeiden. Außerdem wäre es leichter durch die Wand zu kommen als durch diese Sicherheitstür. Die hat ein anderes Kaliber als alles vorher. Aber die Lackschäden sind frisch. Da war vor Kurzem jemand dran. Das gefällt mir nicht." Ich leuchtete in den Gang – in beide Richtungen, dann wieder auf die Tür. „Das wird heute nichts, aber ich habe eine Idee."

Mit einem leichten Schlag gegen das Metall wandte ich mich ab, dumpf hallte es durch den Gang. Peter sah mich an. „Und der feine Herr will seinen Geistesblitz nicht mit mir teilen?"

Ich hörte die Enttäuschung. „Gedulde dich bis morgen, es ist nur eine Idee. Bring dir auch was mit." Grinsend klopfte ich ihm auf die Schulter.

Er leuchtete mir mit der Pink Lady ins Gesicht. „Sehr komisch, Herr Wolf." Er versuchte beleidigt zu klingen, aber ich kannte ihn besser.

„Dann fehlt nur noch der dritte Geheimraum für heute, 5. UG", sagte ich.

Hier hatten wir mehr Glück, trafen wie so oft auf DDR-Standard. Fast schon Routine die Tür zu öffnen. Auch mussten wir uns im Zimmer nicht wieder durch Beton wühlen. Der Zugang zum Hinterzimmer war offen, ein einziges riesiges Loch in der Wand

– als habe man die Tür geklaut. Der ganze Raum war vollgestellt mit Regalen, Werkbänken und Kanistern. Peter drehte einen Stutzen auf und schnupperte.

„Waffenöl“, sagte er und richtete die Lampe auf die Regale. „Das war eine Waffenkammer. Im Holz siehst du die Aussparungen für Gewehre. Hier war lange niemand mehr.“

Alles erstickte in einer dicken Staubschicht, wieder musste ich husten. Langsam reichte es mir.

„Raus hier“, keuchte ich.

„Wollen wir da weitermachen, wo wir gestern aufgehört haben, Wolf? Wir könnten noch ein paar Räume schaffen!“ Wir standen wieder im Hauptgang.

Ich sah auf die Uhr. „Nein, ich brauche dringend eine Mütze Schlaf, hab morgen einiges zu erledigen. Du könntest zumindest auf den Karten alles noch einmal durchgehen, vielleicht haben wir etwas übersehen. Ich ziehe mich bei dir um und hau dann ab.“

Uniform und HK hatte ich zur Heimat zurückgebracht. Als mich das Taxi vor dem *DDR* abholte, zeigte sich weit am Horizont ein erster silberner Streifen. Bei unserer Fahrt durch die Stadt hielt ich nach Verfolgern Ausschau. Nach zehn Minuten war ich sicher, nicht beschattet zu werden. Ich ließ mich ins Hilton bringen und fiel wie ein Stein ins Bett.

Mein Wecker holte mich gegen 11:00 Uhr aus dem Tiefschlaf. Ich hatte tatsächlich durchgeschlafen und fühlte mich frisch. Ich genoss die Dusche, checkte aus und frühstückte in einem Café, das damit warb, rund um die Uhr frische, selbstgemachte Brötchen zu servieren. Dazu Nutella. Und natürlich eine Menge schwarzen Kaffees. Mehr nicht. Das reichte für das kleine Glück des Tages.

Pünktlich um 14:00 Uhr stand ich an der ehemaligen AVUS-Spitzkehre, auch Südschleife genannt. 1998 hatte man die legendäre Rennstrecke stillgelegt. Der Hochgeschwindigkeitskurs mit seinen langen Geraden entsprach nicht mehr den Anforderungen des modernen Rennsports, obwohl man noch versucht hatte, ihn durch das Einbauen von Schikanen langsamer zu machen und so zu entschärfen. Trotzdem kam es häufig zu schweren und tödlichen Unfällen. Der Betreiber geriet zusehends unter Druck. Zudem war das Verkehrsaufkommen nach Öffnung der Mauer dramatisch angestiegen, eine Sperrung für Rennen wurde somit immer schwieriger.

Ich liebte die AVUS. So oft es ging, waren Mauro und ich dort gewesen, auch Philip war dabei. Ein Rennnachmittag sah folgendermaßen aus: Wir trafen uns zum Mittagessen in der Pizzeria *Da Salvo*, um dann gestärkt und pünktlich an der Strecke zu sein. Wir machten mit Philip ein Spiel: Wer später im Fahrerlager die meisten Autogramme sammeln konnte, hatte gewonnen. Wer stets gewonnen hatte, dürfte Ihnen klar sein.

Ich lächelte bei der Erinnerung und sah immer

wieder auf die Uhr. Mauro hatte mittlerweile zehn Minuten Verspätung. Ob er mich falsch verstanden hatte? Vielleicht hatte er eine andere Zeit im Kopf? Oder stand woanders? Immerhin war es lange her, dass wir zu dritt hier waren.

Hinter mir hupte es, so wie es nur mein Baby konnte.

„Da bin ich! Kann ich den Herrn ein Stück mitnehmen?" Mauro grinste mich aus dem geöffneten Fenster an.

„Da bist du", murmelte ich. Meine Augen hingen an dem BMW. Der Wagen sah aus wie frisch vom Werk ausgeliefert. Die neue Lackierung war erstklassig. Das Weiß brillant. Die Chromteile blitzten. Mauro hatte sogar originale Felgen aufgetrieben und aufarbeiten lassen.

Die Berührung. Es kribbelte wieder.

Mein Freund hatte die Tür geöffnet und war ausgestiegen. Er räusperte sich übertrieben laut. „Ich will dich ja nicht beim Liebesspiel stören, aber wir sollten hier weg. Kann sein, dass ich verfolgt werde. Ich bin mir nicht sicher."

Die Umarmung fiel kurz aus. Ich sah mich um, konnte aber nichts entdecken.

„Wir sollten kein Risiko eingehen. Steig ein, das haben wir gleich."

Lehrbuchartig spulte ich alle taktischen Gegenmaßnahmen einer Beschattung runter – nach 20 Minuten war ich zufrieden. Wir fuhren auf das oberste

Deck eines Parkhauses und hielten so, dass wir die Auffahrt im Blick hatten. Ich stellte den Motor ab.

„Danke für die erstklassige Arbeit, Mauro." Es tat gut, wieder in seinem eigenen Wagen zu sitzen. Die Welt sah gleich ganz anders aus.

„War mir eine Freude. Aber jetzt erzähl mal, warum veranstalten wir das ganze Theater hier?"

Ich sagte: „Bevor ich es vergesse, der letzte Mietwagen steht noch in der Invalidenstraße in Mitte, einhundert Meter vor dem *Honigmond* – nicht grundlos. Zwei Schläger haben zum Tanz gebeten. Der Wagen war also verbrannt, wie auch das Hotel – ich bin komplett abgetaucht. Ich schulde dir auch noch ein neues Handy. Die Dinger können nicht schwimmen."

„Was du nicht sagst." Mauro schien nicht überrascht. „Das habe ich längst abgeschrieben … Wollte eh das hier!" Wortlos hielt er ein neues iPhone hoch.

„Sehr gut, genau das brauche ich jetzt."

Mauros Gesichtsausdruck nach zu schließen, verabschiedete er sich gerade auch von diesem neuen Spielzeug.

„Keine Sorge, kriegste gleich wieder." Ich rief den Internet-Browser auf und loggte mich bei *Hotmail* ein. Zwei Klicks, dann hatte ich das kunstvolle und einzigartige *Löffelchen*-Foto auf dem Display.

„Nett!" Er lachte. „Herrenwahl und dem Wolf auf die Pfoten getreten. Sehr ungeschickt die beiden. Was ist mit Anke?"

„In Sicherheit. Untergetaucht. Selbst ich weiß nicht, wo sie ist. Lisa ist bei ihr. Wie es aussieht, geht der Tanz jetzt richtig los."

Ein Wagen rollte die Auffahrt hoch, kam auf uns zu und fand eine Lücke. Wir warteten. Nach einer Minute ging die Tür auf und eine junge Frau stieg mit dem Handy am Ohr aus. Sie holte ihre Handtasche aus dem Kofferraum und ging zu den Aufzügen. Keine Gefahr.

Ich redete weiter: „Entwicklungen gibt's auch im *DDR*. Ich habe bei Stahl die alten Stasi-Karten gefunden und die haben uns zu geheimen Räumen geführt."

Mauro kratzte sich am Kinn. „Klingt gut."

„So gut nun auch wieder nicht, wir haben eine Folterkammer gefunden und mehrere Tonnen TNT."

„Erzähl keinen Scheiß! Und jetzt?!" Mein Freund starrte durch die Windschutzscheibe auf parkende Autos.

„Drei Tage. Ich habe uns drei Tage gegeben. Die Feinde pirschen sich an, und ich will sie noch weiter aus der Deckung locken. Du musst mir bitte noch einen Gefallen tun. Ich brauche saubere Billighandys samt Prepaid-Karten. Aber die müssen internetfähig sein, ich muss auch mal schnell an Infos kommen können, ohne mir erst umständlich einen Rechner suchen zu müssen."

„Ach Wolf, wie lange kennen wir uns jetzt?! Du bist so leicht zu durchschauen." Grinsend griff er hinter meinen Sitz. Es knisterte, dann ließ er eine Tüte in meinen Schoß fallen. Ich schaute hinein. Zehn Handys, zehn Karten. Originalverpackt. Absolut sauber.

Ich staunte. „Respekt! Wenn ich mal ne Detektei eröffne, kannst du als Praktikant anfangen."

„Wie großzügig! Ich hatte da aber mehr an Q gedacht. Entwicklungschef der Technikabteilung – mit 007 würde ich mal nen richtigen Agenten kennenlernen." Er sah mich schräg an. Wir lachten beide.

Mauro fragte: „Was hast du jetzt vor, Wolf?"

„Deinen Rat mit den Ködern annehmen und das nette Foto verschicken. Außerdem müssen Peter und ich noch ein Kämmerchen öffnen. Ich habe Nachtschicht die Woche und nicht viel Lust diese durchzuziehen. Aber wie gesagt, zwei Nächte noch, dann hat sich das eh alles erledigt. So oder so."

Ich stieg aus, beugte mich zurück ins Auto. „Hab noch was zu erledigen."

Mauro stoppte mich: „Kann ich noch was tun?"

Ich schüttelte den Kopf. „Nein, fahr nach Hause, mein Freund. Es ist schon gefährlich genug, mich zu kennen. Wie gesagt, im Notfall ruf Altmann an."

Er rutschte über die Mittelkonsole umständlich auf den Fahrersitz und ließ den Motor an. Dieser sämige Sound des Reihensechszylinders … Fast wäre ich auf die Knie gefallen und hätte die Göttin angebetet. Satt fiel die Tür ins Schloss. Lack und Felgen glänzten. Surrend fuhr die Scheibe herunter. Mauro streckte zum Abschied den Arm aus dem Fenster. Ich sah meinem Baby nach, bis es über die Ausfahrt verschwunden war.

Hoffentlich würde ich beide wiedersehen.

40

Ich suchte mir ein Internetcafé (was in Smartphone-Zeiten gar nicht mehr so leicht aufzutreiben war). Zwar hätte ich auch eins von Mauros Handys nehmen können, aber ich hatte mehr zu tun, als mir über Google nur eine Adresse rauszusuchen. Ich zahlte für eine halbe Stunde fünf Euro und rief zunächst die Seite des Tierschutzvereins Berlin auf. Jetzt kam Herr Schmidt ins Spiel, beziehungsweise Cognac. Ich klickte auf das Gästebuch und schrieb eine Nachricht für Anke und Lisa, nicht ohne mir vorher Beiträge anderer Tierfreunde durchgelesen zu haben. Ich passte mich ihnen an.

Liebes TH-Team,

heute möchte ich mich mit guten Nachrichten melden. Ich fühle mich wohl in meinem neuen Zuhause und denke, dass ich euch in spätestens drei Tagen besuchen kann.

Euer Schäferhund Cognac

Das musste reichen. Mein Eintrag aus Sicht eines Hundes war keinesfalls ungewöhnlich, zuvor hatten sich Lucky, Gina und Carlo zu Wort gemeldet. Hund, Katze, Maus. Menschen sind manchmal etwas seltsam.

Dann richtete ich mir eine anonyme E-Mail-Adresse ein und schickte mir *Löffelchen*, um es von dort nicht zurückverfolgbar an meine Heimat-Kollegen weiterzuleiten. Die Adressen waren einfach, bestanden aus *VornameNachname@heimat.de.* Dazu schrieb ich Folgendes:

Kläglicher Versuch! Warum versuchst Du es nicht mal selbst, falls Du die Eier hast.

Ich war zufrieden und schickte beides ab. Bestimmt fragen Sie sich, warum ich das an alle schickte und warum anonym? Immerhin wusste der Auftraggeber bestimmt längst, was ich mit seinen Schlägern angestellt hatte. Nun, ich war mir nicht sicher, ob ich überhaupt bei einem von ihnen richtig lag – Anonymität war also wichtig. Sollte ich aber ins Schwarze treffen – und ich gebe zu, vor allem an Angry Stahl gedacht zu haben – dann kam bestimmt ein Echo. Vielleicht schon zur Nachtschicht. Nein, hoffentlich zur Nachtschicht.

Bevor ich mich ausloggte, sah ich im Gästebuch des Tierschutzvereins nach. Cognac hatte tatsächlich schon einen Kommentar zu seinem Eintrag:

Lieber Cognac,

es ist eine Freude, von Dir zu hören. Auch uns geht es gut und wir können ein Wiedersehen kaum abwarten. Bis dahin bleib gesund und pass auf Dich auf!

Deine beiden ehemaligen Betreuerinnen

Gut gelaunt verließ ich das Café. Ich war erleichtert. Jetzt konnte ich in Ruhe die notwendigen Vorkehrungen für heute Nacht treffen.

Gegen 22:00 Uhr rief ich mir ein Taxi. Während ich wartete, aktivierte ich eins der neuen Handys.

„Johannes, ich bin's", sagte ich nur.

„Wolf?! Ich versuche dauernd dich zu erreichen. Entweder ist dein Telefon kaputt, oder der alte Wolf macht ernst."

„Na, was wohl?! Hatte Besuch von zwei freundlichen Herren, das hat gereicht. Nachher kommen die noch auf die Idee und schicken richtige Männer."

Ich hörte ihn lachen, dann sagte er: „Was habe ich das vermisst! Wie kann ich dich erreichen?"

„Gar nicht, ich melde mich bei dir. Richte dich darauf ein, bald mit der ganzen Mannschaft beim *DDR* anzurücken. Aber warte auf mein Zeichen."

Er atmete schwer. „Was hast du rausgefunden?"

Das Taxi kam.

Ich antwortete: „Einiges, aber ich kann noch nicht darüber reden – muss Schluss machen, das Taxi ist da. Ich muss zur Arbeit. Tschüss, Johannes."

Bevor er noch etwas sagen konnte, drückte ich ihn weg. Ich nahm Karte und Akku aus dem Handy und ließ alles im nächsten Abfalleimer verschwinden.

Als ich in den Fond des Taxis einstieg, grüßte der Fahrer freundlich. Ich fragte ihn: „Sie kennen sich in Berlin aus?"

Er war verwirrt. „Natürlich, ich fahre hier seit 30 Jahren! Bitte schnallen Sie sich an."

Erst freundlich grüßen und dann auch noch ein *bitte* hinterherschicken, dachte ich. Du bist zwar Taxi-Fahrer, aber kein Berliner.

„Zum *DDR*", sagte ich entspannt.

Vielleicht war das ein gutes Omen.

Ich ließ mich bis auf das Gelände fahren und stieg vor der Heimat aus. Meine wenigen Habseligkeiten trug ich in der Sporttasche mit mir – auf der Flucht gewöhnt man sich an alles. Ich zog mich um und klemmte mir die HK an die Hüfte. Auf dem Weg zum Bunker genoss ich die kühle Abendluft. Zu meiner Überraschung war Peter nicht in seiner Bude. Die Dose Instant-Kaffee stand auf der Anrichte. Ich machte mir Wasser heiß, bediente mich und wartete.

Zehn Minuten später kam mein Freund zur Tür rein, in der Hand eine meiner Plastiktüten.

„Warst du einkaufen, Schatz? Oder hast du deine Pink Lady ausgeführt?", begrüßte ich ihn.

Er schob die Tüte unter sein Bett, erst dann antwortete er: „Geheimnis unter Liebenden! Aber du darfst mir gerne auch so einen Kaffee machen. Viel Milch, noch mehr Zucker."

Er leckte sich über die Lippen, setzte sich an den Tisch und sah mir zu. Als er die dampfende Tasse in den Händen hielt, sagte ich: „Wir haben jetzt etwa drei Stunden Zeit, dann beginnt meine Nachtschicht. In der Pause kann ich nicht kommen, sondern will sehen wie sich meine lieben Kollegen über die Post gefreut haben."

In wenigen Worten setzte ich meinen Freund über das Foto in Kenntnis, er sollte nicht dumm sterben (jaja, die Wortwahl wieder …).

„Wir müssen auch langsam mal Gas geben, Wolf.

Ich habe ein paar weitere Räume aufgemacht – aber Fehlanzeige."

Fast hätte ich mich verschluckt. „Mir gefällt das nicht! Ich muss dich doch nicht an die Glock erinnern?! Der Hunter ist gefährlich!" Ich war richtig sauer.

„Die Knarre hab ja jetzt ich", antwortete er trotzig.

Ich schüttelte nur den Kopf.

Er sprach weiter: „Verdammt, es geht um Philip. Ich kann nicht hier sitzen und nichts tun. Außerdem passe ich auf."

Was sollte ich machen? Zunächst einmal aufhören mich aufzuregen, dachte ich. Die Nerven würde ich noch brauchen. Ich konnte ihn auch verstehen – es ging um Familie. Also nickte ich nur. „Bist alt genug. Lass uns gehen!"

Er stand auf. „Schon ne Idee, wie wir die Küchentür aufbekommen? Ich meine, ohne TNT?!"

Ich wühlte in der Sporttasche, hielt eine Klarsichtfolie in die Luft und einen faustgroßen Gegenstand, eingepackt in einer Tüte.

„Wenn ich tippen müsste", sagte Peter, „dann ist in der Tüte eine Handgranate und die Folie ist für'n Arsch."

Ich konnte wieder lachen. „Ich hab dir doch Duschgel gekauft, schnapp dir das Zeug und komm. Ich zeig's dir."

Kurze Zeit später standen wir vor der Tür ohne Schloss und Klinke im 4. UG. War in der Zwischenzeit jemand hier gewesen, so konnten wir es nicht erkennen. Ich stellte unsere Einsatztasche ab. Peter hockte sich neben mich und sagte: „Dann mal ran, Houdini! Bring uns mit der Klarsichtfolie durch die Tür. Aber ich werde nicht mit dir zusammen duschen!“

Zunächst schmierte ich Duschgel auf die Tür, da wo der Lack weggescheuert war. Darauf legte ich die Klarsichtfolie, die wunderbar haften blieb. Auch die andere Seite der Folie bekam eine Schicht Gleitmittel ab. So hatte ich aus der greisenarschrunzeligen Oberfläche eine babyarschglatte gezaubert.

„Jetzt kommt das Wichtigste“, sagte ich und hielt ihm die Tüte mit dem Klotz unter die Nase. Langsam näherte ich mich der Folie. Mit einem Klacken schlug der starke Magnet ans Türblatt. „Drück uns die Daumen, Peter.“

Ich bewegte den Klotz nach links – er glitt wunderbar auf der Folie vorwärts. Im Inneren hörte ich einen Riegel über Metall schlittern, dann knackte eine Feder.

„Wolf, du bist ein Fuchs“, nuschelte Peter, als die Tür nach innen aufschwang. Sofort schlug uns ein eigenartiger Geruch entgegen – eine Mischung aus Fleisch, Blut und Desinfektionsmittel. Auch Sie haben ihn schon oft gerochen – in der Metzgerei Ihres Vertrauens.

Damit Sie mich nicht falsch verstehen, es roch nicht nach vergammeltem Fleisch, sondern nach frischer Ware.

Peter sah mich an. „So was habe ich seit 40 Jahren nicht gerochen, es erinnert mich an meine Kindheit. Zu Weihnachten hat mein Großvater immer geschlachtet." Er kramte in seinen DDR-Erinnerungen.

Ich betrachtete die Gummilippen an dieser speziellen Tür, eine weitere war über den Betonboden geschrappt. „Luftdicht, wenn du mich fragst, Peter. Deshalb haben wir im Gang nichts gerochen." Wir betraten einen leeren Raum. Hier war nichts, außer dem Geruch und einer breiten Tür an der Stirnseite.

Staunend stand ich davor. „Wer bitte baut hier ein Spezialschloss ein? Und das ist hypermodern, kein Jahr alt, schätze ich. Anders als die zu den Folterräumen. Gib mir mal die Dose mit dem flüssigen Stickstoff, jetzt kommen die großen Geschütze."

Die farblose Flüssigkeit siedet bei -196°C, läuft in alle Sicken und Hohlräume der Mechanik, vereist sie und macht sie spröde. Mauro hatte nicht an der Qualität gespart, das Zeug war wirklich gut. Nach ein paar Minuten konnte ich mit Hammerschlägen auf einen Schraubenzieher den Schließmechanismus stückweise herausbrechen. Wir waren drin.

Noch mehr Kälte schlug uns entgegen, als wir den nächsten Raum endlich betreten konnten. Aus alter Gewohnheit griff ich nach rechts, fand den Lichtschalter – Neonröhren erwachten kühl flackernd zum Leben.

„Heilige Scheiße!" Peter drückte es passend aus, wobei er sicher nicht die Stromversorgung meinte, sondern die komplette Metzgerei, die hier aufgebaut war. Ich sah ein Bolzenschussgerät, mehrere elektrische Knochensägen, zwei Messerblöcke für Tranchiermesser, Gummischürzen und anderes Zeugs, das ich nicht kannte. In der Mitte des Raumes stand ein riesiger Tisch aus Edelstahl mit Abläufen für Blut, das in einem großen, weißen Plastikeimer gesammelt werden konnte. An der Wand hingen drei ausladende Waschbecken, dazwischen standen raumhohe Schränke. Links lehnten Schrubber und Abzieher an der Wand. Alles war penibel sauber, als sei das ein Vorzeigebetrieb der Metzger-Innung.

Ich sagte: „Bleib hier an der Tür und halte mir den Rücken frei, ich seh mir das an."

Peter nahm seine Glock aus dem Hosenbund, ihm war sichtlich unwohl zumute. Die Schränke waren nicht verschlossen. Links eine Kleiderstange, rechts Fächer. Auf Augenhöhe fein säuberlich zusammengelegt, drei T-Shirts, zwei Tops. Darunter Unterwäsche – zwei Boxershorts, ein *Schiesser Feinripp*, zwei Damenslips. Im untersten Fach aufgerollte Socken, fünf Paar. In Reih und Glied auf dem Boden des Schrankes, Herrenschuhe – sportliche Modelle, drei Paar, Damen-Sneakers, zwei Paar. Auf Bügeln fünf Hosen – vier Jeans, eine Arbeitshose. Außerdem zwei Männerhemden, zwei Damenblusen, ein Sweatshirt der Firma *Geyer Gebäudereinigungsservice*. Das alles ergab eine seltsame und beunruhigende Mischung.

Der zweite Schrank enthielt Skalpelle, Sägen, Schaber, Rippenspreizer und andere Instrumente, von denen ich nicht wissen wollte, wofür sie gut, beziehungsweise schlecht waren.

Ich dachte an die Karte und die Beschreibung *Küche und Kühlung*. Doch für eine Küche fehlten ganz entscheidende Dinge, wie der Herd oder Töpfe und Pfannen – eigentlich alles. Dafür war die Kühlung in Form eines Kühlhauses direkt vor uns. Langsam ging ich auf die zweiflügelige Tür zu – so wie man geht, wenn man nicht will, aber muss. Mich beschlich ein beklemmendes Gefühl. Die Kontrollanzeige bescheinigte eine konstante Innentemperatur von -18°C. Tiefkühlkost. Das Ding brummte leise vor sich hin.

Als ich mit beiden Händen den langen Griff nach unten drückte, gab dieses Edelstahlmonster ein sattes, schmatzendes Geräusch von sich. Drinnen schaltete sich das Licht beim Öffnen der Tür automatisch ein. Eisige Luft schlug mir entgegen. Der Druckausgleich hatte die Fleischstücke an den Haken zum Schaukeln gebracht, als tanzten sie zu lautloser Musik. In zwei Regalen lag tiefgefrorenes Fleisch. Ich las *Nieren, Leber, Rücken, Verschnitt.* Neben mir spürte ich Peter, er hatte es auf seinem Posten nicht mehr ausgehalten. Er stützte sich am Türrahmen ab und flüsterte: „Was ist das für eine Scheiße?“

Ich wusste, was er dachte, auch mir hämmerte der Gedanke im Kopf: Wir hatten sie gefunden.

Wir standen im Lager des Hunters.

41

„Philip“, flüsterte Peter. Sein Blick flatterte, sein Atem ging stoßweise – er durfte jetzt nicht durchdrehen! So hatte ich ihn schon einmal erlebt – als er mich an den Stuhl gefesselt und *bearbeitet* hatte. Jetzt starrte er auf die Fleischbrocken und stammelte immer: „Nein, nein, nein …“

Mir war schwindelig. Lagen hier die Überreste von sechs Menschen? Was war das? Der Tiefkühlschrank eines Kannibalen?

Peter trat neben mich, seine Hand krallte sich in meinen Oberarm. Sein Griff wurde immer kräftiger. Die Tür schlug ganz plötzlich hinter uns zu und alles versank in Finsternis.

Ich fluchte. Peter schaltete die Taschenlampe an, leuchtete die Tür von innen ab.

„Scheiße, hier fehlt der Griff, Wolf!“ Er heulte auf und warf sich mit der Schulter gegen die Tür, prallte ab. Aussichtslos. Und unser Werkzeug lag draußen. Lernten wir denn nicht dazu? Der Anblick hier drinnen hatte uns aus der Bahn geworfen. Auch ich machte meine Lampe an. Das schaukelnde Fleisch warf grotesk tanzende Schatten auf die Wände und meinen Freund.

Es lebt, schoss es mir spontan durch den Kopf.

Ich schüttelte den albernen Gedanken ab. Peter schrie erneut schrill auf, trommelte mit beiden Fäusten an das Metall.

„Peter! Reiß dich zusammen." An der Schulter drehte ich ihn zu mir herum. Sein Atem schoss in weißen Wolken auf mich zu, vermischte sich mit meinem. Seine Augäpfel waren nach oben gerollt, die Lider flatterten. Er schlug unkontrolliert mit den Armen. Die Glock in seiner Rechten zuckte zu mir hoch. Ich umklammerte ihn – fest genug, damit er mich nicht verletzen konnte, aber auch gerade nur so viel wie nötig, damit er nicht noch mehr ausflippte.

Hoffentlich schießt er mir nicht ins Bein, dachte ich.

Mein Mund lag an seinem linken Ohr, ich flüsterte beruhigend auf ihn ein. Minutenlang. Dann polterte seine Waffe zu Boden und er sackte in sich zusammen. Vorsichtig ließ ich ihn an der Tür herunter. Er erschlaffte immer mehr und wimmerte nur noch leise. Ich kickte die Glock in die Ecke – außer Reichweite.

„Ich lass dich jetzt los, Peter."

Ich löste den Griff ganz. An die Tür gelehnt blieb er sitzen, das Gesicht aschfahl, die Hände zitterten.

„Philip", flüsterte er und sah zu den Fleischstücken an der Decke hinauf.

„Das kannst du nicht wissen, Peter."

Mein Herz schlug mir bis zum Hals. Es war eine Extremsituation, hier in diesem Kühlraum eingesperrt worden zu sein. Zudem fraß sich die Kälte durch meine Uniform, meine Bewegungen wurden steifer, die Finger taub – ich musste hier raus, solange ich noch eine Waffe halten konnte.

„Peter, in ein paar Minuten bist du wieder in deiner Bude, dann hat der Albtraum hier ein Ende."

Apathisch starrte er vor sich hin – was mir lieber war, als wenn er durchdrehte. Ich rieb die Hände aneinander und untersuchte die Wand neben dem Türschloss. Dazu musste ich die Behälter für Leber und Nieren aus dem dort angebrachten Regal nehmen und auf den Boden stellen. Ich wusste, dass es bei Kühlkammern dieser Größe Vorschrift war, die Tür von innen entriegeln zu können. Das sollte zum einen durch einen Griff gewährleistet sein, der hier jedoch abmontiert worden war, zum anderen aber auch durch eine mechanische Entriegelung in einer Klappe neben dem Schloss. Vor dieser Sicherheitsvorschrift hatte es etliche tödliche Unfälle gegeben und Mitarbeiter hatten ihren Kollegen am nächsten Morgen erfroren hinter verschlossenen Türen aufgefunden.

„Ha!" Ich hatte den Hebel gefunden, zögerte aber. Meine Finger waren steif, ich rieb sie an der Hose. Sie wurden beweglicher. Dann erst zog ich meine Waffe aus dem Holster. „Peter, geh von der Tür weg. Ich werde sie jetzt öffnen. Wer weiß, was uns erwartet."

Schnaufend rollte er beiseite. Er reagierte wieder auf mich, das war gut. Ich machte mich bereit, zog den Hebel.

Klick!

Die Tür sprang schmatzend auf, das Licht ging wieder an und flutete in die Metzgerei – hier brannte die Lampe nicht mehr. Der Edelstahl blitzte mir wieder entgegen. Schnell trat ich aus der Kammer. Raus aus dem Licht, wo ich ein perfektes Ziel abgab. Geduckt und mit gezogener Waffe leuchtete ich den Raum ab.

Niemand. Wir waren alleine.

Ich blickte mich kurz zu Peter um, sah ihn wieder mit der Glock in der Öffnung zur Kühlkammer stehen.

„Ich bin okay“, flüsterte er.

Na, hoffentlich!

Mit drei langen Schritten war ich an der Tür zum Gang. Auch hier war niemand mehr. Wer auch immer uns eingeschlossen hatte, war verschwunden. Vielleicht hatte er gedacht, die Sache wäre damit erledigt und er könnte uns irgendwann als Frischware auftauen. Ich dachte an die Sägen und Skalpelle und fluchte.

Ein Kribbeln wie von tausend Ameisen lief über meinen gesamten Körper, als dieser wieder wärmer wurde und das Blut schneller zu fließen begann. Die Haut juckte an Armen und Beinen. Meine Ohren glühten. Aber ich wollte mich nicht beschweren. Hinter mir wurde eine Schranktür geöffnet.

„Wolf! Komm her!“ Peter hatte seine Waffe auf den Seziertisch gelegt und begonnen die Kleidungsstücke aus den Fächern zu reißen. Er sah sie sich kurz an und sortierte sie auf fünf Haufen. Fünf Paar Schuhe, fünf Hosen, fünf Oberteile, fünf Paar Socken, fünf Unterhosen – *fünf Menschenleben.*

Er hielt das Sweatshirt hoch. *Firma Geyer. Gebäudereinigungsservice.* „Der Putzmann." Er zeigte auf die Damen-Sneakers. „Die Redakteurin."

Er brauchte nicht weiterzumachen, ich fiel ihm ins Wort: „Hör auf!"

Diesmal packte er mich an den Schultern, seine Augen glommen. Wieder erschrak ich vor seinem abrupten Stimmungswechsel. Er war vollkommen aufgedreht – kontrolliert aufgedreht, hoffte ich. „Wolf, du verstehst nicht. *Fünf!* Das sind die Klamotten von drei Männern und zwei Frauen, aber es ist keine Heimat-Uniform dabei. *Fünf, nicht sechs!*" Hoffnung sprudelte aus ihm heraus.

Langsam schüttelte ich den Kopf, mein Blick huschte unaufhörlich zur Tür zum Gang. Das allererste Gebot: Standortsicherung. Wir sollten endlich anfangen, es ernst zu nehmen. Meine Gedanken rasten. „Das wissen wir nicht mit Sicherheit ... Philips Uniform wurde verbrannt in seinem Wagen gefunden. Von der Kleidung ausgehend fehlt zwar ein Mann, aber wir wissen, nicht wer. Tut mir so leid."

Peter schien mir gar nicht zuzuhören. Er hatte sich gebückt und zog aus dem untersten Fach eine Aldi-Tüte hervor, die mir entgangen sein musste, weil sie zu weit hinten gelegen hatte. Den Inhalt kippte er neben seine Glock auf den Edelstahltisch. Ein Ring rollte über die Kante und fiel mit einem hellen Pling auf den Betonboden, um zunächst hopsend, dann rollend auf mich zuzukommen. Vor meinen Füßen kippte er um und blieb liegen. Ich hob ihn auf, las die Gravur in der Innenseite: Susanne, 06.12.1997. Nikolaus. Ich blickte zu Peter, der sich über Handys und Portemonnaies hermachte.

„Michael Winkelmann", las er laut vor und fummelte einen weiteren Führerschein zutage. „Georg Heuster.

Nadine Hochmuth.

Andreas Zaminski.

Silke Maier."

Silke Maier. Die Frau vom Monitor, dachte ich.

Er legte die Führerscheine fein säuberlich untereinander, richtete sie an den Kanten auf den Millimeter genau parallel aus – es hatte fast etwas Zwanghaftes. „Fünf Menschen. Philip ist nicht dabei!" Es klang jetzt flehentlich.

„Du hast Recht", sagte ich. Das war noch kein Beweis, aber ich wollte auch daran glauben.

Ich war auf dem Weg zum Heimat-Gebäude. Die Führerscheine hatte ich in der Brusttasche meiner Uniformjacke, den Rest der Sachen hatten wir zurückgelegt. Mit dem Magneten die Abschlusstür wieder verschlossen und zu guter Letzt das Duschgel abgewischt. Zumindest vom Gang aus gesehen waren wir nie dagewesen – nichts war hier beschädigt.

Auch wenn ich das Fleisch nicht genetisch untersuchen konnte, hatte ich keine Zweifel, wen wir da gefunden hatten. Also mehr oder weniger. Letztendlich konnte das nur eine DNA-Analyse zweifelsfrei klären. Spätestens morgen früh würde ich Altmann verständigen. Ich pfiff auf die geplanten drei Nächte und gab mir nur noch diese eine – zu viel hatte sich ereignet, zu viel hatten wir gefunden.

Mir schwirrte der Kopf. Der Hunter. Mister X. Wo waren die Grenzen? Ich musste Ordnung schaffen.

Ich sah auf die Uhr, mir blieben 20 Minuten bis Dienstbeginn. In einem Raucherhäuschen setzte ich mich auf die Bank. Vier davon waren um einen Standaschenbecher aus Edelstahl angeordnet, als sei er eine heilige Opferstätte. In mir rührte sich das Verlangen nach einer Zigarette, aber wie Peter nach Stumpen zu suchen, kam nicht in Frage. Mit dem Rücken lehnte ich mich an die kalte Wand aus Glas und schloss die Augen.

Was hatten wir? Mittlerweile sechs verschwundene Mitarbeiter. Fünf davon hingen wahrscheinlich – fein säuberlich tranchiert – im Bunker. In einer modernen Kühlkammer, die dort jemand nachträglich eingebaut haben musste. Keine Stasi-Technik. Dem modernen Schloss nach zu urteilen, etwa ein Jahr alt. Wir hatten die Kleidungsstücke und persönliche Sachen von fünf Vermissten gefunden – aber keinen Ausweis oder Führerschein von Philip. Außerdem hatten wir noch die Aussagen von Michael Winkelmann auf Facebook, einem Maskierten begegnet zu sein. Peter selbst war ihm begegnet. Nicht zu vergessen unsere unrühmlichen, gemeinsamen Intermezzi – das letzte keine halbe Stunde her. Wir wussten jetzt, wie er seine Opfer verschwinden ließ, kannten seine Transportwege und hatten sein gottverdammtes Lager gefunden. Das alles schrieb ich dem Hunter zu.

Doch wer war der Hunter? Welche Motive hatte er? Es sah aus wie das Werk eines Wahnsinnigen. Wer sonst sollte eine solche Kühlkammer anlegen? Von den Zerstückelungen ganz zu schweigen.

Was sprach für Stahl? Zum einen die Stasi-Karten in seiner Schublade, zum anderen die Tatsache, dass er dauernd hier herumschlich. Doch mehr konnte ich objektiv nicht finden. Dass er ein Arschloch war, machte ihn nicht automatisch zum menschenhassenden Serienmörder.

Ich dachte über Mauros Bemerkung nach, dass sich verschiedene Geschichten vermischen. Oder war es doch nur eine Geschichte? War Stahl der Dreh- und Angelpunkt? Hatte er die Anschläge auf mich verübt, beziehungsweise in Auftrag gegeben? Waren der Hunter und Mister X ein und dieselbe Person? Warum hielt man von Seiten der Polizei und des *DDR* die Ermittlungen unter Verschluss? Gut, man wollte keinen Skandal, wollte verständlicherweise Ruhe bewahren – aber wo zum Teufel waren die Ermittler? Altmann war kaltgestellt und die von ganz oben an dem Fall dran – sagt er jedenfalls. Ich sah aber niemanden.

Wie ich es drehte und wendete, ich hatte mehr

Fragen als Antworten. Ich konnte nur hoffen, dass das Foto etwas in Gang setzte und zwar bald.

Ich öffnete die Augen und sah zum Bunker hinüber.

Die Stasi, dachte ich. War es Zufall, dass dort unten ein verschollener Stasi-Schläfer wie Dornröschen auf den Prinz wartete? Dass dort Räume existierten, in denen im Namen des Staates gefoltert und gemordet worden war? Ging es um die fünf Paletten TNT? Ein starkes Motiv. Damit konnte man allerhand Unheil anrichten.

Ich seufzte. Das Gefühl, etwas Entscheidendes übersehen zu haben, bohrte sich wie ein Stachel immer tiefer in mein Fleisch.

Ein kalter Wind fuhr in das Häuschen und wirbelte Asche in einer Spirale nach oben. *Asche zu Asche.* Ich schlug den Kragen hoch, machte mich auf den Weg zur Heimat.

Mit jedem Schritt wurde es eisiger.

42

„Hey, Wolf.“ Ralle schnürte sich die Schuhe.

Ich hatte den Umkleideraum betreten. Meine Kollegen machten sich für den Dienst bereit, nur Klaus fehlte.

„Guten Abend, Kollegen“, sagte ich und öffnete meinen Spind auf der Suche nach frischen Batterien für die Taschenlampe. Wir bekamen pro Monat ein Päckchen und mussten damit auskommen. Nun ja, mein Verbrauch durch die Exkursionen war stark erhöht, aber weil ich mir nur noch diese eine Nacht gab, sollten frische her. Sicher war sicher.

Marcel hob die Hand, Schorsch musterte mich von oben bis unten und schüttelte den Kopf. „Pennst du in der Uniform, Wolf? Oder hast du schon wieder eine Schicht hinter dir?“

Ich rang mir ein Lächeln ab. „Weder noch, war nur früher da. Konnte nicht schlafen.“

„Das kenn ich“, sagte Ralle. „Nachtschicht ist scheiße, da kommt dein ganzer Bio-Rhythmus durcheinander.“

Ich blickte freundlich von einem zum anderen. Keiner von ihnen machte einen nervösen Eindruck. Hatten sie das Foto schon gesehen? Es sah nicht danach aus. Wahrscheinlich erst, wenn sie vor den Bildschirmen saßen.

Klaus kam auf den letzten Drücker. Er machte fahrige Bewegungen und sah aus, als habe er zwei Nächte nicht geschlafen. „Sorry, Kollegen. Stress zuhause." Seine Blumenkohlohren glühten wie die Positionslichter einer landenden 747.

Die drei anderen Daltons verließen plaudernd den Raum. Ich war mit Klaus alleine.

„Alles okay?", fragte ich ihn.

„Hast du das Foto gesehen?" Er stopfte sich das Hemd hektisch in die Hose, leckte sich unentwegt über die Lippen.

„Welches Foto?" Na, also! Ging doch. Es konnte losgehen.

„Hier", er wischte auf seinem Smartphone herum, streckte es mir mit zittrigen Fingern entgegen. *Löffelchen.* Gestochen scharf. Hübsch. Perfekt komponiert. „Wer schickt denn so was krankes, Wolf? Schau dir mal die Empfängerliste an, da stehen wir alle drin. Du hast das auch gekriegt!"

„Echt? Hab meine Mails noch gar nicht gecheckt. Zeig her. Bist du deshalb so durch den Wind?"

„Scheiße ja!" Er schaute hinter sich, als rechnete er mit Lauschern. Mit gesenkter Stimme raunte er: „Gegen mich läuft eine Anzeige wegen schwerer Körperverletzung. Und einer von euch will mich mit den Fotos erpressen! Es muss einfach einer von der Heimat sein, wer sonst kennt unsere Namen. Schau dir nur mal den Betreff an!"

Gruß aus der Heimat.

„Eindeutiger geht's nicht, Wolf! Der Absender sagt mir nichts, aber jeder hier kann sich die Adresse gesichert haben." Er steckte sein Smartphone wieder weg. „Ich habe keine Ahnung, wie überhaupt einer von der Sache erfahren konnte."

„Du hast die beiden zusammengeschlagen?" Was erzählte Klaus mir da?

„Nein, die nicht! Aber letzte Woche haben mich zwei Typen dumm angemacht. Ich war voll, bin ausgerastet und hab sie auf der Straße liegengelassen."

„Mal langsam, ich versteh nur Bahnhof. Du hast zwei Typen vermöbelt, aber es sind nicht die vom Foto?"

„Wolf, ich versteh das ja auch nicht! Aber wenn Stahl von der Anzeige erfährt, fliege ich."

Au Mann! Kein Wunder, dass er halb durchdreht. „Warum schickt dein Erpresser die Fotos an alle? Hat er Geld von dir verlangt?" Bei einem hatte ich auf jeden Fall für Aufregung gesorgt – wenn auch anders als beabsichtigt.

Klaus knöpfte die Jacke zu. „Bis jetzt noch nicht. Das kann doch kein Zufall sein!"

„Warum erzählst du mir das?" Er war nicht mein Mann.

„Weil ich deine Hilfe brauche und dir vertraue. Du bist anders. Die Geldforderung lässt bestimmt nicht lange auf sich warten. Wolf, ich brauche den Job."

„Okay, beruhige dich. Ich guck, wie die anderen darauf reagieren. Vielleicht hat das alles ja nichts mit dir zu tun."

Klaus schloss fahrig den Spind. „Danke, das bedeutet mir viel. Können wir heute tauschen? Ich bin zu nervös. Kannst du die Kontrollgänge übernehmen und ich bleibe in der Zentrale? Hast auch doppelt was gut bei mir."

Darüber musste ich nicht nachdenken. Heute Nacht musste ich da draußen sein. „Klar, mach ich gern. Und beruhige dich, das ist bestimmt nur ein Missverständnis."

„Wer's glaubt", Klaus gab mir die Hand. „Danke, Wolf."

In seinen Augen spielte die nackte Angst.

„Zentrale, hier Wolf. Kontrollpunkt 9 ist okay. Bin auf dem Weg zum Kleeblatt. Wolf Ende."

„Hier Zentrale. Verstanden. Zentrale Ende."

Klaus hörte sich noch immer angespannt an. Am liebsten hätte ich die Sache erklärt, aber das konnte ich nicht riskieren. Ich war auf die Reaktion der anderen gespannt.

Über mir schrie ein Vogel, ich sah zum Himmel. Schwere Wolken verdeckten die Sicht auf die Sterne. Es roch nach Regen, der Wind hatte nachgelassen.

Zehn Minuten, dachte ich. Noch zehn Minuten, dann gehen die Schleusen auf.

Mit meinem Dienstausweis gelangte ich in das Kleeblatt. Im Atrium brannte die Nachtbeleuchtung und zeichnete tiefe Schatten in Ecken und Nischen.

Die Türen zu den Studios waren geschlossen. Ich ging die Kontrollpunkte der Reihe nach ab, prüfte die Notausgänge und Fenster. Als ich wieder an den Haupteingang kam, tobte draußen das prophezeite Unwetter. Der Regen kam waagerecht und schlug in Böen gegen die Scheiben. Literweise Wasser lief daran herunter, drückte sich durch die Gummis der Tür.

Mein Funk knackte. „Wolf, hier Zentrale. Kommen."

„Wolf hört."

„Gerade ist der Alte hier aufgetaucht. Ich dachte, das solltest du wissen – immerhin hat er dich besonders auf dem Kieker. Zentrale Ende."

Wenn das mal keine guten Nachrichten waren. Adrenalin strömte in meine Adern. „Danke für die Warnung. Wolf Ende."

„Ach Wolf?" Klaus hielt die Funkdisziplin nicht ein. „Meinst du, er ist wegen des Fotos da?" Seine Stimme klang gepresst.

Ich verdrehte die Augen und drückte den Knopf. „Vergiss mal das bescheuerte Foto. Wer sollte sich so viel Mühe machen und zwei Zusammengeschlagene nachstellen, wenn er es dir einfach sagen könnte?!" Zugegeben, ich konnte den Gedankengang sehr gut nachvollziehen, denn das Vorgehen wäre für einen Erpresser genial. So ein Foto schuf Eindruck, da knickten einige ein. Indem man es an alle schickte, übte man den größtmöglichen Druck aus. Mehr Macht konnte man nicht demonstrieren.

„Okay. Zentrale Ende." Überzeugt klang das nicht, aber ich war nicht seine Mutter – da musste er durch.

Stahl ist also hier! Dann ist die Familie komplett.

Ich sah in den Regen, der die Welt da draußen schluckte. Würde er im Bunker auf mich lauern, mich hinterrücks überwältigen, über die Doppelböden in die Klimaschächte ziehen, von da in den Kühlraum? Würde er es riskieren? Hatte er auf das Foto reagiert? Dass er auftauchte, war ein deutliches Zeichen. Doch wenn er jetzt erst auf das Gelände gekommen war, wer hatte Peter und mich in die Kühlkammer gesperrt? Das sprach gegen Stahl als Hunter. Es sei denn, er hatte erst danach das Gelände verlassen und war aus irgendeinem Grund zurückgekehrt. Vielleicht hatte er die Nerven, zwischendurch was essen zu gehen oder er war noch am Geldautomat oder … Ich bremste mich – ich hatte keine Ahnung.

Auf meine Kontrollgänge pfiff ich. Zwar würde ich mich wie vorgeschrieben alle 30 Minuten melden, aber ich würde im Bunker den Köder spielen. Ich prüfte noch einmal meine Waffe und schaltete zum Test die Taschenlampe ein und aus. Perfekt.

Über die Ader gelangte ich trockenen Fußes ins 3. UG. Begegnet war ich niemandem. Mein erster Weg führte zu Peter. Dösend lag er auf der Pritsche. Seine Augen waren geschlossen. Als ich ihn an der Schulter rütteln wollte, spürte ich die Glock in meiner Seite. „Schleich dich nicht so an, Wolf. Ich könnte mich erschrecken …" Er setzte sich auf, legte die Pistole neben seinem Oberschenkel ab und rieb sich die Augen.

Ich zuckte mit den Schultern und gab ihm seine Brille. „Sei nicht so empfindlich. Mach dich startklar, der Kapellmeister bittet zum Tanz. Freund Stahl ist aufgetaucht."

Peter stieß einen Pfiff aus. „Glaubst du wirklich, er ist der Hunter? Was hast du vor?"

Die Tüte mit den Handys stand unter dem Tisch. Ich holte eins hervor, aktivierte es und speicherte meine Nummer. Dann warf ich es ihm zu. „Hier. Falls wir uns trennen müssen. Wie bei dem alten Handy nur die Kurzwahl drücken."

Er steckte es in die Tasche, zog einen Rucksack zwischen den Beinen hervor und ging damit zum Tisch. Dort nahm er sein Nachtsichtgerät von der Stuhllehne und prüfte seine Funktion. Zusammen mit dem geliebten NVA-Messer wanderte beides in die Seitenfächer, dann setzte er den Rucksack auf. Die Glock steckte er wie gewohnt vorne in den Hosenbund. Er wirkte konzentriert und entschlossen.

„Vergiss die Karten nicht", sagte ich.

„Wie könnte ich."

„Also, wir gehen die Stockwerke ab. Ich gehe vor und spiele den Köder. Du folgst mit Abstand. Und halt ja die Augen auf!"

Er legte seine Rechte auf den Griff der Waffe. „Ich schieß dem Arsch ein drittes Auge."

Der alte Krieger hatte nur das feierliche Amen vergessen.

43

Der Plan war nicht perfekt, aber immerhin ein Plan.

Das 3. UG. Hier wollten wir anfangen. Peter war gut, ich sah und hörte nichts von ihm. Er folgte mir. Lautlos. Unsichtbar.

Die Kameras unter der Decke ignorierte ich, Klaus hatte andere Sorgen als die Monitore zu beobachten. Bestimmt versuchte er herauszufinden, ob Ralle, der Schranke machte, etwas mit dem Foto zu tun hatte.

Wir nahmen die Treppen, die Fahrstühle waren tabu. Peter hätte mich aus den Augen lassen müssen, schließlich konnten wir schlecht zusammen in die Kabine steigen.

Heute Nacht würde es passieren, ich spürte es. Ich wurde immer ruhiger, das war meine Natur. Locker lag die HK in meiner Hand. Ich wusste, dass ich nicht vor Aufregung zittern würde, sondern konzentriert war bis in die … Okay, vielleicht nicht bis in die Haarspitzen, aber Sie wissen, wie ich das meine.

Wenn ich mich nicht verzählt hatte, müsste das Zimmer mit dem Kühlraum jetzt kommen. Die nächste Tür …

… nur ein Loch in der Wand.

Scheiße!

Mein Arm flog hoch. Anschlag. Druckpunkt. Metall blitzte mir entgegen. Der Tisch. Ich hechtete hinein. Rollte ab. Drehte mich geduckt einmal im Kreis.

Leer!

Wirklich leer – der Schrank war offen, die Sachen verschwunden. Keine Klamotten, keine Schuhe, keine Tüten. Nichts.

Der Kühlraum! Kalte Luft kroch mir entgegen. Ein dunkler Spalt. Die Tür nur angelehnt. Mit dem Fuß stieß ich sie ganz auf. Das Licht ging an.

Leere Regale. Tanzende Fleischerhaken. Blitzend.

Kein Fleisch.

Keine Opfer.

Ich spürte eine Bewegung hinter mir, wirbelte herum. Anschlag, Druckpunkt, Entscheidung treffen – alles zur selben Zeit.

„Wolf, ich bin's." Peter, das Visier des Nachtsichtgerätes hochgeklappt. „Wer? Wann? Ich …"

Zwei knappe, gute Fragen auf den Punkt – mehr brauchte es manchmal nicht. Ich ließ die Waffe sinken. „Keine Ahnung. Stahl scheidet aus, der kann das alles nicht in einer halben Stunde erledigt haben." Ich trat an die Regale, fuhr mit den Fingern über die Oberfläche. „Absolut sauber."

„Wir sind Idioten, Wolf. Ich hätte Wache schieben sollen, von mir aus auch mit Pelzmütze hier drin."

Ich rieb mir die Augen. „Nicht einmal Fotos habe ich gemacht."

„Und jetzt?" Peter richtete seine Lampe auf mich, geblendet sah ich weg. Ich war genervt.

„Weitermachen, was sonst!" Ich drängte mich an ihm vorbei, wollte einfach raus hier. Mir kam es gelegen, dass ich mich routinemäßig melden musste.

„Ich muss hoch, den Schein wahren. Pass auf dich auf, ich bin gleich wieder da."

Wieder nahm ich das Treppenhaus. Ich war stocksauer auf mich. Vielleicht hatte ich es gerade gehörig vermasselt. Ich alleine.

Scheiße! Scheiße! Scheiße!

Im EG stieß ich die Tür auf der Westseite auf und trat ins Freie. Der Regen war einem Nieseln gewichen, feine Tropfen kitzelten in Gesicht und Nacken.

„Zentrale, hier Wolf. Kommen."

Ich wartete.

Nichts.

„Zentrale, hier Wolf. Kommen."

Ich wurde ungeduldig, überprüfte das Funkgerät. Es war eingeschaltet, die Frequenz stimmte.

„Zentrale kommen!"

Statisches Rauschen.

Wahrscheinlich war Klaus vorne bei Ralle und nervte ihn wegen des Fotos, dachte ich.

Unschlüssig schaute ich Richtung Heimat.

„Hil… kom… …olf." Wortfetzen. Silben.

„Zentrale, hier Wolf. Bitte wiederhole das, Klaus." Nicht gut. „Klaus kommen!"

Ich zückte mein Handy, wählte die Nummer der Schranke.

„Los! Geh ran, Ralle!"

Fehlanzeige. Bereits im Laufen versuchte ich die Zentrale. Nichts …

Gar nicht gut, dachte ich. Gar nicht gut …

Vor mir schälte sich das Heimat-Gebäude aus
em Dunst. Drinnen brannte wie abends üblich kei-
e Lampe – nur so konnte man hinaussehen, ohne
blendet zu werden. Monitore flimmerten, die Tür
ınd offen. Ralles Platz war verlassen, seine Tasse
ngekippt. Kaffee tropfte zu Boden.

Ganz und gar nicht gut!

Das Touchpad. Fünf Zahlen. Ich vertippte mich
:ht. Das Klacken.

„Klaus?!"

Keine Antwort. Nur brummende Monitore. Ich
ıete tief ein. Anschlag. Druckpunkt.

Rein!

Klaus.

m Stuhl. Eine Puppe. Leblos und schlaff. Die
ıe hingen zu beiden Seiten herab. Die Füße aus-
reckt unter dem Tisch.

:h roch Eisen. Verdammtes Eisen.

'ein. Nein. Nein.

on hinten trat ich an ihn heran. Mein Fuß er-
te ein schmatzendes Geräusch, ich rutschte et-
weg.

ein. Nein. Nein.

aus.

ıs Kinn lag auf der Brust. Starrende, leere Augen.
Überall. Auf Uniform, Tisch, den Monitoren.
ob seinen Kopf, sah die klaffende Wunde. Wi-
h, schwarz. Jemand hatte ihm die Kehle durch-
nitten. Sauber von einem Ohr bis zum anderen.

Er war an seinem eigenen Blut erstickt. Nein! Daran ertrunken.

Ich schloss ihm die Augen. „Tut mir leid, mein Freund."

Was war mit Ralle? Wer räumte auf? Und warum? An den Hunter glaubte ich nicht, der konnte nicht den Kühlraum cleanen und hierfür verantwortlich sein. Dazu hätte die Zeit nicht gereicht.

Mister X.

Mein Blick fiel auf das zweite Telefon. Standleitung zu den Bullen. Ich zögerte ... Alles lief aus dem Ruder. Ich versuchte Peter auf dem Handy zu erreichen. Die Tür immer im Blick, die HK bereit.

Der Teilnehmer ist momentan nicht erreichbar, bitte probieren Sie es zu einem späteren Zeitpunkt noch einmal.

War ja klar ...

Mein Blick fiel auf den Tisch vor den Monitoren, da stand was – in Blut geschrieben. Zwei Worte.

Kleeblatt. Jetzt!

So eine Psycho-Scheiße! Es sollte mir wohl eine scheiß Angst einjagen, mich einschüchtern – was weiß ich – vielleicht auch wütend machen. Was es auch sollte, es verfehlte seine Wirkung komplett. Nicht meine Natur.

Ich wischte mir das Blut vom Schuh und trat nach draußen an die Schranke. Weit und breit niemand zu sehen. Die Laternen umspielte ein Kranz aus Niesel. Der Asphalt glänzte. Das Kleeblatt.

Los!

Denken Sie nicht, ich würde blindlings in eine Falle laufen, aber eine solche Einladung kann ich nicht ausschlagen.

Die Eingangstür stand sperrangelweit offen, war verkeilt mit einem Stein. Weiterhin brannte nur die Notbeleuchtung. Ich musste nicht lange suchen. Mein Gegner hatte endgültig aufgegeben, *Blinde Kuh* zu spielen. Ein Pfeil aus Blut wies mir den Weg. Das Treppenhaus. Stufen mit Blut. Nach unten zum Klimageschoss.

Herzlich willkommen – stand auf das Türblatt geschmiert.

Ich könnte kotzen!

Wenn Sie es mit Psychopathen zu tun bekommen, dann ist mein erster und bester Rat: *Hauen Sie ab!* Denn alles Weitere entzieht sich Ihrer Kontrolle, lässt sich rational weder erklären noch begreifen. Suchen Sie gar nicht erst nach Logik, versuchen Sie nicht Schlüsse zu ziehen oder an den bereits erwähnten gesunden Menschenverstand zu appellieren.

Hauen Sie einfach nur ab!

Entscheiden Sie sich zu bleiben, dann rechnen Sie mit dem Schlimmsten. Rechnen Sie damit, getötet zu werden oder töten zu müssen. Erwarten Sie keine Gnade, zeigen Sie keine Gnade.

Das ist kein Spaß!

Ich weiß, worauf ich mich einlasse. Das hier ist nicht mein erster Psychopath. Aber es kann mein letzter sein, dessen bin ich mir bewusst. Ich war äußerst wachsam. Der Psycho wollte spielen.

Psychos wollen immer spielen. Sie bereiten etwas vor. Akribisch. Liebevoll. Nur für Sie. Sie sollen die Fassung verlieren. So lief das in der Regel. Was er erreichen will? Macht. Absolute Macht über Sie. Sind Sie sich dessen bewusst, können Sie sich darauf einstellen. Das heißt nicht, dass Sie überleben werden. Das heißt nur, dass Sie es ihm schwerer machen können. Von jetzt an gibt es kein Zurück. Sie haben sich entschieden. Und denken Sie daran: Zeigen Sie keine Gnade. Liegt das nicht in Ihrer Natur, sollten Sie jetzt nicht hier sein.

Ich war aber hier und mir all dessen bewusst. Man kann sogar sagen, dass ich mich auf eine schräge Art freute. Dabei ging es nicht um Rache, sondern um jagen und gejagt werden. Nicht anders hatten unsere Vorfahren gelebt. Zu nichts Anderem war ich ausgebildet worden.

Ich folgte der perversen Spur aus Blut und ging vorbei an Filteranlagen, containergroßen Schaltkästen und Klimaelementen. Das Licht reichte aus, um halbwegs gut sehen zu können. Die Lampe ließ ich in meiner Tasche, wollte eine Hand frei haben. Des Öfteren habe ich in solchen Situationen erlebt, dass es schlagartig dunkel wird. Dann sollten Sie zusehen, so schnell wie möglich vom Fleck zu kommen. Beispielsweise mit einer Rolle zur Seite und anschließenden leisen, vorsichtigen Schritten. Gehen Sie in die

Hocke, immer zum Sprung bereit. Nutzen Sie die Stille, um sich zu orientieren und beten Sie, dass Ihr Gegner kein Nachtsichtgerät benutzt wie unser Peter.

Das Licht blieb an.

Die Spur führte weiter ins Zentrum. Ich ging seitwärts, mit kreuzenden Schritten. Immer wieder sprang eine der Anlagen an. Auf meine Ohren würde ich mich nicht verlassen können. Trichterförmig liefen die Klimaelemente in der Mitte der Etage zusammen und ließen nur den zwei Meter großen Kreis frei. Vor ein paar Tagen stand ich in dessen Zentrum. Genau da, wo jetzt irgendetwas von der Decke hing. Ein flaches U. Darunter alles schwarz. Fußspuren führten weg. Die HK zuckte hierhin und dorthin, kreiselnd scannte ich die Umgebung. Konzentriert. Fokussiert.

Er war hier.

Eisen. Immer wieder Eisen. Es gelangte über die Atemwege in meinen Körper, legte sich schwer auf meine Schleimhäute. Ich konnte es nahezu schmecken.

Hatte ich Ihnen gesagt, dass es schlimmer werden konnte?

Das flache U …

War Klaus auf grausame Art gestorben, so war es relativ schnell gegangen. Das zweifelhafte Glück hatte Schorsch nicht gehabt. Den Rücken durchgebogen hing er an Händen und Füßen gefesselt von der Decke. Wie bei meiner Ratte hatte ihm jemand den Bauch von unten nach oben aufgeschlitzt. Darmschlingen hingen heraus und berührten den nackten Beton. Es tropfte noch Blut über die Innereien zu Boden – viel konnte es nicht mehr sein.

Ich berührte seinen Hals. Gewissheit.

„Tut mir leid, mein Freund", murmelte ich zum zweiten Mal. Kein nervöses Zucken mehr. Vorbei. Ich schloss ihm die Augen.

Blutige Fußspuren verschwanden zwischen Rohren und Kästen. Eine perverse Schnitzeljagd. Immer wenn ich glaubte, die Spur zu verlieren, wurden die Fußabdrücke wieder kräftiger. Mir drehte sich der Magen um.

Ein roter Punkt, mattglänzende Türen – der Fahrstuhl. Ich starrte ihn an. Blut auf dem Knopf, noch frisch.

Er wollte mich haben!

Er sollte mich haben!

Pling.

Ich stand seitwärts. Die Türen glitten auf.

Leer.

Ich sah mich um.

Er sollte mich haben!

Ich schlüpfte hinein. *Klappe zu, Affe tot?*

Ein weiterer Pfeil aus Blut. Die 6.

Also los!

Zahlen flossen ineinander. Ein Ruck. Kein Licht.

Tja, was Sie am besten machen, wenn das Licht ausgeht, habe ich Ihnen geschildert, nur nützt Ihnen das nichts in einem Fahrstuhl.

Wenigstens duckte ich mich weg. Ein Luftzug von oben. Er wischte an meinem Gesicht vorbei. Etwas legte sich um meinen Hals. Eine Schlinge! Zu spät.

Ich hatte es nicht anders gewollt.

44

Mit einem Ruck zog sie sich zu und mich mit aller Gewalt nach oben.

Es fühlte sich an, als ob mir der Kopf abgerissen würde. Die Welt begann zu pfeifen und explodierte in den Farben des Regenbogens. Irgendwie schaffte ich es, die freie Hand zwischen Hals und Schlinge zu bekommen.

Wertvolle Zeit.

Luft unter den Sohlen – wie ein Fisch an der Angel.

Das Gefährlichste in dieser Situation war nicht, dass ich nicht mehr atmen konnte. Das Gefährliche war, dass kein Blut mehr zum Gehirn floss. Die Schlinge quetschte mir die Halsschlagader ab. Kein Blut, kein Leben.

Er hatte mich …

Der Regenbogen verlor seine Farbe. Das Pfeifen verebbte. Mein Fuß. Der Handlauf. Einen Versuch noch. Mit den Zehenspitzen spürte ich die Rundung, fand Halt, drückte mich mit aller Kraft ab. Gleichzeitig flog der Arm mit der HK nach oben. Ich war blind. Taub. Einhändig. Scheiß auf den Druckpunkt. Keine Zeit mehr.

Feuer!

Feuer!

Feuer!

Die Kugeln durchschlugen die Decke der Kabine.

Ich fühlte mich fast schwerelos. Etwas riss weiter an meinem Kopf. Meine Arme fielen nutzlos nach unten, ich verlor die Waffe und den Halt. So schwerelos … Ich hatte gekämpft, ich hatte verloren. Der Regenbogen war schwarz geworden.

Scheiß Psychopathen …

Ich schwebte nicht mehr, ich fiel. Blut schoss wieder durch meine Adern. Schlagartig war der Regenbogen wieder da, überstrahlte alles. Ein Aufprall wie der Schlag des Arztes auf den Hintern eines Neugeborenen. Und ich schrie. *Ich atmete.* Warme Flüssigkeit tropfte in mein Gesicht, lief mir in den Kragen, in meinen Mund. Eisen. Ich spuckte es aus, spürte etwas fallen. Dann traf mich ein Körper, erwischte meine Brust und blieb auf mir liegen. 80 Kilo – mindestens. Meine zittrigen Finger tasteten nach dem Körper. Ich lachte. Meine Finger ertasteten Haare. Alles klebrig. Ein Loch – groß wie eine Faust. Warm. Ich ertastete den Nacken. Den Hals. Ich lachte. Die Hände wollten sich nicht beruhigen, wie sollte man so den Puls fühlen. Ich konnte nur lachen. Und ich wusste es auch so. Das Loch. Der Kerl war tot. Mausetot.

Klappe zu, Affe tot.

Wie lange hatte ich in dem Fahrstuhl gelegen? Das Gemisch aus Pulverdampf und Blut hing noch in der Kabine. Nur langsam kehrten die Kräfte zurück. Ich spürte keine Schmerzen. Das Adrenalin. Mit Mühe schob ich den Kerl von mir runter. Alles war verschmiert. Ich setzte mich auf, lehnte den Rücken an die Wand. Licht! Ich kramte die Taschenlampe heraus. Über mir ein schwarzes Loch. Neben mir ein schwarzes Loch. Ein Hinterkopf, der fehlte. Ich erkannte die Heimat-Uniform. An der Schulter drehte ich den Toten auf den Rücken. Aus leeren Augen starrte mich Ralle an. Das Gesicht war seltsamerweise unversehrt. Ich öffnete seinen Mund, konnte mit der Lampe durch ihn hindurchleuchten. Er hatte buchstäblich Blei geschluckt. Die beiden anderen Kugeln hatten ihn von schräg unten in den Rumpf getroffen.

Ich hustete. Der Schmerz kam jetzt, langsam – aber ich lebte.

Scheiß Psychopathen!

Ich brauchte weitere endlose Minuten, um mich zu erholen. Dann zog ich mich am Handlauf nach oben. Die Anzeige war tot, trotzdem drückte ich die Knöpfe.

Nichts.

War ja klar.

Ich fand meine HK unter Ralles rechtem Bein und steckte sie zurück ins Holster. An seiner Uniform wischte ich mir das Blut von der Sohle meines linken Schuhes. Dann stellte ich diesen Fuß wieder auf den Handlauf, nahm die Taschenlampe in den Mund und stieß mich so gut es ging ab. Mit beiden Händen erwischte ich die Kante des Loches in der Decke und krallte mich fest. Mit einem Klimmzug zog ich mich hoch, bis beide Ellenbogen auf dem Dach lagen. Der

Rest war ein Kinderspiel und ich stand auf dem Kabinendach.

Eine Wartungsleiter war an die Schachtwand geschraubt. Ich ließ die Stufen aus, an denen noch Reste von Ralle klebten. Stieg hinauf, bis ich mühsam die Tür zum nächsten Stockwerk aufschieben konnte. Ich zog mich hoch und stand im Gang. Im Zwielicht der Nachtbeleuchtung sah ich an mir runter. Meine Uniform war mit Blut besudelt, da konnte selbst eine chemische Reinigung nichts mehr ausrichten – aber es war nicht mein verdammtes Blut, das war die Hauptsache.

Neben dem Fahrstuhl stand die Stockwerkzahl – der 4.

Automatisch überprüfte ich meine HK, lud die verschossenen Patronen nach, prüfte die Beweglichkeit des Schlittens – meine Ausbildung war mir in die DNA eingebrannt.

Über das Treppenhaus gelangte ich ins Freie. Auch das Nieseln hatte nachgelassen. Die Luft war glasklar.

Ralle, der Hunter! Sollte ich mich so in ihm getäuscht haben? Aber genau das macht Psychopathen so gefährlich – die Fähigkeit sich absolut anzupassen, unsichtbar unter uns zu leben. Im Gegensatz zu Stahl – das heißt jetzt nicht, dass er zwangsläufig ein Unschuldslamm war. Also, Ralle der Hunter! Und Mister X? Was ist mit ihm?! Es war immer noch verwirrend.

Ich musste Altmann verständigen, der Rest war Polizeiarbeit.

Meine Augen tränten noch vom Pulverdampf, ich kniff sie zusammen. Zu dem Pfeifen in den Ohren gesellte sich ein Klingeln. Ich brauchte etwas, um zu kapieren, dass es mein Handy war.

Peter! Niemand sonst hatte die Nummer.

„Wolf, hör zu“, flüsterte er. Ich konnte ihn kaum verstehen. „Der Hunter klettert über die Klimaschächte aufs Dach. Ich bin dran. Ich krieg die Sau!“

Der Hunter?! Was erzählte er da? Der lag tot in der Kabine! Zwei Kugeln im Rumpf, eine im Gesicht.

Das Gesicht!

Maskiert – blitzte es in meiner Erinnerung auf.

„Peter! Nein, warte auf mich! Das ist zu gefährlich. Ich bin in ein paar Minuten bei dir.“

„Vergiss es, Wolf. Ich muss hinterher, sonst ist er weg.“ Er legte auf.

Maskiert – Ralle war nicht maskiert gewesen. Ralle war womöglich nicht der Hunter.

„Idiot“, schrie ich und wusste nicht, ob ich Peter oder mich meinte.

Der Tanz ging ohne mich weiter.

45

Ich lief. Minuten kamen mir wie Stunden vor. Ich ignorierte meine schmerzenden Knochen und die brennenden Augen. Nur noch diese Büsche da, dann hatte ich den Bunker im Blick und sah direkt zum Dach hinauf. Wie eine Krake ragten die Arme des Fensterputzer-Krans über die Kante. Kurz bevor ich den Schuss hörte, sah ich das Mündungsfeuer aufblitzen. Ich rannte so schnell ich konnte weiter.

Ein weiterer Schuss. Zwei Gestalten an der Kante. Die Arme nach oben gestreckt. Sie drehten sich. Hin und her. Ein komischer Tanz. Es blitzte in beiden Händen, es klang wie ein einziger Schuss.

Durchhalten Peter, dachte ich. *Halte durch!*

Aufs Dach! Ich muss auf das verdammte Dach!

Von hier konnte ich Peter nicht helfen. Der Bunker. 70 Meter hoch. Die HK aus dieser Entfernung fast so nutzlos wie eine gewöhnliche Steinschleuder – das lag nicht an der Reichweite, sondern an der Zielgenauigkeit. Pistolen sind für den Nahkampf, alles andere wäre Glückssache. Vergessen Sie heroische Kino-Pistoleros, die aus der Hüfte in 50 Metern alles wegballern – *Mega Bullshit!* Selbst zielen würde nicht viel bringen. Zu kurzer Lauf, kaum Stabilität, der kleinste Wackler potenziert sich Meter für Meter. Zudem war es dunkel. Was ich jetzt bräuchte war ein Gewehr, ein HK G36 mit Nachtsichtaufsatz NSA 80. Nachtkampffähig ab 20 Metern. Absolut perfekt. Ich liebte die Handlichkeit dieses Sturmgewehrs. Ein fetter Trumpf im Orts- und Häuserkampf. Damit würde ich treffen – dann wäre ich es, der dem Hunter das dritte Auge schießt.

Doch hätte, würde, können – was mir blieb war die HK P30.

Also musste ich aufs Dach!

Der Westeingang lag vor mir. 50 Meter. Ich wurde etwas langsamer. Mit dem Kopf im Nacken konnte man schlecht laufen. Die Tanzenden waren verschwunden. Weiter. 20 Meter. Ich sah jetzt nur noch geradeaus, gleich wäre ich am Sensor für die Tür. Die Pistole kam von oben und fiel knapp vor mir auf den Asphalt. Ein Schuss löste sich und ließ eine Scheibe im zweiten Stock explodieren. Prasselnder Glasregen. Ich riss die Arme hoch, schützte meinen Kopf, dabei taumelte ich weiter. Gleich hatte ich es geschafft.

Der Schrei schien direkt aus der Hölle zu kommen. Vier Sekunden, dann schlug der Körper keinen Meter neben mir auf. Vier Sekunden, dann endete der Schrei in einem dumpfen Klatschen. Wieder ein Geräusch, das ich nie vergessen werde. Etwas war mir an die Hosenbeine gespritzt. Verdrehte Gliedmaßen, der Schädel geplatzt. Die Kleidung. Der Vollbart. Die Brille – noch halb auf der Nase. Das NVA-Messer daneben. *Peter!* Blut verwischte seine Konturen immer mehr.

Nicht hinsehen.

Nicht hinsehen.

So hart es klingt. Die Gefahr lauerte oben. Ich war vielleicht der Nächste. Es war noch nicht vorbei.

Konzentration.

Ich hämmerte endlich meinen Dienstausweis gegen den Sensor. Scheiß Personenvereinzelungsanlage (allein das Wort bremste schon). Nach einer gefühlten Unendlichkeit glitt die Glastür zur Seite.

Die Fahrstühle!

Heldenhaft entschied ich mich für die schwebende Grabkammer, schneller würde ich die 16 Stockwerke nicht schaffen. Und ich käme nicht zitternd vor Anstrengung oben an, sondern würde eine ruhige Hand haben. Kampffähig. Zu 100 Prozent. Ich stand in der Kabine und schlug den Kolben der HK in den Spiegel.

„Los! Los! Los!"

Der 16. Leer und ruhig. Die Notbeleuchtung brannte.

Wie kam ich auf das verdammte Dach?

Im Treppenhaus ging es nur nach unten. Ich lief zurück, fand den Zugang zum Klimaschacht offen vor. Blauschimmernd und leer lag der Raum vor mir. Ich leuchtete zwischen den Rohren nach unten, sah nichts, schwenkte hoch. Nichts. Kalte Zugluft von oben traf mein Gesicht. Mit der Taschenlampe zwischen den Zähnen kletterte ich die Tritte hinauf, die HK im Holster – was blieb mir übrig?! Ich zwängte mich durch die Öffnung, stand in einer Art Kabine, nur eine Tür trennte mich vom Dach. Sofort zog ich wieder die Waffe. Geduckt stieß ich die Tür auf, sah über eine zerklüftete Landschaft aus Stahlhauben und Rohren, manche so dick wie eine Pipeline und so lang wie das Gebäude. Überall Aufbauten, Kästen und Parabolantennen – manche so groß wie ein Planschbecken. Ich könnte hier eine halbe Stunde stehen und würde immer noch Neues entdecken.

Schlecht, meinen Sie? Er könnte überall lauern – falls er denn noch hier oben war? Gut, sage ich. Denn es gab mir perfekte Deckung. Seien Sie nicht immer so negativ.

Zu sehen war niemand. Ich nutzte die Rohre und Aufbauten, um mich der Dachkante an der Westseite zu nähern. Tief geduckt huschte ich von Schatten zu Schatten. Mein Arm ruckte hin und her. Druckpunkt halten. Die Augen brannten, doch das beeinträchtigte mich nicht besonders. Das ganze Dach schien zu schnaufen, immer wieder öffneten sich Überdruckventile, Pumpen sprangen an, ein Windmesser quietschte.

Die Kante. Vielleicht 10, 15 Meter noch. Ich nutzte ein baumdickes Edelstahlrohr als Deckung und robbte jetzt. Was lag da? Ein Schatten mitten auf einer freieren Fläche. Er bewegte sich, erhob sich vor mir! Ein Mensch. Der Hunter! Seine Silhouette zeichnete sich im schwachen Gegenlicht von unten ab. Er wandte mir den Rücken zu, hielt einen Sack in der einen, eine Waffe in der anderen Hand.

Ich ging in die Knie und zielte. Der Schatten wirbelte herum. Er hatte mich bemerkt. Sein Arm zuckte hoch.

Ich schoss. Zweimal, so hatte ich es gelernt.

Die Projektile trafen ihn mitten in der Brust und schleuderten ihn nach hinten, als hänge er an einem Gummiseil. Ich hörte seine Waffe aufs Dach poltern, dann schlug er lang hin und blieb reglos liegen.

Vorsichtig näherte ich mich ihm, die HK immer auf ihn gerichtet. Zunächst kickte ich seine Waffe noch ein Stück weiter weg, erst dann leuchtete ich ihm ins Gesicht.

Stahl! Also doch. Seine Augen waren geschlossen und Blut lief ihm aus dem Mundwinkel.

Das Arschloch! Ich hatte ihn zur Strecke gebracht. Seltsamerweise verspürte ich keine Genugtuung, im Gegenteil, Trauer flutete meinen Körper. Ich ging in die Hocke, die HK baumelte an meiner Hand zwischen den Beinen. Ich dachte an Philip und an Peter. Mein Blick wanderte zur Kante, fast hätte Angry Stahl auch noch den Adler gemacht. Ich krabbelte den Meter hinüber, beugte mich vor, riskierte einen Blick. Die Umrisse auf den Platten des Weges. Ein Engel – Peter, in makabrer Schönheit. Mein Peter. Ich fluchte, stand auf und ging an Stahl vorbei zu dem Sack, den er in der Hand gehalten hatte.

Peters Rucksack! Schwer. In der Seitentasche das Nachtsichtgerät. Ich zog es heraus und legte es aufs Dach. Immer noch schwer. Ich öffnete das Hauptfach und leuchtete mit der Lampe hinein.

Was war das? Kerzen? Ein Kuchen? Happy Birthday?

Was zum Teufel …

Totenkopf und Registriernummer.

Scheiße, ein … ja was? Ein Sprengigel? Heißt das so? Ein Päckchen TNT, Zünder an allen Seiten. Mindestens 30.

Wahnsinn.

Einem oder mehreren Psychos hinterherzuhetzen, machte mir nicht sonderlich viel aus –, dieses Ding hingegen jagte mir eine scheiß Angst ein. Vorsichtig legte ich es ab.

Mein Handy! Altmann und die Kavallerie.

Allerhöchste Zeit.

46

Es läutete und klingelte gleichzeitig – wenn Sie verstehen, was ich meine. Anders gesagt, ich hörte das Freizeichen und zur selben Zeit ein Klingeln. Ich ließ das Telefon sinken. Es klingelte – ein paar Meter entfernt.

In einem solchen Moment gehen einem einige Möglichkeiten durch den Kopf, wie *da klingelt zufällig auch Peters Handy, das hier noch rumliegt, ich hab aus Versehen seine Nummer gewählt.* Oder: *Altmann ist schon hier, was für ein Glück.* Aber insgeheim weißt du, dass das nur eines bedeutet: *Du bist der größte Idiot auf diesem gottverdammten Planeten!*

Reflexartig ergriff ich das Nachtsichtgerät, drückte mich in den tiefen Schatten eines Schornsteins. Ich streifte mir die Riemen über den Kopf und klappte das Objektiv nach unten vor meine Augen. Den Schalter fand ich rechts. Es summte kurz. *Wow!* Meine Welt explodierte grün. Die Schatten waren schlagartig verschwunden. Es war nicht das erste Mal, dass ich so ein Ding trug, doch es überraschte mich immer wieder. Ich sah in die Runde. Niemand da.

Das Klingeln. Von vorne. Ich ging runter, nutzte wieder ein Rohr als Deckung, robbte durch die grüne Hölle. Das Klingeln wurde lauter. Vor mir tauchte ein schrankgroßer Kasten auf. Dahinter. Ich erreichte die Ecke, überprüfte noch einmal die Umgebung, dann schob ich mich langsam vor. Augenblicklich explodierte die Optik – es anders zu beschreiben, wäre untertrieben. Viel zu viel Licht ging von dem leuchtenden Display des Handys aus. Ich klappte das Visier des Nachtsichtgerätes hoch und brauchte ein paar Sekunden. Dann konnte ich das Handy erkennen – es lehnte am Fuß einer Antenne.

Unbekannter Anrufer.

Von wegen, dachte ich.

Ich trennte die Verbindung, zwei Sekunden später wurde Altmanns Handy dunkel und stumm.

„Waffe weg, Wolf! Ich sag es nicht zweimal!" Mein Freund Johannes. Hinter mir. Seine Stimme triefte vor Spott und Hohn.

War ja klar …

Für einen Sekundenbruchteil zögerte ich, aber dann öffnete ich die Finger und ließ die HK, wo sie war. Ich kannte ihn zu gut. Die Hände zeigend, stand ich auf und drehte mich vorsichtig um.

„He, he, schön langsam! Verschränk die Hände auf dem Kopf, alter Freund."

Er stand drei Meter vor mir. Sofort ging ich die Möglichkeiten eines Angriffes durch. Er lachte auf. „Vergiss es, Wolf. Ich hätte dich zweimal abgeknallt, bevor du auch nur die Hälfte des Weges zurückgelegt hättest. Das weißt du genau!"

Mit Sicherheit hatte er Recht …

Er sagte: „Tut mir leid, Tom. Aber du musstest ja unbedingt hier auftauchen. Es hätte soviel einfacher sein können … Immerhin hast du mir mit dem da

Arbeit abgenommen." Er deutete mit dem Kopf auf Stahl und lachte leise.

Mir brummte der Schädel, ich bekam das alles nicht zusammen. Was war mir entgangen?

„Wo ist Ralle?", fragte er überraschend.

Ralle?! Wir kamen der Sache näher. „Endstation Kleeblatt! Es hat ihm kein Glück gebracht."

Altmann nickte, das Blut auf meiner Uniform sprach Bände. Sein Blick blieb an meinem Hals hängen. „Nette Kette, Wolf. Souvenir von ihm." Das war keine Frage. Der Striemen brannte wie Feuer. Altmann war noch nicht fertig. „Ralle war ein guter Soldat. Loyal. Treu. Er hat an das System geglaubt. Mit Messer und Schlinge war er der Beste, den ich kannte. Es war seine Idee, es nach einem Psychopathen aussehen zu lassen – deshalb das viele Blut. Das wäre nur die logische Folge der verschwundenen Mitarbeiter und dem weggewischten Blut in den unteren Gängen. Keiner würde auf uns kommen. Auf mich sowieso nicht, und Ralle hätte sich selbst verletzt und finden lassen. Wahrscheinlich wär er sogar als Held gefeiert worden." Er machte eine Pause. „Du hast keine Ahnung, was hier läuft, Wolf. Stimmt's?! Ich habe deinen Freund Peter da unten sofort erkannt. Dummerweise bin ich ihm direkt in die Arme gelaufen. Was glaubst du, wie überrascht ich war, einen alten Genossen wiederzusehen?"

Alter Genosse? Soldat? So ein Gespräch hatte ich

schon mal geführt. Mit Peter – bei unserem feierlichen Wiedersehen vor ein paar Tagen im Keller.

Altmann ließ mich keinen Moment aus den Augen. „Und er reagierte doch tatsächlich auf die alte Losung. Er wusste sofort, wer ich war – ein Führungsoffizier, vielleicht sogar sein Führungsoffizier. Hat gefragt, warum ich jetzt erst komme und hysterisch gelacht. Aber er hat nicht mit sich reden lassen, dabei standen wir doch auf einer Seite. Ich hab sogar an seinen Eid appelliert – nichts. Er hat nur was von einem Sohn gefaselt und wollte mir an den Kragen." Er schüttelte den Kopf. „Der Narr, sitzt doch tatsächlich 24 Jahre in seinem Versteck und entscheidet sich dann für die falsche Seite. Welch eine Ironie."

„AGM/S", murmelte ich. Peters Truppe, wer sonst?! Die Arbeitsgruppe des Ministers Aufgabenbereich S, die Eliteeinheit des Ministeriums für Staatssicherheit – und ich hatte hier einen der Obermuftis vor mir.

„Ah, dir geht langsam ein Licht auf. Peter hat dich also informiert. Überrascht, dass es uns noch gibt, Wolf? Wir waren nie weg. Schläfer wie dein Freund sind das eine, niederes Fußvolk. Wir Offiziere haben Karriere gemacht, in Firmen, Politik, Polizei und Verwaltung. Überall." Mit seiner Linken fischte Altmann unsere Stasi-Karten aus seiner Gesäßtasche. „Was glaubst du, wie froh ich war, die hier bei ihm zu finden?!" Er machte eine flatternde Handbewegung mit den Bauplänen.

„Warum willst du die Karten, Johannes?"

Er verdrehte die Augen. „Verarsch mich nicht, das habt ihr längst herausgefunden. Der Raum mit dem TNT, ihr habt ihn sogar markiert. Ralle hat es in drei Jahren nicht geschafft, die Karten, geschweige denn den Raum, zu finden. Acht Tonnen Trotyl – wir haben Jahrzehnte danach gesucht."

„Wie kann man acht Tonnen TNT verlieren?"

Er lachte auf. „Dumme Geschichte. Wie die Schläfer, hatte man es versteckt." Er hielt die Karte hoch. „Die hier, wie noch viele andere, sollte eigentlich zentral aufbewahrt werden, aber der zuständige Genosse verschwand 1991 und wir schauten in die Röhre."

„Und du willst die alte DDR wieder?"

„Sei doch nicht blöd, Wolf! Wer glaubt denn noch an so einen Scheiß? Na gut, vielleicht so Deppen wie dein degenerierter Keller-Freund. Nein, aber weißt du, was das Zeug wert ist?! Ich habe vier Kunden an der Hand. Vier!" Er fuchtelte mit seiner Pistole. „Eigentlich muss ich mich bei dir bedanken! Du bist zwei Wochen hier und schon läuft die Geschichte. Hätte ich das vorher gewusst, hätte ich deinen bekloppten Ziehsohn höchst persönlich aus dem Verkehr gezogen."

„Philip!" Ich wurde wütend.

„Der Arsch hat hinter Ralle hergeschnüffelt. Wir hatten so eine gute Tarnung, du hast sie ja selbst genutzt."

„Wo ist Philip?"

Altmann zuckte die Achseln. „Keine Ahnung. Ehrlich. Er ist einfach verschwunden. Ich hatte Ralle in Verdacht, aber er bestreitet es. Aber wenn du mich fragst, Ralle ist ein sehr eifriger Mitarbeiter und er hat alles sehr ernst genommen … Nun, ich schätze, du hast es verpasst ihn selbst zu fragen." Sein Blick wischte für einen kurzen Moment Richtung Kleeblatt.

Jetzt!

Was soll ich sagen? Sie merken es, wenn der Moment gekommen ist. Sie treffen keine Entscheidung, Sie handeln. Wie ich …

Ich rannte und sprang auf ihn zu, verlor dabei das Nachtsichtgerät. Die Welt war eine Mündung. Klein. Schwarz. Hässlich. Und tödlich. Und diese Welt explodierte. Die erste Kugel traf mich in die Schulter, die zweite streifte meinen Arm. Meine Schulter hingegen bohrte sich in Altmanns Körpermitte. Ein perfekter Spear, auf den Punkt. Ich konnte den Sturz nicht mehr abfangen und schlug mit dem Kopf auf dem Boden auf. Meine Augenbraue platzte, Blut lief mir in die Augen. Ich rollte herum.

„*Wichser!*" Ein Tritt traf mich an den Nieren. Verschwommen erkannte ich Altmann, der schon wieder über mir stand, die Pistole auf meinen Kopf gerichtet. Die Welt wieder eine Mündung. Klein. Schwarz. Hässlich. Und tödlich. „Grüß Peter schön von mir, Wolf!" Er krümmte den Zeigefinger.

Ein Schuss wie die Geburt eines Universums. Altmann über mir wurde weggerissen. Meine Waffe! Instinktiv rollte ich zu ihr hinüber, wischte mir gleichzeitig die Schmiere aus den Augen. Mein Arm flog hoch. Anschlag. Druckpunkt. Wie bei einer geölten Maschine. Altmann war weg, dafür stand Stahl mit rauchendem Colt da. Fast hätte ich wieder geschossen.

„Nein! Nicht schon wieder, Kollege!“ Er hob abwehrend die Hand. „Wir sind auf einer Seite. MAD. Ich ...“ Weiter kam er nicht, wieder fing er sich eine Kugel. Sie schmetterte ihn gegen das Rohr an seiner Linken. Ich feuerte in Richtung des Mündungsblitzes, traf aber nicht. Der Querschläger jaulte gen Himmel. Altmann war zum Ausgang unterwegs, schoss blindlings in meine Richtung. Stahl stöhnte. Mit drei langen Schritten war ich bei ihm. Aus weit aufgerissenen Augen sah er mich an. Am Kragen zog ich ihn hinter die Rohre. Er versuchte ein Lächeln, es ging gründlich daneben. Ich sah kein Blut auf seiner Brust, nur Löcher in der Jacke.

„Weste!“, presste er auch schon hervor. „Schnapp dir den Arsch, Wolf!“

Ich schnappte mir zuerst das Päckchen TNT, klemmte es unter meinen verletzten Arm. Der Igel – Feuerkraft und Donnergott. Deckung nutzend und auf Beschuss gefasst, kämpfte ich mich zur Tür vor, die vom Dach ins Gebäude führte. Blut an der Zarge verriet mir, dass Altmann dahinter verschwunden war – der Hase im Bau. Hase und Igel. Wer wird der erste sein?

Weiter!

Es zählte nur eins: Altmann durfte das Lager mit

dem TNT unter *keinen* Umständen erreichen. Um zurück in die 16. Etage zu kommen, benutzte ich wieder die Leiter im Klimaschacht.

Welchen Weg hatte er von hier aus genommen? Ich fluchte, weil ich keine Lampe mehr hatte. Der Klimaschacht ersoff in Finsternis. Ich war still, konnte aber nichts von ihm hören. Durch die Wartungstür schlüpfte ich in den Gang. Blut wie rote Kiesel schimmerte im mageren Licht der Nachtbeleuchtung. Filz verzeiht nichts, schoss es mir durch den Kopf. Die Spur führte zum Fahrstuhl. Er surrte. Ein leuchtender Pfeil nach unten – auch Altmann bevorzugte die schnelle Variante.

„Showtime", murmelte ich. Die HK verschwand im Holster. Das Päckchen legte ich neben meine Füße. Mit dem Schraubenzieher hebelte ich die Fahrstuhltür auf, bis ich mit einer Hand und einem Bein den Spalt vergrößern konnte. Ich stemmte mich dazwischen. Die Kante drückte auf meine verletzte Schulter. Kurzzeitig wurde mir schwarz vor Augen, aber die Türen verhinderten immerhin, dass ich in den Schacht fiel. Ich musste es jetzt aushalten. Vor mir surrte das Fahrstuhlseil, die Kabine war noch nicht unten.

„Gute Reise und schöne Grüße", sagte ich und schob das TNT mit dem rechten Fuß durch den Spalt. Ich ließ den Igel fliegen. Dann kippte ich zurück in den Gang und die Türhälften schlugen hinter mir satt zusammen. Ich zählte leise vor mich hin und kam bis drei. Die Explosion erschütterte das Gebäude bis in die Grundmauern.

Ich lächelte. *Der Igel gewinnt immer.*

47

Die Anzeige über der Tür flackerte auf der 0.

Game over.

Mit pfeifendem Atem erschien Stahl neben mir. Mit dem Blut um den Mund sah er aus wie ein grinsender Clown. Es war das erste Mal, dass ich über Clowns lachen konnte, sonst fand ich sie eher gruselig. Er wollte was sagen, aber wieder entwich ihm nur ein Pfeifen. Er hustete. „Rippen", brachte er dann doch noch hervor. Er deutete auf den rauchenden Spalt der Fahrstuhltür und öffnete den Mund. Ich gewöhnte mich an seine pfeifende Aussprache und verstand: „Bomben-Überraschung, ist Ihnen gelungen. Scheiße Wolf, Sie sind echt krank. Für nen abgehalfterten Bullen nicht schlecht."

„Er oder wir, was hätten Sie denn lieber gehabt?! Weiter unten sind fünf Paletten von diesen Schuhkartons, da will ich keinen durchgeknallten Irren drauf sitzen haben."

„Wie viel?" Stahl musste erneut husten, Blutbläschen landeten in meinem Gesicht.

„Später", nuschelte ich.

Zusammen humpelten wir das Treppenhaus hinunter, fast schon fürsorglich drückte er seine Jacke auf meine Wunde.

Denken Sie jetzt nur nicht, wir wären beste Freunde. Wir hatten nur den gleichen Feind.

Im 2. Stock kamen uns maskierte Beamte einer

Spezialeinheit entgegen. Stahl hielt ihnen den Dienstausweis hin. Sie schrien Kommandos, Sanitäter eilten herbei. Ich seufzte und glitt an der Wand herunter. Zurück blieb eine Blutspur. Rot und schmierig.

Stahl trat zu mir, als man mich in den Rettungswagen schieben wollte. Die Perspektive kannte ich schon.

„Halt!", sagte er zu dem Arzt, der an einer Infusion über mir herumfummelte. Ärzte fummeln anscheinend immer an Infusionen rum. Es war leider nicht Vollbart, ein Vertrauter hätte mir jetzt gut getan. „Ich muss mit ihm sprechen."

„Aber machen Sie es kurz."

Wir sahen uns an, dann reichte ich ihm die Hand. „Sie sind trotzdem ein Arschloch, Stahl."

Er lachte auf. „Das hat meine Frau auch immer gesagt. Aber die hat immerhin nicht auf mich geschossen." Er machte eine kurze Pause. Ich nuschelte ein „Verzeihung" – immerhin hatte er mir das Leben gerettet. „Gern geschehen. Aber wir sollten nicht sentimental werden, das steht uns beiden nicht so richtig … Sie haben mir von Anfang an das Leben schwer gemacht, Wolf. Ich wusste nicht, was ich von Ihnen halten sollte. Sie sind mir bei der Observierung von Ralle Kramer in die Quere gekommen. Bin seit Monaten hinter ihm her. Natürlich hab ich Sie überprüfen lassen, dabei sind wir auf den Namen Peter Komarek gestoßen. Der zuständige Psychologe hatte in Ihrer Akte vermerkt, dass Sie wegen ihm damals hingeschmissen hatten. Er war kein Unbekannter für uns, das hat Sie noch verdächtiger gemacht. Über den Nachnamen habe ich ihn erst mit Philip in Verbindung gebracht. Wie gesagt, ich wusste nicht, wo Sie stehen."

„Hatten Sie Altmann auch auf dem Zettel?"

Er sah zum Dach hoch. „Ja. Der MAD wusste auch von dem TNT. Dass es fünf beschissene Paletten sein sollen, war uns allerdings nicht bekannt. Wir mussten das Risiko eingehen und Altmann und Ralle Kramer überwachen – und zunächst gewähren lassen. Wir wollten alle und jeden!"

Ich schnaubte. „Die haben vor Ihren Augen Mitarbeiter umgebracht!"

„Nein, nicht *die* beiden. Das ist ganz ausgeschlossen! Eine Sonderkommission arbeitet an den Fällen. Aber Altmann und Kramer waren es nicht. Das kann ich Ihnen versichern. Sie hatten in den fraglichen Nächten keinen Dienst. Teams haben sie überwacht. Sowohl Altmann als auch Kramer, beide haben wasserdichte Alibis."

Soviel zu Mister X und dem Hunter, dachte ich. Also doch zwei verschiedene Geschichten. Mauro hatte Recht, da vermischt sich was. „Und Philip?" Ich dachte an Altmanns Worte, dass ich Ralle hätte fragen sollen.

Stahl wischte sich über das Gesicht, er sah unendlich müde aus. „Ich weiß es nicht."

Ich packte ihn am Kragen und zog ihn zu mir runter. „Red keinen Scheiß, Stahl!" Mir wurde schwindelig. Der Arzt löste meinen Griff, drückte mich sanft nach unten.

„Ich weiß es wirklich nicht, Wolf! Er fällt wohl in die Zuständigkeit der Soko *Mitarbeiter*."

Altmann und Ralle würden auf jeden Fall keine Fragen mehr beantworten. Ich schüttelte den Kopf.

„Das war's", sagte der Arzt.

„Eine Frage noch, Doc!" Er wandte sich wieder an mich: „Wolf, wir brauchen noch Ihre Hilfe. Wo ist das TNT? Die Karte ist ja wohl nicht mehr." Er deutete mit dem Daumen hinter sich auf den Bunker. Mittlerweile war auch die Feuerwehr eingetroffen und Experten eines Sprengkommandos.

Ich erklärte Stahl den Weg. Er nickte und wandte sich ab, ich hielt ihn am Arm zurück. „Warten Sie! In der Zentrale liegt Klaus, Schorsch hängt im Klimageschoss des Kleeblatts, genau in der Mitte. Ralle ist dort im nördlichen Fahrstuhl. Alle tot. Und da ist noch was: eine Kühlkammer. Wahrscheinlich wurden da die verschwundenen Mitarbeiter geschlachtet …"

„Klaus haben wir schon gefunden … Wolf, Sie schaffen mich!" Bevor sich Türen des Krankenwagens schlossen, hörte ich ihn Anweisungen brüllen. Wir fuhren mit Blaulicht, aber ohne Martinshorn – es gab also Hoffnung für den alten Wolf.

48

Der Arzt hatte mir noch im Rettungswagen sein Handy geliehen – ich kann manchmal sehr überzeugend sein. Ich rief Mauro an und gab Entwarnung. Auch bat ich ihn, Anke und Lisa über das Gästebuch des Tierschutzvereins zu kontaktieren. Ich drückte mir den Hörer auf die Brust. „Wie sieht's aus, Doc? Kann ich morgen Besuch empfangen?"

„Wir holen gleich die Kugel raus, aber es sieht gut aus. Solange die Ihnen nicht für Ihre Heldentaten auf die Schulter klopfen, sollte das durchaus möglich sein. Aber erst am Nachmittag."

„Bis morgen Nachmittag", sagte ich also zu Mauro. Dann sackte ich von einer auf die andere Sekunde weg.

Ich liebe Drogen-Cocktails – aber das erwähnte ich bereits …

Man hatte mir ein Einzelzimmer gegeben. Wahrscheinlich hatte Mauro dafür gesorgt, vielleicht aber auch Stahl, damit man in Ruhe meine Aussage aufnehmen konnte. Ich saß in meinem Bett, zwei Kissen im Rücken, zwei für den verletzten Arm. Die Wunde pochte unerbittlich vor sich hin.

MAD. Stasi. AGM/S. All das verbarg sich also hinter meiner *Mister X-Story*. Und all das hatte anscheinend nichts mit den verschwundenen Mitarbeitern zu tun. Ich dachte an Peter, den ich endgültig verloren hatte und fühlte mich mies. War es meine Schuld gewesen? Ich hätte ihn nicht in Gefahr bringen dürfen. Hätten wir wieder zueinander gefunden? Hätte ich ihn irgendwann da unten rausbekommen? Hätte er sich hier oben überhaupt zurechtgefunden? Hätte, hätte, hätte … Ich schloss für einen Moment die Augen. Altmann und Ralle. Ich hätte bei Johannes auf meinen Instinkt hören sollen. Die Warnlampe hatte ja fast schon geglüht. Und Ralle? Ich hätte ihn überprüfen müssen. Schon wieder *hätte* … Es machte wenig Sinn sich darüber den Kopf zu zerbrechen – geschehen war geschehen. Der Hunter und Mister X waren also zwei verschiedene Geschichten … Ich dachte an das Intermezzo im Gang, als mir – ja wer? – der Hunter seine Glock in den Nacken drückte oder doch Mister X? Wenn ich davon ausging, dass uns nur der Hunter in die Kühlkammer gesperrt haben konnte, weil nur er davon wusste, dann sprach die Pistole eher für Ralle – den einen Teil von Mister X. Beide Geschichten hatten sich da unten also gekreuzt. Mehrfach. Und wir waren mittendrin rumgestolpert. Würde der Hunter jetzt verschwinden? In seinem Revier war er nicht mehr sicher. Wo waren die verschwundenen Mitarbeiter? Wo war Philip? Wegen ihm war ich hier. Nüchtern betrachtet hatte ich auf ganzer Linie versagt – wieder einmal. Nein, ich hatte es schlimmer gemacht – Peter war gestorben.

Es klopfte.

„Herein!“ Ich hatte Freunde erwartet, musste aber mit Stahl vorlieb nehmen.

Leicht gekrümmt kam er herein. Er trug einen dunklen, verknitterten Anzug. Sein Helm-Haar glänzte über seinem feisten Gesicht. Unaufgefordert zog er sich den Besucherstuhl heran und setzte sich. Feiner Schweißgeruch wehte heran. Er musste dringend an seiner Körperhygiene arbeiten. Vielleicht hatte er aber auch die Nacht durchgearbeitet.

„Sie stinken, Stahl.“

„Sie können mich mal, Wolf“ Aber dann lachte er. Sofort verzog er schmerzverzerrt das Gesicht. „Scheiß Rippen … Angebrochen und Blutergüsse so groß wie eine mittlere Kleinstadt. Ich kann Ihnen noch nicht einmal einen Vorwurf machen, es könnte auch Altmanns Kugel gewesen sein.“ Er lehnte sich vorsichtig nach hinten. „Aber wie geht es Ihnen?“

„Ich weiß wenigstens von wem die Kugel ist …“ Ich deutete auf mein Herz. „Das da tut mehr weh. Wissen Sie, wovon ich geträumt hab?! Dass Sie und Philip hier gemeinsam reinmarschieren und mir gestehen Partner zu sein.“

Er nickte nur. Minutenlang schwiegen wir. Er schien gar nicht so übel zu sein, jedenfalls merkte er, wann er die Schnauze halten musste.

Ich räusperte mich, es konnte weitergehen. „Hab ich viel kaputt gemacht?“

Er lachte erneut. „Also renoviert werden muss

schon. Die Statiker haben allerdings Entwarnung gegeben, in vier Wochen ist alles wie neu." Er wurde ernst. „Altmann haben wir herausgekratzt, das TNT geborgen – es war alles noch da – bis auf das eine Päckchen. Aber da ist noch was: Wir haben mit zwei Hundertschaften alle Räume in den gesperrten UGs durchsucht. Hunde, Sonar, der ganze Klimbim. Leider haben wir auch Ihren Heimat-Kollegen Marcel gefunden, tot in einem dieser Folterräume – auf einen Stuhl gebunden. Einzelheiten erspare ich Ihnen lieber." Er machte eine kurze Pause, dann fuhr er fort: „Keine Spur von Philip ... Tut mir leid. Ich frage mich die ganze Zeit, ob ich das alles hätte verhindern können?" Ein Schatten legte sich über sein Gesicht. Ich konnte ihm nicht helfen die Frage zu beantworten, denn ich stellte sie mir jede verdammte Sekunde selbst.

„Was ist mit der Presse? Immerhin ist das ein Fernsehsender", fragte ich stattdessen.

Mit den Fingern trommelte er jetzt auf seine Knie. „Die Geschäftsleitung des *DDR* kann keinen Skandal gebrauchen. Selbst die Regierende Oberbürgermeisterin hält ihre Klappe – da haben sich ganz andere Kaliber eingeschaltet. Wir scheinen also Glück zu haben, denn wir konnten es unter dem Deckel halten. Den Mitarbeitern wird etwas von einer Gasleitung erzählt. Ist auch besser so. Auch die Heimat ist im Boot. Denen geht es nicht um ihre Leute, aber um ihren guten Ruf. Den Tod Ihrer Kollegen erklären sie den Angehörigen mit der Gasexplosion. Sie seien gestorben, als sie das Leck sichern wollten – ein tragischer Unfall."

„Eines versteh ich nicht! Ich habe die Karte aus Ihrem Schreibtisch, warum haben Sie das Lager nicht leerräumen lassen? Der MAD kann doch Karten lesen, oder?"

Er starrte auf seine Hände. „Streuen Sie ruhig Salz in die Wunde. Ich habe die Karte von meinem Verbindungsoffizier bekommen. Jeder von uns beiden dachte, der andere prüft das."

So einfach passieren Pannen, dachte ich. Nur eine kleine Nachlässigkeit, aber mit weitreichenden Folgen. Ich musste an meinen Einbruch bei Stasi-Beck denken. Nur eine Unachtsamkeit, eine beispiellose Dummheit … und das Leben lief aus dem Ruder. Ich konzentrierte mich wieder auf Stahl.

„Das ist nur die halbe Antwort! Wie ist der MAD an die Stasi-Karte gekommen?"

Stahl stand auf und trat ans Fenster. Sein Gesicht spiegelte sich in der Scheibe. Er sah aus wie ein Gespenst. Mit dem Rücken zu mir sagte er: „Sie war im Nachlass eines *sehr* bekannten Politikers. Die AGM/S hat immer noch ihre Leute in hohen Positionen."

Am Griff über mir zog ich mich mit dem gesunden Arm hoch. „Aber der MAD lässt uns ruhig schlafen." Da hatte sich doch tatsächlich eine Prise Ironie in die Worte geschlichen – ich konnte nicht aus meiner Haut.

Er drehte sich zu mir um. „Wir haben sie ganz gut

im Blick, ja. Eigentlich dürfte ich Ihnen das alles gar nicht erzählen … Sie wissen, wie das Spiel läuft. Aber ich bin Ihnen Antworten schuldig." Stahl stützte sich jetzt auf die Lehne des Stuhls, sein Sakko klaffte auseinander. Ich konnte sein Schulterhalfter sehen. „Ihr Freund Peter war übrigens der einzige existierende Schläfer, der mir je untergekommen ist. Ich meine damit speziell die Jungs im Keller. Die an der Sonne hingegen, würden einen ganzen Konzertsaal füllen – samt Orchester. Sie würden nicht glauben, wer alles auf der Liste steht und den Ton angibt. Aber bevor Sie mich fragen: Die rechtliche Situation ist heikel, die moralische sowieso und solange die nicht den Altmann spielen, werden sie in Ruhe und Frieden sterben. So läuft das scheiß Spiel nun mal."

„Wer hat Ihnen eigentlich den Namen *Stahl* verpasst? War das Ihre Idee, oder haben Sie ihn von Ihrer Abteilung für grandiose Identitäten."

„Wolf, Sie sind scheiße!" Er grinste. „Alles Tarnung. Nachher lege ich die Frisur und zwanzig Kilo ab, dann könnten wir Zwillinge sein. Und wer weiß, vielleicht lassen wir Sie verschwinden und ich nehme Ihren Platz ein. Ich wollte schon immer mal auf Malta leben und einen weißen 7er BMW fahren." Er wusste entschieden zu viel über mich. Mit beiden Händen zuppelte er sein Sakko zurecht, trat auf mich zu und gab mir die Hand. „Adieu, Wolf. Bleiben Sie sauber."

Als er mein Zimmer verließ, hörte ich ihn „Der Nächste, bitte!" murmeln.

Sie gönnten mir keine Pause.

Eine Frau kam herein, Mitte 30, blond, in einem grauen, schlichten Hosenanzug. „Herr Wolf? Regina Franke, Hauptkommissarin. Soko *Mitarbeiter*. Ich muss Ihnen ein paar Fragen stellen. Ist das okay?"

Ich dachte an Philip. „Das ist sehr okay. Auch ich habe Fragen. Bitte, nehmen Sie Platz."

Sie rückte sich Stahls Stuhl zurecht und hatte einen Notizblock gezückt. Ihr Stift schwebte über dem Papier. „Das kann ich mir denken. Wann haben Sie und Ihr Freund die Kühlkammer entdeckt? Ich war heute Nacht noch drin. Die Spurensicherung ist immer noch vor Ort."

Ihr Ton war professionell, aber ich konnte es in ihr arbeiten sehen. „Haben Sie DNA gefunden …" Meine Stimme versagte.

Sie schloss für einen kurzen Moment die Augen. „Es wurde zwar geputzt, aber: ja, von fünf verschiedenen Personen. Drei männliche, zwei weibliche. Wir konnten sie bereits zuordnen: Michael Winkelmann, Georg Heuster, Andreas Zaminski, Silke Maier und Nadine Hochmuth. Solche Fälle wie die hier haben absolute Priorität, da kann es auch mal schnell gehen."

Die Pause war unerträglich.

Sie sprach weiter: „Nein, wir haben keine DNA von Philip Komarek gefunden, er war anscheinend nie in dieser Kammer – um Ihre nächste Frage zu beantworten."

Eigentlich eine gute Nachricht, doch freuen konnte ich mich nicht. Ich sagte: „Wir haben die Kammer vor zwei Tagen entdeckt. Damals war sie voller Fleisch."

Sie versteifte sich. „Wie bitte?"

„Es hing an Haken unter der Decke und in den Regalen standen Behälter mit diversen Innereien. Außerdem waren im rechten Schrank des Vorraums die persönlichen Sachen der Opfer. Fein säuberlich gestapelt. Die Führerscheine habe ich an mich genommen. Sie sind in meinem Spind bei der Heimat."

„Scheiße! Und Sie haben es nicht für nötig gehalten die Polizei zu informieren?! Sie waren selbst mal einer von uns, verdammt!"

Mit dem Vorwurf hatte ich gerechnet und sie hatte Recht. „Peter und ich waren dem Täter auf der Spur. Ich dachte, wir könnten ihm eine Falle stellen, noch in dieser einen Nacht. Selbst das war wohl zu viel. Wir haben es vermasselt."

Sie kritzelte etwas auf ihren Block. „Was haben Sie über den Täter herausgefunden, Herr Wolf?"

„Nicht ich, Frau Franke, sondern Peter und ich. Wir wissen, wie er seine Opfer in den Kühlraum gebracht haben muss. Ihre Leute sollten sich im Bunker die Doppelböden und Klimaschächte ansehen. Die Gebäudeverwaltung des *DDR* kann Ihnen da sicherlich helfen. Außerdem wissen wir, dass der Täter maskiert sein musste. Das hat jedenfalls eines der Opfer beobachten können und sogar getwittert. Ist nachzulesen. Wir wissen nicht, wie er seine Opfer ausgewählt hat. Wahrscheinlich zufällig. Er ist buchstäblich auf die Jagd gegangen. Und er ist ein Einzelgänger, glaube ich – jedenfalls passt das zu seinem Profil. Ich kenne den Tätertyp von früher. Hochintelligent, narzisstisch, selbstbewusst. Allein der Einbau der Kühlkammer und Metzgerei war eine logistische Meisterleistung."

Sie griff kopfschüttelnd nach ihrem Handy, gab die Neuigkeiten an ihr Team weiter.

Als sie sich wieder mir zuwandte, musste ich endlich die Frage stellen – mir brannte es unter den Nägeln: „Was war mit Altmann? Mir hat er erzählt, man hätte ihn kaltgestellt. Oder hat er nie ermittelt?"

Sie rutschte auf ihrem Stuhl herum, schließlich nickte sie langsam. „Doch hat er, sogar von Anfang an. Er war der verantwortliche Ermittler, sozusagen mein Vorgänger. Er arbeitete gut mit dem *DDR* zusammen, seine Berichte kamen pünktlich und keiner unserer Mitarbeiter hat etwas von seinem Doppelleben gemerkt. Bis der Militärische Abschirmdienst uns kontaktiert hatte ... Wir sind aus allen Wolken gefallen. Altmann wurde sofort isoliert, ihm hat man erzählt das BKA habe die Ermittlungen übernommen, er sei zwar nicht raus, aber die von ganz oben haben jetzt ihre Finger drin. Altmann war also an der Leine, ohne es zu merken. Und wir durften nicht an ihn ran. Es gehe um die nationale Sicherheit." Sie sah mich prüfend an. „Ich glaube, Stahl hat Ihnen mehr erzählt, als meine Gehaltsstufe je erfahren wird."

Das war keine Frage, trotzdem antwortete ich darauf. „Das darf er gar nicht." Wie gesagt, ans Lügen hatte ich mich gewöhnt. Aber ich wollte ihre Geschichte hören. „Langsam. Ist es üblich, dass sich Geheimdienste in Ermittlungen einmischen?" Noch während ich diese Frage gestellt hatte, wusste ich, wie dumm sie war. Franke ging auch nicht darauf ein. Ich musste es anders probieren. „Okay, der MAD reißt also alles an sich. Wusstet ihr, dass sie schon länger einen Agenten im *DDR* eingeschleust hatten?"

„Ich sag es mal so, der Chef meines Chefs wusste es. Aber nicht, wer es war." Ihr Job musste frustrierend sein. Zum Glück war ich raus. Ich fragte weiter: „Konnten Sie überhaupt anständig ermitteln? Immerhin sind Menschen verschwunden!"

Sie rutschte auf dem Stuhl herum, ich stellte jetzt die richtigen Fragen. „Wollen Sie darauf eine ehrliche oder die offizielle Antwort?"

„Wie geht es jetzt weiter, Frau Franke?"

„Den MAD sind wir los. Uns bleibt nichts anderes übrig als die Trümmer zusammenzufegen und zu hoffen, dass wir darin verschüttete Spuren finden."

Auch von Philip vielleicht, dachte ich.

Franke stand auf. „Wir werden sicherlich noch weitere Fragen haben, aber fürs Erste war's das. Danke, Sie haben uns geholfen. Auch wenn Sie das mit der Kühlkammer mal so richtig verbockt haben."

Sie lächelte nicht – warum auch?!

Wir gaben uns die Hand.

„Es ist noch nicht vorbei, Frau Franke.“

„Für Sie schon, Herr Wolf. Für Sie schon! Den Rest übernehmen wir.“

Ich sah ihr nach. Was sollte jetzt werden? Keine Spur von Philip und der Hunter noch in seinem Revier unterwegs. Schlagartig wurde ich müde.

Sie hatten sich offenbar abgesprochen. Dass ich erst mit Anke alleine reden konnte, war mir nur recht. Mit Tränen in den Augen stand sie in der Tür.

„Wolf …“

„Komm rein. Ich freue mich!“

Sie kam auf mich zu, zögerte kurz als sie an dem Stuhl vorbeiging und setzte sich dann auf die Bettkante. Tränen tropften auf ihre Bluse und hinterließen schwarze Kleckse ihrer Wimperntusche. Dann weinte sie hemmungslos. Ich zog sie zu mir und umarmte sie. Meine Schulter schmerzte, aber das war in diesem Moment völlig unwichtig. Allein der Moment zählte. Ich streichelte über ihr Haar.

Irgendwann sagte ich: „Das mit Peter tut mir leid. Ich konnte es dir nicht sagen, er hat es so gewollt. Aber das soll keine Ausrede sein …“ Und dann erzählte ich von Stasi-Beck, meiner Schuld und den vergeblichen Versuchen, Peter zu überreden, nach 24 Jahren zurück ins Leben zu kommen.

Sie hob den Kopf, hatte aufgehört zu weinen. Aus geschwollenen Augen blickte sie mich an. „Dich trifft keine Schuld, er hätte mit uns reden müssen. Damals schon!“ Ich wusste, dass sie Unrecht hatte. „Es war seine Entscheidung, Wolf. Er hat uns damals schon verlassen. Was ist das für ein Mensch, der seinen Sohn im Stich lässt?!" Ein guter, bedenkt man die Situation, dachte ich. Sie fuhr fort: „Am Freitag ist Peters Beerdigung und Philip kann nicht dabei sein." Und ich habe ihn nicht finden können – sprich es ruhig aus.

Unvermittelt stand sie auf und hauchte mir einen Kuss auf die Wange. Ihr Mund streifte mein Ohr: „Ich warte auf dich." Dann war sie verschwunden.

Ich warte auf dich.

Ich warte auf dich.

Ich kam erst wieder in der Realität an, als die Schwester mit frischen Drogen kam.

49

Malta sehen, und sterben.

Heiße Luft schlug mir entgegen, als ich aus dem Flieger stieg. Mein Arm steckte in einer Schlinge und schmerzte – es war mir so was von egal. Ich hatte mich wieder selbst aus dem Krankenhaus entlassen. Nur Mauro war informiert. Am Flughafen hatte ich mich neu eingekleidet und die nächste Maschine nach Valletta genommen.

Ich war wieder auf der Flucht.

Darin war ich Spezialist. Wieder war ich vor dem Leben davongelaufen. Wieder würde ich Anke wehtun. Aber wie sollte ich ihr unter die Augen treten? Philip hatte ich nicht finden können, Peter wieder verloren. Was wollte sie mit so einem wie mir? Ich gebe zu, ihr das nicht persönlich zu sagen, war feige. Aber immerhin hatte ich einen Brief geschrieben. Ob es das etwas besser machte, bezweifelte ich.

Trotzdem habe ich auf ein Zeichen gewartet. Doch das Telefon blieb stumm. Zwei Mal bin ich raus zum Flughafen gefahren, saß stundenlang in der Ankunftshalle. Doch ihr Gesicht tauchte nicht auf.

Warum auch …

Flucht ist ein Fehler.

Langsam glitt ich in meinen alten Rhythmus. Tagsüber schlief ich, die Nächte gehörten der Bar. Ich traf Freunde und Bekannte. Sah den Touristen zu, lauschte ihren Geschichten. Das Leben floss.

Doch nichts war wie vorher.

Nach zwei Wochen meldete sich mein Handy. Gleich das erste Klingeln ließ mich aus meinem Tagesschlaf hochfahren. Sie und ich wissen, was das bedeutet.

„Ja!" Ich wünschte mir so sehr, dass sie es sei.

Ich warte auf dich – ihre letzten Worte.

„Herr Wolf?" Ich wollte das Telefon weglegen.

„Herr Wolf, hier ist Regina Franke."

Franke?

Scheiße, Soko!

Mir wurde flau im Magen.

„Ja, Wolf hier. Ich höre."

„Wir haben ihn!", sagte sie.

Ich sprang aus dem Bett. „Philip?!" Red weiter!

„Äh, nein … Das war wohl etwas ungeschickt von mir. Von Philip Komarek fehlt weiterhin jede Spur. Wir haben den Täter."

Ich war erleichtert und enttäuscht zugleich. Immerhin konnte Philip noch am Leben sein – versuchte ich mir einzureden.

Red verdammtnochmal weiter!

Ihre Stimme: „Haben Sie verstanden, wir haben den Täter! Leider hat er sich der Festnahme entzogen und ist vom Dach des Bunkers gesprungen."

Tot.

Ich sah mich aus meinem Appartement fliegen, hörte Peters Körper auf dem Weg aufschlagen – hatte genug von fallenden Menschen.

„Okay, Frau Franke. Wer war es denn nun?"

„Entschuldigung, natürlich! Es war Pit Wagner, Chefkoch der Kantine des *DDR*."

Pit. Ich sah ihn bei mir und Ralle am Tisch stehen – groß, eine Stimme wie Donald Duck, sah uns lachen, sah uns seine Spezialitäten verputzen.

Leber nach Art des Küchenchefs.

Meine Zehen verkrampften sich. „Wollen Sie damit sagen, dass …"

Sie atmete schwer. „Ja, gestern Mittag gab es wieder sein berühmtes Extra-Menü für ausgewählte Gäste. Ich glaube, Sie kennen das. Sogar unsere Regierende Oberbürgermeisterin hat daran teilgenommen. Ausgerechnet sie hat auf einen Zehnagel gebissen. Es muss ekelig gewesen sein … Dann ging alles ganz schnell."

Pit, der Koch.

„Sicher?", fragte ich.

„Ja, er hat sogar einen Abschiedsbrief hinterlassen. Als hätte er schon damit gerechnet, bald gefasst zu werden. Ich habe Ihnen den eben per Mail geschickt. Ich dachte, das hilft Ihnen vielleicht, besser mit der Sache klar zu kommen … So als eine Art Abschluss."

Ich wischte auf meinem Smartphone herum. Ich konnte mich nicht daran erinnern das Gespräch beendet zu haben, aber ich wollte den Brief umgehend lesen. Mir hallten permanent Ralles Worte im Kopf: *Er würde alles tun, um ins Fernsehen zu kommen. Alles!*

Ich hatte die Mail gefunden und öffnete den Anhang. Es war ein sehr kurzer Brief, eigentlich nur ein paar handgeschriebene Zeilen.

Ich, Pit Wagner, gestehe, alle diese Menschen getötet zu haben.

Sie werden das nie verstehen. Ich gehöre ins Fernsehen. All diese Menschen sind nicht umsonst gestorben.

Es tut mir leid.

Pit Wagner

Berlin, den 26.11.2013

Ich starrte die Wörter an. Meine Welt begann sich zu drehen. Das Smartphone ließ ich fallen und stürzte würgend ins Bad. Ich schaffte es nicht einmal bis zum Waschbecken. Würdelos übergab ich mich auf die Fliesen, stützte mich dabei am Türrahmen ab. Taumelnd ging ich zurück ins Schlafzimmer. Mein Verstand lief Amok. Ich kniete mich vor die Kommode und zog die untere Schublade auf. Hier bewahrte ich sie auf – die Briefe von meinem Philip.

Die Schrift.

Mein Handy lag auf dem Teppich. Ich aktivierte das Display.

Die Schrift.

Ja und Nein … Vielleicht …

Ich konnte es nicht sagen. Ich konnte es *wirklich* nicht sagen! Es konnte sein. Sie hatten zusammen gekocht.

Ich schloss die Augen und verfluchte meine Gedanken. Wie konnte ich auch nur ansatzweise so was denken? Ich hasste mich.

Philip, mein Junge! Wo bist du?

Ich danke dem Team vom Pendragon Verlag für das Vertrauen und die exzellente Arbeit. Ein besonderer Dank geht an Maren Adler, Peter Brechtel, Laszlo Bredy, René „Wolf“ Fischer, Yvonne Gögelein, Nina Grabe, Kristin Köster, Janina Winkelbach und das Polizeipräsidium Mainz für die tolle Unterstützung.